KB129970

제16회 삶의 향기 동서문학상

| 수상작품집 |

제16회 삶의 향기 동서문학상

| 수상작품집 |

대상수상작 | 김은혜

두 번째 엄마

Contents

심사평

총평	고난과 시련과 억압과 슬픔 을 치유하는 묘약으로 발전	김홍신
심사평	소설 부문	이광복, 김지연
	시 부문	김후란, 유자효
	수필 부문	유혜자, 지연희
	아동문학 부문	하청호, 이규희

삶의 향기가
문학이 됩니다

총평

고난과 시련과 억압과 슬픔을 치유하는 묘약으로 발전

김홍신(소설가, 16회 삶의향기 동서문학상 운영위원장)

문명사회의 다양하고 방대하며 쉼 없이 발전하는 첨단 과학으로 인간은 지나치게 바빠졌고 경쟁사회에서 능력을 소진하게 되었습니다. 타인의 삶에 무관심해졌으며 자기중심적 사고에 매몰되기도 했습니다. 호기심과 관심을 잃으면 인생이 재미없고 발전할 수 없으며 늙어가는 거라고 합니다. 호기심(neophilia)이 인류를 지구의 주인으로 만들었는데, 바로 읽고 쓰고 듣고 말함으로 형성되었다고 합니다. 그것이 바로 문학이고 예술이자 철학이라고 할 수 있습니다.

사람이 평생 동안 괴로움이 없고 자유로우며 건강할 수는 없습니다. 그래서 문학은 고난과 시련과 억압과 슬픔을 치유하는 묘약으로 발전했습니다. 응모해주신 모든 작품들 역시 우리에게 묘약이 되었기에 고마움을 전합니다.

예부터 선비들은 인간다움을 되찾는 비법으로 남의 인생을 통해 자신을 발견하는 문학적 삶을 설파했습니다. 현대에서 문인들을 가리켜 선비라 칭하는 까닭이 바로 그 때문입니다. 태양은 온누리를 비추어 살피고 물은 만물의 생명을 보살피고 공기는 생명을 살아 숨 쉬게 하듯 문학은 인간을 빛나게 하고 보살피고 영혼을 숨 쉬게 합니다.

한국인은 모두 소설이나 드라마처럼 살았습니다. 아이돌 가수 보다 더 긴 세월을 연습생처럼 살았습니다. 그래서 한국인이 살아온 역사는 모두 문학의 소재로 손색이 없다고 할 수 있습니다. 응모작 모두 우리시대의 역사가 되었기에 박수를 보냅니다.

여성 문학도들이 매년 수많은 작품을 응모하는 '삶의향기 동서문학상'은 이번에도 18,539편의 원고가 들어왔습니다. 심사현장을 지켜볼 때마다 기초심에 열여섯 분의 예리하고 따뜻한 시선, 예심에 여덟 분의 섬세하고 정중한 가슴, 마지막 최종 본심에는 평생 문학에 정진하여 일가를 이룬 원로 여덟 분의 치열한 논의와 뜨거운 성원을 확인하곤 합니다. 심사의 공정성을 위해 녹음기와 동영상 촬영이 동원되어 숨소리까지 낱낱기록합니다. 마치 옛 고분군에서 금관과 은제 허리띠와 동 귀걸이와 팔찌를 발굴하는 것처럼 정성스럽고 섬세하게 진행되었습니다.

응모해주신 여성 문학도들께 문학의 성을 쌓은 공덕에 대해 머리 숙입니다. 한국문학사를 빛내주기 위해 34년 동안 변함없이 막대한 지원과 쉼 없는 성원 그리고 우리 문학의 성장발전소가 되어주신 동서식품에 찬사를 보냅니다. 동서식품은 우리나라의 보물창고가 되었습니다. 참 고맙습니다.

소설 부문 심사평

심사위원 이광복, 김지연

예심을 거쳐 본심에 올라온 작품은 전반적으로 수준이 높아 우열을 가리기가 어려웠다. 응모자들이 모두 여성이지만 남성적 기운이 느껴지는 탄력성 있는 작품들도 많았다. 소재 선택에서부터 주제, 스토리 구성까지 여성적 취향에서 벗어난 선이 굵은 특징적인 작품도 있었지만 그러나 여성만이 감지할 수 있는 섬세한 묘사들이 돋보였다.

인공지능(AI)이 작품의 주제가 되는가 하면 전통적인 가부장제의 의식이 팽배한 작품 등 다양한 소재들이 신선하게 다가왔다. 그런가 하면 일상의 이런저런 단상들을 형상화한 작품들도 눈에 띄었다.

「두 번째 엄마」는 세련된 문장으로 호감을 주었고, 서사구조를 차분하게 전개하는 솜씨가 뛰어났다. 작품을 갈고 다듬는 내공이 건강한 주제의식과 맞물려 어디 내놓아도 손색없는 수작을 이루어냈다.

「사리수집가」는 소재가 특이했고, 「실」은 주제와 구성이 괜찮았다. 하지만 이들 작품의 경우 극적인 반전이 아쉬움으로 남았다. 그밖에 다른 작품들도 각기 일장일단이 있었다.

우리 심사위원들은 고심을 거듭한 끝에 입상 등위를 결정했다. 입상자 여러분에게 아낌없는 축하를 보낸다.

시 부문 심사평

심사위원 김후란, 유자효

제16회 삶의향기 동서문학상 시부문 응모작 가운데 「복제인간 로이」를 발견한 것은 하나의 소득이었다. 이 작품은 영화 〈블레이드 러너〉에 나오는 복제인간에서 발상하고 있다.

위험한 직종에 배치시키고 수명은 4년으로 제한한 복제인간. 이는 AI 와 로봇의 기능이 날로 진화되고 생활의 한 부분이 되고 있는 현실에서 얼마든지 생각해볼 수 있는 미래의 모습이다. 이를 시로서 무리 없이 형상화했고, 휴머니즘의 중요성을 일깨워주었다.

유품정리사라는 특이한 직업 세계를 그린 작품도 선자들의 손 안에 오래 남았다. 이는 비극적이지만 엄연한 현실이기 때문이다.

또한 스탈린의 이주 정책으로 중앙아시아로 밀려난 조선인들의 애환을 그린 작품의 역사성도 주목할 만한 것이었다.

시 부문에서는 우리가 살고 있는 시대의 생생한 모습을 그린 작품들이 많았다.

오늘같은 시대에 시를, 문학을 공부하고 글을 쓰는 신인들이 늘고 있음은 고무적인 현상이다. 과거와 같이 시는 청년의 예술이 아니다. 장수시대와 더불어 제2의 인생을 시로, 문학으로 시작하는 사람들이 늘고 있다. 그래서 한국 문단에 노년 문학이란 장이 생겼다.

아무쪼록 시와, 문학과 함께 여러분의 인생이 풍요롭고, 빛나기를 바란다.

정진을 빌며, 입상하신 분들, 응모하신 모든 분들께 격려의 말씀도 아울러 드린다.

수필 부문 심사평

심사위원 유혜자, 지연희

본선에 올라온 작품 중에서 금, 은, 동상을 결정하는 데는 두 심사위원의 견해가 거의 일치하였다. 많은 작품이 노부모에 대한 효심을 다루었고 주부로서 현명하게 자신의 삶을 개척하며 살아가는 이야기도 보편적인 소재였다. 그러나 대부분의 작품들이 문장에 무리가 없고 수필언어의 형상화라는 수법으로 우수한 것들이 많았다. 다소 아쉬운 부분은 현대문명에 발맞춰가는 발랄한 소재나 참신한 기법의 수필이 눈에 뜨지 않아 아쉬웠지만 전반적으로 어느 수준에 이른듯하여 수필문학의 미래를 기대할 수 있었다.

금상 입상자의 수필 「차가는 달이 보름달이 될 때」와 은상 입상자의 수필 「늙은 펭귄의 날갯짓」은 질곡의 삶을 살아가는 소시민의 애환을 섬세하게 그려내고 있다. 「차가는 달이 보름달이 될 때」는 직장에서 퇴근하고 돌아온 며느리가 집안일에 이중고를 겪는 고단한 일상을 보여준다. 김장김치를 담그는 이야기로 시작된 이 수필은 섬세한 소재들을 끌어내어 맛깔스런 삶의 의미를 투영해 내는 수법이 남달랐다. 더구나 긴 문장으로 유연하게 다루는 의미들이 글을 읽는 사람을 매료시키곤 했다. 또한 수필 「늙은 펭귄의 날갯짓」은 10년 전 홀로된 아버지가 젊은 여자 친구와 새 삶을 살겠다는 늙은 펭귄의 선언에 마주선 자식의 고뇌가 적지 않다. 아버지의 날갯짓에 소금을 뿌려야 할 것인지 백세가 가까운 아버지의 촉박한 여생을 위해 발등을 내드려야 할 것인지를 독자와 더불어 해답을 얻고 싶은 수필이다.

동서문학상을 제정하고 16회라는 오랜 시간을 통하여 많은 참가자들이 삶을 문학의 향기로 꽃피우는 과정에서 적지 않은 문학인을 배출하였다. 오늘의 이 제전에서 높거나 낮거나 어떤 성과를 이루었다 하더라도 참가자 여러분들은 훌륭한 문인이라고 생각한다. 더 분발하여 아름다운 문학정신의 내일을 엮어주시기 기대한다.

아동문학 부문 심사평

심사위원 하청호, 이규희

두 번의 예심을 거쳐 올라온 작품은 동시 10편, 동화 11편이었다.

먼저 동시를 살펴보면 전체적으로 나름대로의 특징이 있으나 동시로서의 완성도는 떨어졌다. 그러나 정제 되지는 못했지만 심상이 풋풋하고 세상을 보는 눈이 깊었다.

특히 최상위 선정된 「손가락 보험」은 장애우를 향한 따뜻한 시선과 다문화 가정에 대한 배려는 인상적이었다.

그 외 「잠」, 「맨드라미」등은 발상과 표현에 재미가 있으나 동심에 밀착되지 않아 아쉬웠다.

그리고 안타깝게도 대부분의 작품들에서 보이는 흠으로는 시상이 통일되지 않아 산만하다는 점이었다. 좀 더 갈고 닦아 완성도가 있는 동시를 쓰기 바란다.

또한 11편의 동화 중에는 다양한 소재를 다룬 작품들이 많아 읽는 재미가 새로웠다.

그 중 금상으로 뽑힌 「엄마는 1학년」은 소재와 주제를 아우르고 부리는 솜씨가 아주 뛰어나고 문장 또한 나무랄 데 없이 안정적이며 이야기를 이끌어 나가는 능력이 돋보였다. 특히 대부분의 '다문화' 가정을 다룬 작품들에서 느껴지던 우울감이나 어두운 면 보다는 가족간의 끈끈한 사랑과 배려를 바탕으로 이야기를 능청스럽도록 유쾌하게 이끌어 심사위원들의 눈길을 끌었다.

그 외에도 요즘 아이들에게도 친숙한 게임중독을 다룬「호구의 묘수」나 SNS 문제를 다룬「나를 지워 줘」, 이혼 가정의 문제를 다룬「토요일의 약속」, 누군가를 돌보고 희생하는 아름다운 모습을 보여준「허수어미」등도 눈여겨 볼만한 작품이었다.

하지만 안타깝게도 좋은 소재를 골랐으면서도 뒷심이 부족해서인지 너무 뻔한 설정이나 결말로 밀도가 떨어지는 작품들이 많았다. 평범한 구성과 느슨한 문장, 어디선가 읽은 듯 창의성이 떨어지는 작품들을 읽으며 진한 아쉬움을 느꼈다.

그 중에는 요즘 유행하는 판타지 기법을 쓴 작품도 있었으나 상상력이 부족하고 이야기가 억지스러워, 마치 좋은 재료를 가지고도 맛없는 음식을 차려낸 듯 안타까웠다.

좋은 작품을 쓰려면 무엇보다 내 안에서 그 작품의 소재와 주제가 발효가 되어야 한다. 패스트푸드처럼 급하게 지어난 작품들은 어딘가 설익은 느낌이 난다. 부디, 발효의 시간을 거치고, 수없이 많은 퇴고의 시간을 거쳐 좋은 작품을 쓰기 바란다.

마지막으로 수상자들에게는 축하의 말을, 낙선자들에게는 앞으로 더 좋은 작품을 써서 다음 기회에는 모두 수상의 기쁨을 맛보기를 빈다.

소설
부문
수상작

두 번째 엄마

김은혜

　오랜 시간 문학에 대한 마음을 접어 두고 생활인으로 살았습니다. 벼랑과 바투 붙은 길을 걸으며 이러지도 저러지도 못하는 꿈을 자주 꿨지만, 애써 감정을 묻어 뒀어요. 그러다 어느 날, 문득 하늘이 눈에 들어왔는데 참 깊고 고요하고 청명하더군요. 불현듯 내 글을 읽고 내 글을 쓰고 싶어졌습니다. 못다 한 마음들을 전하고 싶다는 갈망이 커졌어요. 가장 진실하게 나를 비추는 호수였고, 몸의 일부처럼 스며있던 존재가 그렇게 예고도 없이 절절하게 그리워졌습니다.

　문학에 대한 그리움을 계기로 삶의향기 동서문학상에 지원하면서 묵혀둔 시간을 떠올렸어요. 깊은 호수 바닥에 던져둔 이야기들을 길어 올리며 물기를 뒤집어썼고, 몸과 마음에 온기가 도는 것을 느꼈습니다. 그런데 생각지도 못한 큰 상을 주셨어요. 제게 동서문학상은 삶의 기로에서 '다시 글을 써도 된다'는 크나큰 격려이자 최초의 포옹이 되었습니다. 너무나도 따뜻한 위로에 눈물이 나고, 내내 마음이 충만합니다. 어쩔 도리가 없는 일들에 대해 침잠하지 않고, 한 번 더 일어설 희망이 생겼습니다. 무엇보다 작가적 삶의 지표를 건네주신 것 같아 마음이 벅차오릅니다. 다정하게 손 내밀어 주신 만큼 차분하게 쓰고 자신을 가다듬으며 살아가겠습니다. 큰 상을 주셔서 마음 깊이 고맙습니다.

그리고 칠흑 같은 어둠 속, 자신을 태워 내 걸음마다 빛을 내어주는 엄마, 내가 딛고 선 땅이자 마음의 화로인 아빠, 나를 성실하게 믿어준 대숲 같은 남편에게 감사와 사랑을 전합니다.

두 번째 엄마

김은혜

　여자의 첫 목소리는 앳되고 순진해서 약간 기운이 빠졌다. 엄마의 피를 빨아먹는 아귀, 잘린 목을 들고 춤을 추는 살로메. 막연히 상상했던 데스마스크의 이미지와 달랐다. 여자의 말은 야살스럽기보다 천진했다. 나는 공들여 그린 밑그림을 지워야 했다.

　"어머, 미안해. 핸드폰을 잘못 눌렀어. 내가 계속 전화를 못 받았거든. 내가 이런 걸 할 줄 모르는데 스팸으로 돌려졌더라고. 미안. 그 사람이 전화했었거든. 근데 전화를 또 안 받는 거야. 미안하게…"

　여자는 미안하다는 말을 추임새처럼 쓰면서 조잘거렸다. 예기치 않은 내 목소리에 당황했는지 여자의 목소리가 약간 떨렸다. 술에 취해 잠든 아버지의 휴대폰이 쉬지 않고 울려 폴더를 열었다. 끝자리 7080. 부재중 전화가 수십 통이 와 있었다. 상대를 유추하기도 전에 다시 전화가 걸려왔고, 급한 일인가 싶어 통화 버튼을 눌렀다. 나는 단박에 그녀가 누구인지 알아챘다. 의외로 내 마음은 평온했다. 여자의 일은 중요도는 낮지만 행정상 꼭 처리해야 할 일 중의 하나처럼 느껴졌다. 그녀의 그림자는 이미 오랫동안 우리의 생활권에 놓여 있었다. 그 존재가 비밀도 아니었고, 때때로 가족의 입을 통해 오르내릴 만큼 특별한 사건도 아니었다.

초등학교 입학 기념으로 놀러 갔던 충주의 수안보 온천에서 여자를 처음 봤다. 아빠와 나는 본전을 뽑겠다고 세 시간이 넘도록 목욕하는 엄마를 기다리느라 진이 빠졌다. 우리는 한참 동안 수족관 앞에 서 있었는데, 그때 여자가 등장했다. 빨간색 하이힐에 흰색 투피스를 입은 여자는 텔레비전에서 막 걸어 나온 여배우 같았다. 여자는 무어라 아버지와 이야기를 나눴다. 나는 손에 든 아이스크림에 정신이 팔려 여자의 존재에 무심했다. 그녀가 아버지의 정부가 되었을 줄은 몰랐다. 길을 지나는 예쁜 어른쯤으로 대수롭지 않게 여겼던 것 같다. 두 사람이 길지 않은 대화를 끝냈고, 여자가 내 머리를 한 번 쓰다듬었다. 여자의 손에서 향긋한 분 냄새가 풍겼다.

엄마 품에서는 닭 비린내와 기름에 찌든 냄새가 났다. 그 냄새는 마치 생물처럼 엄마의 살에 들러붙어 오랫동안 기생했다. 엄마는 여주시장에서 닭 장사를 했다. 생닭을 손질해 네 덩이로 크게 자른 뒤 파우더를 묻혀 튀겼다. 고소하고 짭짤한 엄마의 통닭은 시장에서도 단연 발군이었다. 시장 건물에 들어서면 입구부터 풍기는 닭 냄새에 절로 군침이 돌았다. 사 먹지 않고는 못 배길 정도였다. 닭은 재고가 없을 정도로 잘 팔렸는데, 엄마는 굳이 내 몫을 따로 남겨 도시락 반찬으로 싸주곤 했다. 날숨에 비린내가 밸 정도로 닭을 먹어 치웠다. 많이 먹어 질릴 법도 한데 어른이 된 후에도 치킨, 백숙, 닭볶음탕을 좋아했다. 닭으로 만든 음식은 무엇이든 목구멍으로 잘 넘어갔다. 나는 살아있는 닭의 무덤이었다.
"이게 양놈들이 먹는 닭이야. 외삼촌이 어메리카에 가서 먹어보고는 너무 맛있어서 거기 주방장한테 물어물어 엄마한테 알려 준 거지. 요새 애들 말로 그 머라더라. 치느님! 엄마가 치느님을 만든 원조라 이거야"
엄마는 촌구석에서 미국식으로 닭을 사 등분 해서 팔기 시작한 것이

자기가 처음이라고 강조했다. 최초의 치킨이 지금처럼 여러 조각으로 잘린 상태가 아니었다고, 자신이 여주를 넘어 한국 치킨업계의 시조라며 가슴을 폈다. 그것이 엄마의 일생이 헛된 것이 아님을 증명하는 지표이자, 바람 난 남편에 속앓이하는 대신 선택한 생존법이었다.

외삼촌은 교원대학을 졸업했지만, 교사보다 좋아하는 연구를 하겠다며 대전의 한 연구소에 취직했다. 엄마는 외삼촌 뒷바라지를 하느라 중학교 문턱도 넘지 못했지만, 그 때문에 불행하지는 않았다. 엄마 덕을 보고 자란 외삼촌은 다행히 선하고 충실한 사람이었다. 세미나다 연수다 외국에 갈 때마다 잊지 않고 샴푸나 아이크림을 사 보냈다.

"오 마이 브라더. 베리 베리. 서프라이즈 프레젠트!"

엄마는 외삼촌의 택배를 받을 때마다 자신이 아는 영어를 총동원해 감탄사를 외쳤다. 그리고 외삼촌이 알려준 사 등분과 특제파우더 비율에 대해 이야기 하는 것도 빼놓지 않았다. 화장품은 상하지 않게 닭 냉장고에 넣어 보관했고, 그마저도 아끼느라 제대로 쓰지도 못했다. 기껏해야 새끼손톱만큼 퍼 눈가에 바르고는 손가락으로 톡톡 두드리는 시늉만 했다.

"외제라 그런지 쏙쏙 스며들어. 다르긴 다르다! 요기 봐 봐라. 주름이 벌써 없어졌네. 없어졌어."

엄마는 까르르 웃으며 소녀 같은 얼굴을 했다. 아버지는 엄마가 꼭꼭 숨겨둔 아이크림을 용케 찾아내 여자에게 선물했다. 그날 집안은 난장판이 됐다.

"야 이 개 같은 인간아. 그게 어떤 건데 그년을 갖다줘?"

"네 주제에 이런 게 어울리기나 해? 이런 건 여자가 바르는 거야."

아버지는 여느 때처럼 큰소리를 쳤고, 엄마는 마당에 주저앉아 악다구니를 썼다. 차곡차곡 묵혀둔 한을 토해내듯 서럽게 울었다.

"내가 이 화냥년 머리끄덩이를 잡아 털을 다 뽑아 버릴 거야. 제 새끼 잡아먹은 년이 아주 남에 집구석 살림까지 다 말아먹으려고 작정했어!"

엄마는 손바닥으로 땅을 치며 꺼이꺼이 울었다. 여자에게도 아이가 있었다는 사실을 그때 처음 알았다. 이복동생일까 싶었지만 차마 물어볼 엄두가 나지 않았다.

"이 여편네가 평소 같지 않게 왜 이래···. 그깟 크림 하나 가지고. 호박에 줄긋는다고 수박 되냐? 물건도 제 임자가 따로 있는 거지."

아버지는 엄마의 눈물에 적잖게 놀란 것 같았다. 괜히 엄마를 배로 타박하고 헛기침하더니 슬금슬금 자리를 피했다.

혹독한 평가만큼 엄마의 외모가 부족한 것은 아니었지만, 아버지와 어울리지 않는 것은 분명했다. 아버지는 짙은 눈썹에 이목구비가 뚜렷하고 키가 훤칠한 미남이었다. 같은 구도에 놓고 보면 확실히 엄마보다는 그 여자가 더 어울릴지도 몰랐다. 아버지 말에 따르면 여자는 '엘리자베스 테일러'를 빼닮았다. 수안보에서 보았던 여자의 이미지를 곱씹어 보아도 얼추 비슷한 분위기다. 여자는 정장이 잘 어울리는 호리호리한 체형에 발목이 가늘어 빨간 하이힐이 돋보였다. 시장에서 산 오천 원짜리 티셔츠를 입고 보라색 플라스틱 슬리퍼를 질질 끌고 다니는 엄마와는 머리부터 발끝까지 달랐다. 추레한 몰골의 엄마는 털이 몽땅 뽑힌 채 형광등 불빛에 적나라하게 몸을 떠는 생닭 같았다.

"아버지 일어나시면 전화 왔었다고 말씀드릴게요. 누구라고 전해드릴까요?"

시치미를 떼면서 이름을 물었다.

"충주라고 하면 아셔. 충주."

돌이켜보니 아버지와의 안부 전화에서 자주 등장했던 지명이 충주였던 것 같다. 이 여자는 엄마의 집에서 한 시간 거리의 소도시에 살고 있었다.

"저기…. 집에 왔구나. 당분간 있을 거니? 수술은 잘 되었다고 들었어. 여자는 몸이 따뜻해야 하는데. 쓴 걸 싫어해도 이럴 땐 보약을 좀 먹는 게 좋아."

여자는 어릴 적부터 내가 자라는 것을 지켜본 동네 아줌마처럼, 이모처럼, 선생님처럼 살갑게 굴었다. 내 건강을 염려했고, 내 취향을 알았다. 굳이 드러내고 싶지 않았던 치부까지도 스스럼없이 내뱉었다. 아마도 아버지는 무료한 일상의 화젯거리로 나를 사용했을 것이다. 타지 생활을 하다 병이 들어 돌아온 딸자식의 이야기라니, 말을 보태기에 충분하지 않은가. 그는 점심 메뉴를 정하면서, 날씨 탓을 하면서 나에 대해 한 마디씩 전했을 것이다. 그 시간이 무람없이 쌓여 여자는 나라는 인물을 구축했고, 급기야 자신이 업어 키운 자식마냥 조언을 하기에 이르렀다. 나는 이 여자에게 어떤 감정을 가져야 하는 걸까. 태산 같은 적의를, 지옥불 속의 증오를 느껴야 하는 것이 아닐까. 고요한 마음에 부러 불쏘시개를 들이밀었다.

언젠가 아버지는 술에 취해 여자를 부르며 눈물 흘렸다. 뭐가 그리도 안타까운 걸까 의아해 귀를 기울였다. 여자는 악독한 시어머니 밑에서 시집살이를 하다가 아들이 사고로 죽자 소박을 맞았다. 그래서 고향인 충주에 왔고, 요정에 취직을 했고, 운명처럼 아버지를 다시 만났다고 했다. 아버지는 여자의 삶이 가엽다며 애달파했다. 아버지의 눈물은 첫사랑에 대한 순애보같이 풋내가 났고 정직해 보였다. 일평생 닭 모가지를 비틀며 살아온 엄마의 사연이 속절없이 초라해지는 순간이었다.

아버지가 떠드는 여자 이야기에 이골이 나서 언제부턴가는 잠자코 있었다. 반응을 보이면 단골레퍼토리가 되풀이 될 것이 뻔했으니까. 아버지는 자주 여자와 엄마를 비교했고, 자신을 위로해준 그녀에게 고마워해야한다고 말했었다. 감사. 그 단호하고 분명한 단어에 말대꾸하는 대신 마음으로 여자를 죽였다. 생닭처럼 옷을 홀딱 벗기고 도마에 올려놔야지. 세로로 한번, 가로로 한번. 중식도를 높이 쳐들고 힘껏 내리치면 뎅강. 여자는 사 등분이 되는 거야. 아니다. 머리부터 몸통, 허벅지, 종아리로 나누는 것이 나을까. 어찌 됐든 사 등분이면 오케이다. 나는 도마 위의 여자를 난도질하며 뇌까렸다. 왜 하필 나야? 왜 하필 우리 집이야? 나는 악을 쓰고 여자에게 저주를 퍼부었다. 그것이 아버지를 유혹하고 순종을 강요한 그녀에게 어린 내가 할 수 있는 가장 잔혹한 처벌이었다.

아버지는 자주 집을 비웠다. 말이야 사업상의 일이라지만, 목적지는 뻔했다. 정수기 영업을 하는 아버지는 집에 생활비를 가져다준 적이 없었다. 자신이 번 돈을 전부 여자와의 생활에 쓰는 것을 당연하게 여겼다. 더덕무침이나 불고기가 식탁에 오르면 아버지는 우리 입에 들어가기도 전에 반찬 통에 음식을 몽땅 털어 넣었다. 때로는 배즙에 반나절 재워둔 소갈비가 먹고 싶다, 당근을 빼고 잡채를 해 달라, 덜 익은 백김치가 당긴다며 꼼꼼하게 메뉴를 주문했다. 엄마는 그것들이 여자의 식탐에서 비롯된 것임을 알고 있지만, 모른 체 했다. 아버지의 기막힌 행동에도 늘 태연한 얼굴을 했다. 나는 도저히 그런 엄마를 이해할 수 없었다.
"제발 이혼해! 나 때문이면 정말 괜찮다니까."
부추겨도 엄마는 그늘 비낀 얼굴로 애먼 닭만 잘랐다. 반항기에는 그런 엄마에게 반감마저 들었고, 잠깐이지만 아버지의 외도가 당연하다는 생각도 했다. 다만 사랑하고, 사랑받고 살지 못한 엄마의 일생이 늘 안타까웠다.
그의 염치없음에도 불구하고 엄마는 대단한 사람이었다. 새벽 4시에 일어나 하루도 빠짐없이 아침밥을 지었고, 교복을 다림질했다. 나는 어제 입은 교복을 다시 입고 나간 적이 없다. 항상 새 옷처럼 깨끗하고 목깃이 빳빳하게 선 교복을 입었다. 엄마는 아침상을 차리고 가게로 나가 혼자 장사 준비를 하고, 닭을 팔고, 정리했다. 집에 돌아오면 새로 저녁밥을 짓고 집안일을 하고 마당 텃밭에 무와 고구마 따위를 심었다. 그리고 때가 되면 그것들을 수확해 찌고 말려 주전부리로 만들었다. 나와 같은 삼십오 년의 세월을 엄마는 그렇게 살았다. 대체 언제 잠을 자고 언제 숨을 쉬는 것인지 모를 정도로 부지런하고 야무졌다. 나는 그런 엄마의 그림자라도 닮을 수 있을지 자신이 없었다.

"집에 와도 낙이 없잖아. 너도 알다시피 네 엄마가 여자가 아니잖아. 벽창호가 따로 없지. 야들야들한 맛이 있나. 오빠 대접을 할 줄 아나…"

아버지는 엄마가 없는 틈을 타 험담을 늘어놓았다. 그 여자를 '삶의 동반자'라고 칭송하면서 엄마 면전에서 하지 못하는 말을 내게 쏟아 부었다. 오랫동안 성생활을 하지 않은 것도 여자의 매력을 잃은 엄마의 탓으로 돌렸다. 그것이 면죄부라도 되는 양, 바람을 피우고, 두 집 살림하는 상황에도 당당했다. 오히려 아버지에게는 밥을 먹듯이, 변을 보고 잠을 자는 것처럼 자연스러운 생리현상이었다. 그 자신도 어쩔 수 없는 아버지란 사람의 숙명 같았다. 하지만 나는 파렴치하고 못난 나의 부모를 있는 힘껏 미워할 수도 없었다. 대신 여자에 대해 환상과 악의를 품었다.

처음이 어렵지 다음은 쉬웠다. 여자는 아버지에게 내 번호를 물었다면서 아주 잠깐 낯을 가렸다. 그리고 일방적으로 떠들어댔다. 어릴 적 스쳤던 이미지와는 아주 달랐다. 여자는 지나치게 수다스러웠다. 이런 면이 좋았던 걸까. 무뚝뚝한 엄마와 달리 몽상가 같은 분위기에 애교 섞인 말투가 아버지 마음을 흔든 것일까.

"우리는 플라토닉이야. 우리는 사랑이야!"

낙원에서 추방당한 아담과 이브라도 되는 것처럼 여자는 아버지와의 관계에 온갖 수식어를 갖다 붙였다. 여자의 당돌한 사랑 고백에 숨이 턱 막혔다.

"나는 있지. 그 사람의 목울대가 좋았어. 이렇게 옆에 앉아 벌컥벌컥 양주를 마시는데, 오르락내리락…. 턱 선이 어찌나 멋있는지. 옆선이 예술이야! 나랑 열 살 차이가 다 뭐야. 주름도 별로 없고 피부도 타고났어. 그 사람 턱에 수염 한 가닥만 길게 나는 거 알지? 아, 나도 처음엔 머리카락이 붙은 줄 알았는데, 다시 보니 수염이더라고. 둘이 얼마나 웃었는지 몰라."

여자는 호들갑을 떨었다. 나는 아버지의 목울대도 옆모습도 유심히 살펴본 적이 없었다.

"내가 하고 싶은 말이 많은데 말이야…. 아버지한테 좀 살갑게 해. 외로워서 그런 거야. 집에서 마음을 못 잡으니까 외로워서 자꾸 술 찾고 밖으로 돌아다니시는 거라고."

여자는 마치 엄마와 내가 내조를 제대로 하지 않아 우리 가정이 파탄 난 것처럼 굴었다. 여자의 하소연을 듣다보니 비로소 울화가 치밀었다. 나의 습관적인 친절이 이 여자의 말문을 트이게 한 것 같았다. 무어라 대꾸해야 하는데, 적절한 말을 찾을 수가 없었다. 다만 여자에게 어떤 호칭도 쓰지 않는 것으로 적의를 대신했다. 걸려온 전화를 피하지 않았고, '네'와 '아니요'라는 답만 했다.

"난 모네를 좋아해. 양산 쓰고 산책하는 여자 그림이 제일 마음에 들더라. 혹시 본 적 있니?"

여자의 고상한 취미를 동하게 한 것은 모네의 전부인 까미유인가. 후처 알리스인가. 같은 배경으로 자신의 두 여자를 그린 모네는 누구를 더 사랑했을까. 여자는 그림 속을 거닐며 아무렇지 않게 내 취향을 물었다. 여자의 말에 하마터면 대답할 뻔했다. 나는 그저 '아니요'로 모든 것을 무마했다.

감출 법도 한데, 여자는 죽은 아이에 대해 자주 말을 꺼냈다. 나는 여자의 속내를 가늠하기 어려웠다. 상처를 드러내는 것이 이 사람이 자신을 치유하는 방식일까. 동정표를 얻고자 하는 교묘한 술책일까.

"자식이 죽으면 가슴에 묻는다던데. 나는 아냐. 죽은 것처럼 느껴지지 않거든. 아직도 다섯 살 그대로 내 품에 안겨 있는 것 같아."

여자는 죽은 아이를 부르며 망설이지도 안타까워하지도 않았다. 정말 살아 있어 잠깐 집 밖에 놀러 나간 것처럼 대수롭지 않게 말했다.

"벌써 이십칠 년이나 되었네. 쫓겨나다시피 나와 가진 돈도 없이 고향 집엘 왔어. 근처 가게에서 일하다가 그 사람이랑 다시 만난 거야. 촌 동네 코흘리개 시절에 보고 나서 처음이었지. 보자마자 전기가 흘렀어. 그때 내 나이가 스물여덟, 그 사람이 서른여덟이니까. 서로 한창때잖아. 둘이 만나서 충주에 정착하고 좋은 시절 보냈지. 그 사람 아이를 가지려고도 했는데…. 마음처럼 되지 않더라고."

나는 여자의 말의 공백에 가슴을 쓸어내렸다. 두 사람의 운명 같은 러브스토리나 세월을 업은 지독한 관계 따위는 귀에 들어오지 않았다. 배다른 동생이 없는 것이 그나마 다행이었다.

아버지의 술주정과 입씨름하던 엄마는 여자를 집으로 불러들이라고 농을 했다.

"나도 늙어서 닭 장사 힘들어. 육십이 훌쩍 넘어 이제 안 아픈 구석이 없어. 와서 닭 좀 잡고 튀기라고 해. 밭도 좀 갈고 푸성귀도 좀 심고."

아버지가 뭉그적대자 엄마 목소리가 좀 커졌다.

"왜? 곱게 산 년이라 그런 일은 못 한대? 빨리 기어 오라고 해. 말 안 들으면 내가 여기 밭에다 쥐도 새도 모르게 묻어버릴 거야."

엄마의 투정은 의외의 결과를 가져왔다. 여자가 아버지를 앞세워 집에 온 것이다. 여자의 손에는 내가 먹을 한약이 들려있었다. 엄마의 것도 아니고 내 약을 저 여자가 가지고 오다니. 상황이 우습기도 하고 민망하기도 했다. 용한 한의원에서 지어왔다고 여자가 인사를 대신했다. 세월을 두른 여자는 몰라보게 다른 사람이었다. 목소리와도 동떨어진 외모였다. 연약한 이미지는 오간 데 없이 동글동글한 체형이 되었다. 허리까지 오던 긴 머리도 아줌마들이 많이 하는 커트 스타일로 바뀌었다. 엘리자베스 테일러라더니. 여자는 젊은 시절의 신화적 매력을 가뭇없이 잃어버렸다. 여자의 예고 없는 출연에 나는 손님 대접을 해야 할 것만 같은 책임감이 들었다.

"차 좀 내올게요. 계세요."

두 사람을 마루에 앉혀놓고 부엌으로 가 찻물을 올렸다. 그 사이 엄마에게 전화해 집 안의 상황을 알렸다. 마당 한쪽에는 엄마가 일 년 동안 농사짓고 캐서 말린 고구마며 비트, 무말랭이가 널려있었다. 여자는 엄마의 수확물을 발견하고는 눈을 반짝였다.

"먹어 봐. 맛있어. 여편네가 음식 장사해서 그런지 솜씨는 좋아."

아버지는 귀해서 어쩔 줄 모르는 아이를 다루듯 여자의 등 뒤에 바짝 붙어 있다가, 그녀의 입에 말린 고구마 하나를 집어넣었다. 여자는 제 입에 맞았는지 눈을 동그랗게 뜨고는 엄지를 올렸다. 여자는 아버지 손에 들린 고구마를 게 눈 감추듯 먹어 치우고도 엄마의 수확물을 노려보며 탐을 냈다. 아버지는 묻지도 않고 비닐봉지에 주섬주섬 말린 고구마를 담았다. 나는 다정한 두 사람의 모습을 훔쳐보며 기묘한 기분에 휩싸였다.

어쩌면 엄마와 아버지는 처음부터 잘못된 인연이었을지도 모른다. 엄마는 노환이 온 할아버지 걱정에 입 하나라도 덜고자 억지로 선을 봤다고 했다. 그 상대가 아버지였고, 두 사람은 보름도 채 안 돼 초고속으로 식을 올렸다면서, 손때 묻은 결혼사진을 꺼내곤 했다. 앳된 엄마의 얼굴은 엘리자베스 테일러처럼 도발적이지는 않았지만, 그레이스 켈리처럼 단아했다. 눈망울이 또렷해 마치 이슬을 머금은 것 같았다. 둥글게 말아 올린 머리에서 윤이 났고, 손목도 가냘팠다. 젊은 시절의 엄마는 손에 물 한 방울 묻히지 않고 곱게 자란 공주님 같은 얼굴로 웃고 있었다.

엄마가 숨을 헐떡이며 철문을 열었다. 가게에서 닭을 자를 때 쓰는 중식도를 손에 든 채였다. 칼끝이 닳아 조금 뭉뚝해졌지만, 손에 익어 버리지 못하겠다고 늘 고집했던 그 칼이었다. 아버지는 칼을 든 엄마의 모습을 보고는 해코지라도 하는 줄 알고 기겁했다. 정작 엄마는 장사 준비를 하다 말고 정신없이 달려온 모양새였다. 내가 눈치를 주자 엄마는 화들짝 놀라 텃밭에 칼을 내던졌다. 그제야 고구마 말랭이를 손에 쥔 여자의 모습이 눈에 들어왔는지, 기막힌 얼굴을 했다. 여자는 쭈뼛대다가 덜컥 엄마의 손을 붙잡았다.

"형님. 제가 어떻게 여태껏 살아있어요?"

형님이라니. 실소가 터졌다. 엄마는 불에 덴 듯 여자의 손을 뿌리쳤다. 그 손길이 싫었다기보다 굳은살이 덕지덕지 붙은 자신의 손이 민망했기 때문이었다. 솜털 같은 여자의 손이, 부잣집 사모님처럼 차려입은 여자의 옷이, 기름진 여자의 얼굴이. 엄마는 여자의 모든 것에 자존심이 상했을 것이다.

"형님은 무슨…."

엄마는 내 손에 들린 찻잔을 보더니 마루로 올라가라고 손짓했다. 엄마와 여자는 무릎을 맞대고 앉아 한동안 말이 없었다. 그다지 친하지 않은 먼 친척이 십 수 년 만에 찾아온 것 같은 어정쩡한 분위기였다. 이상하리만큼 긴장감도 없었다. 머리부터 발끝까지 여자를 살피던 엄마가 입을 뗐다.

"어쩐 일로 여기를 왔어? 여태껏 아는 척 안 하고 살았잖아. 간통죄 폐지됐다고 이제 막 나가자는 거야? 무슨 꿍꿍이야?"

여자는 입을 뾰족하게 내밀더니 새초롬한 얼굴로 커피를 마셨다. 엄마의 추궁이 이어지자 두 여자 사이에서 멀뚱히 있던 아버지가 미적거리다가 말을 꺼냈다.

"이번에 좋은 자리가 났어. 이 사람이 요정을 하나 내려고 해. 싸구려 아니고 고급스러운 데야. 워낙 목이 좋고 이 사람도 꼭 마음에 들어 해. 내일 계약을 하는데 좀 모자라네. 돈이."

그러면 그렇지. 여자는 수년간 아버지와 불륜관계로 살아온 것도 모자라, 이제는 대놓고 돈을 요구했다. 결국 우리 집을 통째로 삼켜야 직성이 풀릴 모양이다. 아버지를 탐하고, 나를 포섭하고 엄마의 모든 것을 빼앗을 요량이었다. 엄마는 미처 화를 내지도 못하고, 여자의 얼굴을 빤히 들여다보더니 흐느낌 같은 숨을 토했다. 현기증이 날 정도로 피곤이 몰려왔다.

엄마는 말린 비트를 내 입에 쑤셔 넣었다. 나는 쓴맛에 혀를 빼고 인상을 구겼다.

"암 환자한테는 비트가 좋아. 보라색 음식이 좋은 거야."

엄마는 나 먹일 삼계탕을 끓이기 위해 물을 올리며 쏘아붙였다. 닭 장사를 해서가 아니라 몸이 허해진 내게 닭을 먹이는 것이 엄마가 아는 최고의 보양식이었다. 엄마가 인삼의 잔뿌리를 다듬으며 콧노래를 흥얼거렸다. 마음이 심란할 때마다 엄마는 배로 명랑한 척을 했다.

폭풍을 몰고 올 줄 알았던 여자의 방문은 시시한 결말을 맺었다. 엄마는 여자의 머리채를 잡지도 못했고, 아버지와 이혼하지도 않았다. 엄마가 자리를 박차고 가게로 돌아가면서 상황은 일단락 됐다. 여자는 우리 집에 온 적이 없는 셈이었다. 엄마는 또 아무렇지 않은 얼굴을 했고, 그 침묵이 오히려 공포를 밀어냈다.

"애도 못 낳을 건데 뭐."

심드렁한 말에 엄마가 내 등을 후려쳤다. 아픔보다 그 소리에 더 놀랐다.

"못 하는 소리가 없어. 주워 담을 수 없는 말은 하는 게 아냐. 나도 손주 얼굴은 봐야지. 마음이 중요해. 마음이. 사람은 마음먹은 대로 되는 거야."

엄마는 최면을 걸듯 마음의 수양을 강조했다. 엄마의 소망에도 불구하고 나는 아이를 갖지 못할 것이다. 닭이 알을 낳고 달걀이 닭이 되는 당연한 생의 섭리를 나는 이행하지 못할 것이다. 초기에 발견된 자궁암을 전부 치료하긴 했지만, 나는 존재하지 않는 통증 때문에 잠에서 깨곤 했다. 하반신이 너덜너덜하고 부스러진 채 천천히 사라지는 느낌이 온몸을 지배했다. 아랫도리가 전부 빠져나갔다가 텅 빈 마네킹 다리로 대체된 것만 같았다. 의사는 모든 것이 심리적인 요인이라고 했다. 암세포를 전부 치료했기 때문에 몸 상태를 잘 유지하면 2년 후에는 임신하는 데 문제가 없다고, 자궁암을 앓고도 건강한 아이를 낳은 사례가 많다고 다독였다. 긍정적인 주치의의 말이 오히려 껄끄러웠다. 짙은 안개 속에 자신을 밀어 넣고 웅크리고 있는 것이 한결 편했다. 나는 엄마가 될 수 없을 것이다. 나를 엄마라 부를 존재와는 영영 이별이었다.

붉은 조각이 제자리를 찾지 못하고 입안에서 한참 맴돌았다. 침에 불린 비트가 조금 연해졌지만, 몸서리치게 쓴맛이 여전했다. 나는 오물거리며 엄마의 등을 바라봤다. 거침없이 파를 썰어 냄비에 털어 넣는 뒷모습을 보며 애써 조각을 삼켰다. 뱉어 버리고 말기에는 지난 고통이 너무 컸다. 나는 기지개를 켜고 자리를 털었다. 거들지 않으면 한 소리 들을 것이 분명했다.

여자가 사라졌다. 살던 집도 아버지 모르게 팔았다고 했다. 여자의 행방불명에 대해 들었을 때 나는 의식적으로 엄마를 쳐다봤다. 혹시 엄마가 땅에 묻어 버린 것은 아닐까. 분을 이기지 못하고 사 등분 해 튀겨 버린 것은 아닐까. 엄마의 얼굴이 평소와 좀 달라 보였다.

여자는 아버지와 보낸 이십칠 년의 시간이 무색하게 바람처럼 존재를 감췄다. 여자에 대한 나의 증오도 열망도 부질없이 날아간 것만 같다. 목구멍에 박힌 가시가 빠졌는데도 마냥 홀가분하지는 않았다. 외려 이상한 그리움이 밀려왔다.

아버지는 돈을 주지 않은 엄마 때문이라고 악을 쓰면서, 엄마가 사라졌다고 통곡했다. 나는 입을 비죽거렸다.

"내 엄마는 여기 멀쩡히 살아 있는데, 사라지기는 뭘 사라져."

"아빠가 마음에 들고 아빠가 인정한 사람이면 네 엄마지. 찾아야 해. 네가 가서 찾아봐. 엄마 찾아내!"

아버지는 소주를 병째 들이켜며 억지를 부렸다. 사라진 여자를 부르고 닭똥 같은 눈물을 뚝 흘렸다. 여자가 사라졌다고 해결되거나 달라지는 문제는 아무것도 없었다. 우리 가족은 여전히 여자의 존재와 공존하고 있었다. 여자는 귀신이 되어 이 집에 머물러 살 것이다. 엄마와 아버지, 나의 기억을 먹고 끈질기게 생존할 터였다.

초겨울 바람이 골목을 타고 왔다. 떠난 여자의 소식은 알 길이 없고, 아버지는 술에 젖었다. 엄마는 휘파람을 불며 늙은 손으로 생닭을 잘랐다. 어김없이 네 덩이다. 몇 군데 칼집을 내고 삼십 년 넘게 같은 비법을 고수하는 특제파우더에 버무렸다. 후추를 한 움큼 넣는 것이 비밀이라면 비밀이었다. 미리 열을 올려 둔 기름에 한 덩이를 넣자 끓는 기름과 맞닿은 닭의 살이 파르르 몸을 떨었다. 고소한 냄새에 졸음이 몰려왔다. 엄마가 튀기는 저 닭이 여자의 살이 아니길 바라면서, 기름 끓는 소리에 슬며시 눈을 감았다. 빗줄기가 추적거렸다.

어린 나는 온천 수족관에 코를 뭉개고 내 얼굴보다 큰 물고기를 따라 입을 쩍 벌렸다. 아버지는 새하얀 투피스를 입은 여자의 손목을 낚아채 제 품에 안았다. 여자의 긴 머리카락이 찰랑거리고 꽃냄새가 났다. 여자는 우스운 이야기라도 들었는지 손으로 입을 가렸다. 아버지는 볼을 붉히며 여자의 목덜미에 입을 맞췄다. 엄마는 목욕 바구니를 옆구리에 낀 채 자판기 뒤에 숨었다. 한 폭의 가족 초상화 같은 광경을 훔쳐보면서 입술을 잘근거렸다. 엄마의 젖은 머리칼에서 물이 뚝뚝 떨어졌다. 나는 엄마를 발견하고 손을 흔들었다. 내 인사에 엄마와 여자가 동시에 손을 올렸다. 엄마! 엄마! 애달픈 이름을 목 놓아 불렀다. 불멸의 상처를 먹고 사는, 목구멍에서 진득하게 솟아오르는 생의 이름을.

그 메아리가 돌고 돌아 내 귓가에 울려 퍼졌다. 엄마! 먼 곳에서 나를 부르는 그 목소리에 콧등이 시큰해졌다.

사리수집가

이선연

  낯선 전화 한통이 왔다. 축하합니다. 문학상 공모에 선정되셨어요. 펜을 잡을 때부터 늘 꿈꾸던 그 전화였다. 상상도 못했던 일이었다. 뽑히고 싶어 써왔던 글이 아니라 살려고 써본 이야기라 속에 담은 것을 뱉어내듯 휘갈겼건만.

  작년, 소중했던 모든 게 썰물처럼 사라져 아무것도 할 수 없었다. 뭐라도 해야 살 것 같아 대표님을 태웠던 화장터에 반짝 일어난 상상을 다시 처음 작법 대하듯 더듬더듬 적었다. 문학상 발표 연락이 온 날은 대표님 3주기 기일 하루 전이었다. 마치 서랍 속에 꽁꽁 잠가버렸던 이야기들을 다시 풀어보라고 용기를 주는 것 같았다.

  꿈꾸었던 일이 벌어지면 나 어떻게 할까? 설레며 기대했을 적엔 속으로 설웠던 게 많아 엉엉 울지 않을까 했는데 전화를 마치고도 담담해 스스로 놀랐다. 한동안 마스크를 벗고 밤하늘을 봤다. 이건 뭘까. 낯선 기분이었다. 그래서 그날 일기에 이렇게 적었다.

살면서 처음으로 '깊은 기쁨'이라는 걸 겪어보았다고.

글을 써보고 싶다 하였을 때 뭉칫돈을 어디서 구했는지 날 마트에 데려가 툭 노트북을 사주었던 부모님과 지지해준 동생들 사랑합니다. 좀 쓰는데? 한마디에 여기까지 왔는데 제 인생 어떻게 하죠 이경교 스승님. 저와 함께 살며 울고 웃는 모든 인연들께 감사드립니다.

무엇보다 삶의향기 동서문학상 심사위원분들께, 쏟아진 좋은 작품들에 치열한 논쟁이 있으셨겠지만 정말 탁월한 선택을 하셨습니다. 꼭 그렇게 생각되실 수 있도록 희비극에 뒤엉켜 사는 우리 삶을 계속 관찰하겠습니다. 저를 살려주셨습니다. 귀한 디딤으로 삼겠습니다.

사리수집가

이선연

나는 장례식장에서 일한다. 이곳에 모여드는 울음은 벌들이 내는 소리 같다. 수백 마리의 벌들이 날개를 구르며 배회하는, 갑자기 들이닥친 사건에 자기 목숨이 담긴 침을 뱉어내듯 웅웅거린다. 이제 붙잡을 육신조차 태워 없애는 절차를 마주하면 사람들은 울음을 터뜨리며 남은 고통을 드러낸다. 온몸을 쥐어짜내어 운다.

"우리 오빠 불쌍해서 어떡해...! 흐으흑..."

"아빠... 가지마..."

"누구야! 누가 내 아들 잡아먹었어 흐어어어어...."

한사람의 생은 제각기 튀어나오는 주변의 말속에서 기록으로 남는다. 살아생전 서로가 어떤 관계였는지, 그 사람을 어떻게 생각하고 살았는지 알 수 있다. 장례식장은 누군가의 몇 마디로 한 사람의 인생을 전부 알아챌 수 있는 곳이다. 나는 화장로 직원이다. 화장터에서 시신을 태운다. 고인이 된 사람을 화장로에 넣어 화장시키는 일을 한다. 시신을 담아둔 관이 화구로 들어가면 사람들의 곡소리는 절정에 달한다. 인간이 문명의 탈을 벗고 동물의 소리를 내는 게 허용되는 순간이다. 무슨 영문인지 끝끝내 슬픔을 참아내었던 사람도 이 순간만큼은 울음을 한꺼번에 토해내다가 실신하기도 한다.

그런데 신기한 건 바로 그 다음부터다. 일단 관이 화구에 들어가 불길에 휩싸이면 사람들은 순식간에 모든 걸 체념한 모습이 된다. 시신이 한두 시간 내에 타는 동안 밥을 먹으러 가거나 잠을 자기도 한다. 참 그렇다. 절정이 몰아친 후에는 균형을 맞추듯 그만큼의 적막한 고요가 밀려온다. 살아왔다는 걸 증명하는 최후의 흔적인 몸마저 사라지고 나면 그 사람은 이제, 함께 살던 사람들의 기억 속에 담기는 것이다.

사람들이 식사를 마치고 돌아오면 내가 가장 집중해야 하는 일은 수골실의 업무다. 재가 되고 남은 유골을 분쇄기에 갈아 안치하는 과정을 유리창 너머 유가족들에게 보여주어야 한다. 하루에 수도 없이 반복하는 일이지만 그들에게는 고인의 일평생 한번뿐인 순간이기에 정성스런 모습을 보여야 한다고 교육 받았다. 나름 애를 쓰긴 해도 나는 이때 가장 진이 빠졌다. 어떤 형태든 타인의 감정에 맞추어 행동한다는 건 고역이 아닐 수 없다. 유골함을 대할 때 마치 그 사람이 다시 살아 돌아온 것처럼 바라보는 유가족도 있었다. 유리창을 어루만지며 숨을 폭폭 몰아쉬던 고인의 노모가 나를 지그시 바라보며 한마디 던졌다.

"수고했서…"

오늘 마지막 타임이다. 주변이 온통 조용한 걸 보니 가족이 없는 자의 시신인 듯했다. 곧 단정하지 못한 양복을 입은 한 남자가 내 쪽으로 다가와 물었다.

"끝나는데 얼마나 걸리나요?"

나는 두시간? 정도 사인을 보내곤 천천히 오세요, 라고 전하며 식사하는 곳을 가리켰다. 사회복지사는 스마트폰을 들여다보며 바로 발길을 돌렸다. 마감시간 무렵이라 사람들이 거의 없었다. 나는 관 속 시신에게 속으로 조용히 인사를 건넨 뒤 화장로에 관을 넣었다. 화장이 다 끝날 때까지 사회복지사는 보이지 않았다. 내가 예상보다 시간을 늦게 일러주었기 때문이다. 나는 타고 남은 유골들을 수습하며 핀셋으로 남은 잔해들을 살펴보았다. 사리를 찾기 위해서다. 가끔 남은 유골덩어리에 아주 작은 알갱이의 사리가 맺혀 있곤 했는데 가족들이 보는 앞에서는 그것을 발견해도 대충 분쇄하여 함에 넣는다. 스님들이나 오랜 수행을 해왔다는 이들에게 나온 사리는 강철보다 단단하다고 알려져 있지만 내가 발견했던 사리의 형상인 덩어리는 유골과 잘 뒤섞여 곧잘 함으로 떨어져 나오곤 했다.

이렇게 여유롭게 유골을 살펴 사리를 찾는 건 가족이 없는 무연고자의 시신일 때나 가능했다. 서걱거리는 뼛조각들의 열기가 핀셋에 닿아 장갑을 낀 내 손에 전해졌다. 마치 그 사람의 살아생전 남은 온기처럼 느껴진다. 그리고 그 온기와 함께 무언가 딱딱한 것이 걸렸다. 핀셋으로 그것을 집어 들었다. 여태 보아왔던 좁쌀만 한 작은 크기의 사리가 아니었다. 그것은 새끼손톱 정도는 되어 보이는, 검은 빛깔을 내는 덩어리였다. 사리임은 분명했다. 그런데 좀 달랐다. 내가 발견했던 건 뼈의 색과 거의 비슷한 상아빛이거나 텁텁한 느낌의 사리들이었는데 이렇게 윤이 나는 검은 빛깔은 처음이었다. 그리고 한두 개가 아니었다. 투두둑, 여러 개가 굴러 나왔다. 나는 본능적으로 수골실 바깥 유리창문을 두리번거렸다. 저기 엘리베이터에서 내 쪽으로 걸어오는 사회복지사의 모습이 보였다. 나는 검은 사리들을 빨리 수습하고 남은 유골들을 분쇄기에 넣었다. 그리고 괜히 흘러내린 땀을 훔치며 오늘의 마지막 시신을 유골함에 담았다.

사회복지사는 유골함을 들고 유택동산으로 향했을 것이다. 유택동산은 무연고자나 따로 납골당을 마련할 형편이 되지 못하는 이들을 커다란 공용 항아리에 넣어 모으는 곳이다. 내가 태워 보낸 유골들 중 상당

수가 유택동산으로 향한다. 나도 언젠가 죽으면 유택동산으로 가 그들과 섞여드는 날이 오겠지. 주머니에 넣은 검은 사리들을 꺼내 만져보았다. 오래도록 아팠던 사람인 경우 뼈에도 검은빛이 돌곤 한다는데 이 사람도 아팠던 걸까. 얼마나 아팠길래 이런 사리가 맺힌 걸까. 화구에서 시신과 함께 타올랐던 열기가 아직 남아있다.

집으로 돌아오자마자 서랍장 위에 천으로 가려놓았던 유리함을 꺼냈다. 유리함에는 내가 알알이 모아둔 온갖 사리들이 한데 모여 있었다. 모르는 사람이 보면 그저 투박한 자갈부스러기일 뿐 영롱한 빛깔이나 아름다움을 느낄 수 있는 광채가 나는 것도 아니었지만 내겐 저마다 자신의 이야기를 간직하고 있는 조각품이었다.

처음에 사리를 발견했던 건 분쇄기 오작동으로 골치를 앓았을 때였다. 그때 넋을 거의 잃은 한 젊은 여인이 입가에 침이 흘러내리는지도 모르는 채 아이 영정사진을 계속 끌어안고 있었는데 식음을 전폐한 듯 홀로 시신이 타는 동안에도 근처에 쭈그려 앉아있었다. 사진 속 소년은 이제 막 사춘기에 접어들 무렵 정도 돼 보이는 나이였다. 아이의 시신은 보통 작고 덜 여물어 있어, 예상 시간보다 금세 타버린다. 그리고 손에 움켜쥘 수 있는 뼛가루조차 별로 나오지 않는 경우가 많다. 그래서 별다른 점검 없이 유골을 털어 넣어 작동을 걸었는데 그때 분쇄기에 이상한 잡음이 들려왔다. 유리창으로 나를, 아니 아이의 유골을 어루만지던 엄마는 무슨 일이 있냐는 걱정스런 눈빛을 보냈고 나는 잠시만 기다려달라고 한 뒤 분쇄기 상태를 살피다가 작은 몇 알의 사리조각들을 발견했다. 아이의 유골에서 사리라니! 아이 엄마가 잠시 휘청거리며 벽에 기대는 동안 나는 신속하게 분쇄기에서 사리를 따로 꺼내 숨긴 뒤 남은 유골함 작업을 진행했다.

그때부터 분쇄하기 전 가능한 여유가 생겨나면 틈틈이 유골 속에 숨겨진 사리들을 찾았고 적당히 부서질 수 있던 알갱이들도 그냥 챙겨 모으게 됐다. 나 말고 다른 직원들도 혹시 사리를 모으고 있는 게 아닐까? 하는 생각도 들었지만 따로 물어보진 않았다. 그렇게 사리를 수집하는 내 행동은 은밀한 취미가 되어갔다.

유리함에 모아둔 사리와 오늘 수집한 검은 사리를 옆에 놓고 보니 확실히 차이가 났다. 검은 빛이지만 훨씬 반짝이는 것이 묘하게 내 시선을 사로잡았다. 표면이 거칠지 않고 어떻게 이렇게 매끈할 수 있을까. 대체 이런 사리는 몸의 어디에서 나고 자라왔던 거지? 하지만 그런 신비함은 잠깐뿐이었다. 나는 유리함에 검은 사리를 담았다가 다시 빼내었다. 여태 모아온 사리들과 함께 섞어놓자 검은 사리는 뭐랄까... 너무 튀었다. 함께 있으면 안 될 느낌이랄까. 너무나 다르다. 달라서 뭔가 불길한 느낌이 들었다. 사람의 몸에서 어떻게 이런 어두운 빛깔이 윤을 내며 나타날 수 있단 말인가. 이건 필시 불운을 끌어오는 것일 수도 있었다. 매료되었다는 것 자체가 어쩌면 위험의 신호일지도 몰랐다. 나는 내일 출근할 때 입을 옷 주머니에 검은 사리를 도로 넣어두었다. 아무래도 이 사리는 유택동산으로 가야할 것 같았다.

출근하는 내내 몸이 뻐근했다. 밤사이 잠을 설친 듯했다. 아무래도 검은 사리가 신경 쓰였다. 괜히 검은색이라고 편견을 두는 건가. 아침에 다시 들여다봤을 땐 이깟 돌보다도 작은 검은 사리조각 몇 개에 신경을 쓰는 내가 우스워졌다. 그래도 마음이 꺼림칙하니 유골이 향한 곳에 같이 놓아두는 게 좋겠지. 일을 어떻게 했는지도 모르게 오전 업무를 보내고 점심시간을 걸러 바로 유택동산으로 향했다.

리모델링을 한 후 계단이 부쩍 많아진 유택동산은 예전보다 더 높은 곳으로 이전하여 꽤 괜찮은 자리를 얻었다. 무료분향소로 올 수 밖에 없던 형편의 영혼들이 탁 트인 풍경에 조금이나마 위로를 받을 수 있지 않을까 하는 생각이 들었다. 점심을 거른 탓에 더디게 도착한 유택동산 근처에서 목탁소리가 은은하게 들려왔다. 분명 덕지스님인 모양이었다. 스님은 화장터 근처에 있는 절에서 때마다 이곳에 안치된 영가들의 안식을 위해 염불을 하고 가곤 했다. 입고 있는 승복이 요즘에 안 어울리게 덕지덕지 기워놓은 누더기 같아 덕지스님이란 이름을 빨리 외울 수 있었다. 식사를 마치고 자판기에서 커피를 뽑아 마실 때 즈음 늘 유택동산에서 내려오는 모습을 볼 수 있었는데 동료가 '기독교신자 영혼도 있을 텐데 허락은 받고 다니시나.' 하는 말이 우스워 스님이 알아챌 정도로 크게 낄낄거렸던 기억이 난다.

유택동산 앞에 덕지스님이 서서 염불을 외우니 그 소리에 나도 모르게 마음이 편안해졌다. 따로 종교가 있는 건 아니었지만 직업정신 때문인지 기독교든 천주교든 불교든, 그곳에서 부르는 노래와 소리는 마음의 긴장을 풀어줬다. 처음 시신을 태웠을 때는 잔뜩 긴장해서였는지 멀리 찬송가를 듣고 눈물을 훔치기도 했다. 나중에 노래제목을 찾아보니 당신은 사랑받기 위해 태어난 사람이었던가.

스님이 내가 온 것을 보자 목탁을 두어 번 다시 두들기더니 염불을 멈추고 나에게 합장을 했다. 내가 누구인지 아는 걸까. 먼저 인사를 해야겠지.

"안녕하세요."

"설마 담배를 태우려고 여기까지 올라오신 건 아니지요? 허허..."

"아뇨. 여긴 당연히 금연구역인데요."

"리모델링을 하고보니 훨씬 공기 좋은 곳으로 옮겨졌네요. 잘됐습니다."

"네. 공사가 꽤 길긴 했죠..."

나는 바로 스마트폰을 열어 딴 짓을 했다. 스마트폰은 곁에 있는 사람을 신경 쓰지 않아도 되는 참 유용한 도구다. 내가 스님을 흘금거리자 스님이 목탁과 돗자리를 정리하고 있었다. 곧 덕지스님은 동산을 내려갈 것이다. 그럼 마침 주변에 사람도 없겠다, 저 큰 항아리 안에 들고 온 검은 사리들을 툭 던져 넣으면 되겠지. 그런데 웬일인지 덕지스님은 마치 나에게 말이라도 고픈 듯 한쪽에 마련된 벤치에 앉아 주변 경치를 가만히 구경하는 것이었다. 이곳까지 올라온 나도 딱히 핑계 댈 것도 없어 마치 바람을 쐬러 온 것처럼 그 곁에 어색하게 앉고 말았다.

"바람이 좋습니다."

"세게 불면 유골함이 날아갈 거 같은데요."

"땅으로 가든 바람에 흩날리든 다 부처님 곁이겠지요."

"..."

"여기 일하시는 분이지요?"

"네. 화장로 담당이에요."

"참으로 중요한 일을 하시네요."

"뭐 딱히..."

"생사로 갈라지는 길목에 계시니 고되시겠군요."

"울고 있는 사람들 보면 가족이 없는 게 차라리 나은 거 같기도 해요."

덕지스님은 내 말을 듣곤 빙그시 웃더니 합장을 했다. 나도 그를 따라 적당히 목례를 건넸다. 갑자기 속에서 답답한 느낌이 들기 시작했다.

"식사는 거르지 마시고 또 뵙지요."

"네. 조심히 내려가세요."

손을 넣은 주머니에 잡히는 검은 사리를 만지작거리며 덕지스님이 내려가는 모습을 물끄러미 바라보았다. 뭔가 속이 더욱 답답해지는 느낌을 받았다.

"...스님!"

나는 돌아가는 덕지스님의 걸음을 붙잡았다. 그리고 스님 곁으로 가서 주머니에 담겨 있던 검은 사리를 꺼내 보였다. 이전부터 사리를 수집해왔던 건 말하지 않고 우연히, 정말 우연히 발견한 것처럼 어제 검은 사리를 발견해 여기로 갖고 올라왔다는 얘기를 두서없이 스님에게 털어놓았다. 스님은 내가 보여준 검은 사리를 한참 바라보았다. 덕지스님도 이렇게 큰 검은 사리는 아마 처음 보았을 것이다. 문득 나는 스님에게 사리를 너무 오래 보여준 게 아닌가 하는 생각이 들어 왠지 모르게 불안해졌다. 스님이 기색을 눈치 챘는지 사리를 보던 시선을 거두고 내게 말했다.

"여기에 두고 가고 싶진 않으신 거지요?"

"모르겠어요. 당연히 여기 두고 가려고 했는데 스님 염불소리 때문인지 그러면 안 될 거 같다는 생각도 드네요."

"그럼 절에 모시는 건 어떨까요?"

"네...?"

"절에 두신다면 저희 큰스님께서 잘 분향해주실 겁니다."

"아... 절은 잘 안 가봐서..."

"이 사리는 어쩌면 검은색이 아닌지도 모릅니다."

"네? 보다시피... 검은색인데요?"

"검은색으로 보기로 했기 때문에 그 색이 검게 된 것인지도요."

덕지스님은 이상한 말을 늘어놓더니 다시 유택동산을 내려가기 시작했다. 스님이 거의 보이지 않을 무렵이 되어서야 나는 다시 정신을 차렸다. 손에는 여전히 꺼림칙한 검은 사리들이 한 움큼 쥐어져 있었다. 나는 슬슬 배가 고팠다.

그날 밤, 꿈을 꾸었다. 집으로 스님이 찾아왔다. 스님이 다른 스님들을 수없이 많이 데리고 나의 집으로 들어왔다. 내가 허락하지 않았는데 무작정 쳐들어왔다. 그리고 서랍장 위에 올려놓은 유리함 앞에 좌불을 하고 앉아 목탁을 두드리기 시작했다. 그들의 목탁소리가 사방에 울려 퍼지니 사리들이 반응하기 시작했다. 사리들이 유리함에서 터져 나와 북소리에 튀어 오르는 좁쌀들처럼 제각기 흩어져버리고 있었다. 나는 급한 마음에 손을 뻗어 다시 한움큼 한움큼 집어들기 시작했다. 어디선가 곡소리가 들려왔다. 나는 가족이 없어. 앉아있는 스님들을 도미노처럼 밀어버렸다. 나는 사람이 없어. 스님들이 두드리는 목탁을 빼앗아 창문 밖으로 던져버렸다. 창문 바깥이 온통 검었다. 저녁인가 싶어 창밖을 물끄러미 바라보자 거대한 검은 사리가 내 창문과 온 방문을 꽉꽉 막아놓고 있었다. 그제야 내가 갇혀있음을 깨달았다. 소리를 질렀는데 목소리가 나오지 않았다. 나는 사람이 없어. 여기 아무도 없어. 자꾸만 목탁소리가, 귓가를 어지럽혔다.

꿈에서 깨어나자마자 세수를 했다. 얼굴을 씻어버리면 어떤 꿈이든 기억이 잘 나지 않는다. 그렇게 잊혀져야 산다. 바랐던 것들도, 늘 그리워했던 것들도.

나는 이러지도 저러지도 결정을 못 내린 채 다시 출근길에 올랐다. 재킷 주머니에는 여전히 검은 사리가 담겨 있었다. 마음이 불편하면서도 안심이 되었다. 이걸 앞으로 어떻게 해야할지는 차근차근 생각하면 된다. 어쨌든 내 주머니에 있으니까.

오늘은 주말이라 사람이 많았다. 평일 발인에는 가족단위의 사람들만 모여 들지만 주말에는 시간을 내어 평소 알았던 지인들까지 오는 바람에 순식간에 인산인해가 된다. 사람들이 많아지면 나는 종종 어지럼을 느끼곤 하는데 이상하게 나를 알아보거나 쳐다보는 느낌이 싫어지곤 했다. 내가 시체를 태우는 사람이라 그렇게 보는 건가? 나한테서 혹시 타는 냄새가 나는 걸까? 냄새를 더 독한 냄새로 지우듯, 주말에는 틈날 때마다 나가서 줄담배를 태웠다.

점심식당 메뉴야 늘 뻔했지만 오늘따라 곰탕이 너무 먹기 싫어서 빵과 우유를 몇 개 사들고 벤치에 앉았다. 하늘이 구름 한 점 없이 맑았다. 먼발치에 검은 상복을 입은 아이들이 소리를 내어 술래잡기를 하고 있었다. 까르르 웃는 소리가 들려왔다. 어쩌면 죽은 이들이 마지막 순간에 가장 듣고 싶은 소리가 울음이 아니라 저런 천진한 웃음이 아닐까 하는 생각이 들었다. 아이들 덕분에 생기가 올라 금세 빵을 먹어치운 나는 담배만 한 대 더 태우려고 주머니를 뒤적거렸다. 검은 사리와 담배갑이 동시에 손에 잡혔다. 그리고 유택동산 입구 쪽으로 하산하여 내려오는 덕지스님이 보였다. 스님을 보자 갑자기 잊고 있던 지난밤의 악몽 속 목탁 소리가 떠올랐다. 집으로 들어와 내가 모아둔 사리를 발견하는 꿈속 스님의 모습이 생생해지자 마음이 불편했다. 나는 담배를 태울 생각을 접고 자리에 일어났다. 그런데 스님이 내 쪽으로 걸어오고 있는 게 보였다. 스님은 분명 나를 발견해서 나를 향해 걸어오고 있었다. 서로 눈이 마주쳤기 때문에 내가 바로 건물에 들어가 버리면 스님을 일부러 피했다는 걸 들키게 되는 꼴이었다. 나한테 무슨 말을 하려고 오는 걸까. 설마 여기에서 검은 사리 얘기를 하려는 건가? 내가 사리를 갖고 있다는 걸 스님이 사람들에게 말하면 어떻게 되는 거지? 내가 검은 사리 말고도 다른 사리들을 모아두었다는 걸 승화원에서 알게 되면? 이 일자리마저 잘리는 건가. 것도 모자라 유가족들이 내 집으로 쳐들어와 고인의 사리를 내놓으라고 난리를 친다면 어떻게 해야 할까. 졸지에 유골의 일부를 훔쳐낸 범죄자가 되어버릴 수도 있었다. 악몽이 현실이 돼버리면 안되는데. 차라리 스님보다 내가 먼저 선수를 치는 편이 나을지도 모른다.

"버렸어요."

"네? 그게 무슨 말씀인지요?"

"전에 보여드렸던 거 유택동산에 버렸다구요. 제가 착각한 거였어요."

"아... 네..."

"그거 사리 아니었구요. 증거도 없으니까 저한테 뭐라 하지 마세요."

"아뇨, 그게 아닙니다. 이거..."

스님은 나에게 캔 커피를 하나 건네었다. 나는 그의 손에 들린 캔 커피를 보며 더욱 인상을 찌푸렸다.

"이게 왜요?"

"동산에서 한 행자님이 주셨는데 제가 커피를 안먹어서요. 받아들고 내려오긴 했는데 마침 보이시길래 드리려던 겁니다."

"아..."

나는 순간 더욱 내 속내를 스님에게 들킨 꼴이 된 것 같아 얼굴이 화끈거렸다. 갑자기 스님을 걸어 차버리고 싶을 정도로 화를 내고 싶어졌다.

"됐어요."

나는 커피를 내민 스님의 손을 뿌리치고 건물 안으로 숨어들 듯 들어와 버렸다. 무시하고 가는 나를 스님이 어떤 표정으로 보고 있을지 등 뒤가 따끔거렸지만 차마 돌아볼 수는 없었다. 덕지스님과 다시는 마주치고 싶지 않았다. 만약에 스님이 앙심을 품고 나에 대해 이상한 소문이라도 낸다면 그땐 정말 가만히 있지 않을 거다. 스님에게 사리를 보여준 것이 너무도 후회됐다. 대책이 필요하다.

두통이 심해져 조퇴를 신청했다. 그리고 타이레놀을 핑계로 자리를 비워 근처 야산으로 향했다. 5분 정도만 걸어 오르면 사람들이 잘 모르는 길목에 바람이 꽤나 잘 통하는 쉼터가 하나 나온다. 산길에서 담배를 태우는 것은 당연히 불법이지만 여길 빠져나가고 싶어 견딜 수 없을 때 종종 이곳에 올라 세상에 소소한 복수를 하는 기분으로 시간을 보냈다. 바람결에 내 몸에 밴 죽음의 열기가 빠져나가기를 바라면서. 하얀 담배를 물고 하늘을 쳐다보며 티비에서 우연히 본 다큐멘터리 속 티벳의 천장사를 떠올렸다. 천장사는 척박한 티베트 땅의 장례문화를 위해 시체를 토막내어 독수리에게 보시하는 자를 말한다. 티베트 사람들은 하늘을 나는 독수리에게 시체를 보시하면 죽은 자가 하늘과 연결된다고 믿었다. 죽음으로 뭇생명을 이어가는 숭고한 과정이라는 그 다큐를 보면서, 나는 죽은 사람들을 재로 만들어 어떻게 남은 세상과 고인을 연결해주고 있는 것일까를 고민한 적이 있었다. 야만스럽게 보일 수 있는 그 티베트의 천장사가 나보다 훨씬 더 효율적인 장례 시스템을 치르고 있다는 생각이 들었다. 죽어서 나를 기억해주는 사람 없이 화장터로 들어갈 훗날의 내 시신을 상상하면 벌써부터 숨이 잘 쉬어지지 않는다. 차라리 죽기 전 티베트로 가서 천장사에게 나의 죽음을 맡기는 건 어떨까. 그런 희망을 갖고 인터넷에 검색해보니 신비한 문화를 간직해온 티베트는 점점 중국의 영향을 받아 그 정체성을 잃어가고 있다고 했다.

　야산을 내려와 옷을 갈아입고 퇴근할 준비를 했다. 자동차 시동을 걸지 않고 한참 주머니 속에 있던 검은 사리를 만지작거렸다. 이 꺼림칙한 기분을 떨쳐내기 위해서라도 오늘 이 문제를 해결해야만 했다. 왜 사리를 모아왔던 걸까. 그들이 죽어서 뭔가를 남겨놓은 것이란 생각이 들어서였다. 설령 이것이 종교적인 수행이나 덕을 쌓아야만 맺힌다는 사리가 아닌 일반유골의 찌꺼기일지라도 분명 1,000도씨에 가까운 불길조차 태우지 못했던 어떤 육신의 흔적이었다. 그건 살아남은 유가족들이 유골을 다시 작업장에 보내 보석으로 만드는 그런 것과 다른 형태일 것이다. 억지로 만들어낸 것이 아닌 죽은 몸이 자연스레 남겨놓은 최후의 유산...! 나는 사리를 모을 때마다 내가 하는 일을 조금 더 견딜 수 있게 되었다. 죽음과 먼, 너무나 생생하게 살아있는 바깥세상은 오히려 내게 아수라와 같은 지옥의 형상 같았다. 사리를 발견할 때마다 권태로움 뿐인 이 일에 자부심을 얻을 수 있었고 그들을 태우는 자가 아니라 그들을 남기는 자가 된 것만 같았다. 그리고 무엇보다 내가 이 일에 자격이 있는 사람이라는 걸 확인하는 기분이 들었다. 그렇기에 나는 이 검은 사리를 들고 있는 것에 부끄러울 일이 없다. 이제 어디로 가야할지 알 것 같았다. 나는 차에 시동을 걸고 바로 핸들을 돌려 그곳으로 향했다.

오래전, 나였던 소년은 키가 자라지 않았다. 괜찮아, 남자는 군대 갈 때까지 크는 거야. 삼촌이 천막지붕을 얹어놓은 기둥의 눈금 자리를 가리키며 말했다. 나였던 그 소년은 올라가지 않는 자신의 키보다 다음 해에 가야할 고등학교 교복 살 돈이나 마련될 수 있는지, 그게 더 걱정이었다.

산 중턱에 홀로 움막 같은 집에 살던 삼촌은 교통사고로 부모를 잃은 자신의 조카를 거두었다. 밥상 맞은편에 숟가락 하나 더 얹어놓은 셈이지만 갈 곳 없던 아이에겐 구원이었다. 사고당시 아이는 자신의 옆에 쌓여있던 과일상자 덕분에 살아남았다. 앞자리에 앉았던 부모님은 거의 형체를 알아보기 힘들 정도로 참담한 사고였다. 아이의 가족은 그렇게 외제차를 몰던 음주운전자와 함께 신기루처럼 사라버렸다.

삼촌은 작은 규모의 양봉을 했다. 멀리 떨어져 있어도 소년의 귓가에 꿀벌들이 웅웅거리는 것만 같았다. 벌에 쏘일까봐 근처에도 가지 않는 소년에게 삼촌이 말했다. 얘들이 너에게 벌침을 쏠 때는 아주 아주 위급한 상황이라는 신호야. 꿀이 아니라 자기 목숨을 발라 넣은 거거든. 삼촌, 전 그냥 곤충이 싫어요. 왜지? 죽은 시체에 곤충들부터 들러붙잖아요. 이 녀석아, 그러니까 다행인 거야. 곤충 덕분에 모든 게 자연으로 돌아가잖아. 그들 스스로도 말이야. 자연에게서 가져가기만 하고 아무것도 되돌려주지 않는 생명체는 인간밖에 없어. 시체조차 허공에 태워버리지. 니 부모도 그렇고 자연 입장에선 얼마나 낭비냐? 삼촌은 아차 싶어 말을 멈추고 조카를 내려다 봤다. 조카는 공중에 붕붕 날아다니는 노란 꿀벌들의 움직임을 일부러 가만히 지켜보고 있었다.

어느 날, 그러니까 소년의 기억 속에는 가방이 꽤 가벼웠고 일찍 하교할 수 있었던 날로 기억한다. 삼촌이 보이지 않았다. 어디로 가신 거지? 동네 개천에서 낚시를 하기로 했었는데. 아얏. 손등이 불에 덴 것처럼 순식간에 부어오르는 게 느껴졌다. 벌이 자기 목숨을 걸고 소년을 쏘았다. 본능처럼 발길이 양봉 근처 창고로 향했다. 삼촌이 쓰러져 있었다. 머리에 피가 흘러내려 굳어 있었고 높이 매달아놨던 묵직한 연장도구가 여기저기 흩어져 있었다. 낚시할 때 의자를 하나 만들어주겠다고 하던 작업물들이 주변에 널브러져 있었다. 벌들이 웅웅거리고 난리였다. 삼촌이 세상에 없다는 걸 귀신같이 알아챈 말벌들이 습격을 해왔다. 벌통 근처로 꿀벌들의 사체가 비 오듯 쏟아져 내렸다.

삼촌은 화장되어 이름 모를 강기슭에 몰래 뿌려졌다. 소년은 발인 전까지 얼굴도 모르는 친인척들에게 삼촌은 화장을 싫어해요, 라고 계속 말해보았으나 '이 아인 어쩌지?' 라는 물음만 되돌아왔다. 저 애가 재수가 좀 없네, 라고 중얼거리는 목소리도 들렸다. 소년은 떠나기 전 삼촌의 움막집을 둘러보았다. 며칠 새 폐가가 되어버린 그곳 근처에서 텅 비어버린 벌통을 발견했다. 소년의 귓속에 여전히 웅웅거리는 소리가 들리는 것만 같았다. 소년은 창고에서 삽을 꺼내와 양지바른 땅에 벌통을 묻었다. 그리고 고아원으로 향했다. 그날 이후, 소년의 키가 조금 자라기 시작했다.

산사의 밤은 깊고 고요했다. 도로에 가끔 달린 연등으로 절의 위치를 따라갈 수 있었다. 덕지스님이 말해준 곳은 생각보다 큰 규모였다. 차를 세우고 일주문을 지나 언덕을 오르니 대웅전과 산신각, 영가들을 모신 사당과 사무실이 보였다. 아무래도 근처 화장터나 납골당이 있어서인지 다른 절과 다르게 붉고 커다란 홍등이 여기저기 걸려있었고 넋을 위로하는 제사의 흔적이나 위패가 관세음보살상 근처 곳곳에 보이기도 했다. 뒤에 걸쳐진 암막의 산그림자가 병풍처럼 걸쳐져 있어 신묘한 분위기가 났다. 나는 괜스레 주변을 둘러보며 스님의 흔적을 찾았지만 어쩐 일인지 절에는 인적이 드물고 사무실 한쪽에만 퇴근하지 않은 직원 한명이 사무책상에 앉아있는 게 창문 너머로 보였다.

일단 제사를 지내는 사당으로 들어가 봤다. 중생을 구제하러 지하세계에 스스로 들어갔다는 지장보살 주변으로 이름 모를 장군상들이 한쪽에 나란히 세워져 있었다. 그 왼쪽으로 영정사진 앞에는 돈이나 사탕, 비녀 등 그 사람이 생전에 좋아하던 것들이 놓여 있었다. 할머니부터 아직 앳된 청년에 이르기까지 먼저 세상을 떠난 사람들의 모습을 한동안 물끄러미 바라봤다. 마지막 숨이 다하기 전 그들은 무슨 생각을 했을까. 어떤 걸 떠올렸을까. 내가 만약 저들처럼 죽는다면 마지막 순간에 어떤 걸 느낄까. 누구든 죽음을 맞이한다는 걸 알면서도 누구도 자기 죽음에 대해 오래 생각하지 않는다. 자신도 그들처럼 죽는단 걸 알면 그렇게 깊은 통곡소리를 할 필요가 없을 텐데. 그저 누군가가 먼저 떠나는 걸 본 것일 뿐. 나는 자리를 옮겨 대웅전으로 향했다.

대웅전에는 몸집이 작은 할머니가 한쪽에서 웅얼거리며 염불을 외우고 있었다. 나는 어딘가에서 본 적 있는 자세로 절을 하는 시늉을 한 뒤 가만히 대웅전을 살펴보았다. 이 검은 사리를 어디에 놓으면 좋을까. 역시 덕지스님을 찾아서 맡길까. 아니다. 다시 만나면 서로 민망하겠지. 그냥 여기 불상 앞에 조용히 두고 나오자. 아니다. 여기에 두더라도 어딘가 숨겨서 놓고 가는 게 좋겠어. 나는 할머니가 자리를 뜰 때까지 대웅전에 있어보기로 했다. 저 알 수 없는 염불소리는 대체 언제 끝나는 걸까.

명상을 하는 척 자리에 앉아 가만히 있어보았다. 잠자코 있으니 마음이 더욱 복잡해졌다. 스님들은 명상하면서 어떻게 고요함을 얻는단 말인가. 오히려 머릿속에 온갖 잡념들이, 특히 검은 사리에 대한 생각으로 가득 찼다. 내가 어쩌다가 여기까지 온 것일까. 왜 덕지스님을 만나지 않고 대웅전에 와서 이러고 있는가. 사실 스님들이 이 검은 사리를 살펴보는 게 싫어서가 아닐까. 이게 사리가 아니라고 얘기할까봐, 그게 더 두려운 거 아니야? 내가 믿고 있던 것들이 아니게 될까봐서? 나는 사리를 두고 갈 마음이 있기는 한 걸까. 그러기로 했다면 왜 지금도 망설이는 거지.

나는 불상 근처로 다가가 불상의 옆쪽 발모양 사이로 난 틈을 발견했다. 염불중인 할머니는 눈을 지그시 감은 채 삼매경에 빠져있는 것처럼 보였다. 검은 사리를 그 틈에 슬쩍 끼워 넣어 보았다. 그 작은 틈새로 사리가 딱 들어가는 느낌이 들었다. 이만하면 되었다. 나는 불상 앞에서 깊게 합장을 하고 대웅전을 빠져나왔다. 사실 빠져나오는 척했다. 밖으로 나와 문틈으로 가만히 할머니를 지켜보았다. 할머니가 혹시 불상 근처로 가서 내가 숨겨놓은 사리를 찾아낼까봐, 좀 더 지켜봤다. 할머니는 불상처럼 미동도 없이 계속 염불을 하고 있었다.

사찰 밖으로 나와 다시 일주문에 다다르자 덕지스님을 발견했다. 스님은 누군가와 이야기를 나누고 있었다. 나는 행여나 나를 알아볼까 싶어 고개를 돌리고 허둥거리며 일주문 밖으로 절을 빠져나왔다. 스님이 날 좇지 않을 거란 걸 알면서도 마음이 급해져 차에 타자마자 시동을 걸었다.

주머니에... 아직 검은 사리가 몇 개 남아있다.

전부 두고 나올 순 없었다. 틈이 너무 작았던 거야. 다음에 또 와서 사리를 조금씩 두고 가면 되지 않을까? 왜 이렇게까지 해야 하는 거지? 이 사리는 누구의 것이지? 내가 계속 지니고 있다면 내 거라고 말할 수 있는 거 아닌가?

먹는 건 어렵지 않아. 덥석. 나는 손바닥에 놓여있던 남은 사리들을 입속에 털어 넣었다. 차라리 이게 제일 좋은 방법인 거 같았다. 다시 시동을 걸었다. 집으로 가서 샤워를 하고 일찍 쉬고 싶었다. 산길을 내려오는 동안 주변의 어떤 풍경도 보이지 않았다. 내게 길을 알려주었던 연등도 보이지 않는다. 집을 가리키는 내비게이션의 신호를 보고 기계처럼 몸을 움직일 뿐이다. 유리함에 모아둔 그 사리들을 내가 다 먹어버리면 어떻게 될까. 내 몸에도 어떤 흔적이 사라지지 않고 남을 수 있을까. 맞은편에 다가오는 자동차의 헤드라이트가 섬광처럼 번쩍인다.

실

조경선

　얼마 전에 제주도를 다녀왔습니다. 벌써 다섯 번째 방문으로 이번 여행
지는 서귀포로 정했습니다. 서귀포에서 유명한 천지연 폭포나 국화 농원
등도 좋았지만 제주 시민들의 생활을 느낄 수 있는 시장이 더 마음을 끌
었습니다. 그곳에서 꾸며지지 않은 자연스러운 삶의 모습들을 볼 수 있었
습니다. 시장과 더불어 감동을 받았던 곳은 이중섭 화가의 거리였습니다.
그 거리에는 이중섭 화가가 머물렀던 집과 그의 그림이 전시된 박물관이
있었습니다. 박물관으로 향하는 길의 돌바닥에는 이중섭 화가의 그림이
군데군데 새겨져 있었습니다. 그림들을 보는 재미에 경사가 가파른 길도
힘들지 않고 오를 수 있었습니다. 박물관에서 이중섭 화가의 그림을 보았
을 때는 부드러운 감동이 마음에 스며들었습니다. 마음이 점차 환해지면
서 나도 이렇게 사람의 마음을 움직일 수 있는 작품을 쓸 수 있으면 좋겠
다 싶었습니다. 그림과 소설은 분야가 다르지만 사람의 마음을 파고드는
감동을 주는 공통점이 있다고 생각했습니다. 그러기 위해 많은 노력을 해
야겠다고 다짐했습니다.

수상을 하게 되었다는 전화를 받았을 때 상당히 흥분을 했습니다. 이렇게 좋은 일이 있어도 되나 싶기도 했습니다. 시간이 지나 들뜬 마음이 다소 진정되자 심사위원님께 감사한 마음이 들었습니다. 제가 쓴 글에서 좋은 면을 더욱 많이 봐주신 것 같았습니다. 이런 좋은 기회를 살려 앞으로 더욱 멋진 글을 쓰도록 하겠습니다. 수상자 면담을 위해 세심히 안내해주시고 촬영 등을 해주신 삶의향기 동서문학상 관련 분들도 정말 감사합니다.

실

조경선

휴대폰을 받자마자 은지가 대뜸 말했다. 언니, 어쩌면 늦게 도착할지도 몰라. 미지가 차의 내비게이션을 만져서 고장을 냈어. 이번에 은지는 처음으로 자가용을 운전해 엄마의 집이 있는 사천으로 오는 중이었다. 내비게이션이 고장 났다면 쉽게 찾아오긴 힘들 터였다. 은지는 맥이 빠진 목소리로 다시 입을 열었다. 엄마의 기일이 내일이어서 다행이지 오늘이었으면 큰 일 날 뻔 했어. 거실 벽에 걸린 시계를 쳐다보니 오후 세 시가 넘은 시각이었다. 납골당은 오후 여섯 시에 문을 닫았다. 거기다 여기서 차로 한 시간 거리에 있기에 은지의 말대로 엄마의 기일에 엄마를 보지 못할 수도 있었다. 나는 거실 탁자 위에 펼쳐놓은 십자수 도안으로 다시 눈을 돌린 뒤 은지의 하소연을 들었다. 은지는 이번에는 한숨을 내쉬며 말했다. 때때로 미지를 감당하기 너무 힘들어. 막내인 미지는 서른 한 살의 나이이지만 어린 아이의 지적 능력을 지녔다. 거기다 아이의 순진함과 고집 세고 제멋대로인 면이 함께 있었다. 미지 때문에 엄마와 나와 은지는 곤란한 상황에 놓이는 일이 많았다.

어렸을 적 우리 가족은 달동네 꼭대기의 집에서 살았다. 슬라브 지붕을 얹은 흙벽의 집으로 조금이라도 센 태풍이 오면 집이 날아갈까 걱정

될 정도로 낡은 집이었다. 그곳에서 엄마는 연탄으로 방을 덥히고 요리를 했다. 세탁기가 없어서 추운 겨울에도 손빨래를 해야 했다. 어촌 마을에서도 못사는 사람들이 모인 곳이 달동네인데 그 중에서도 우리 집이 가장 가난했다. 하지만 나는 그런 사실을 개의치 않았기에 곧잘 동네 아이들과 어울려 놀았다. 그럴 때면 되도록 미지를 떼어놓으려 했다. 놀이를 할 때마다 미지를 챙겨주는 것은 힘들고 성가신 일이었다. 신나게 놀다가 미지가 말도 되지 않는 일로 고집을 피울 때는 감당하기 힘들었다. 무엇보다 미지가 바보처럼 구는 것이 싫었다.

미지와 함께 동네 아이들과 어울려 놀 때 숨바꼭질을 한 적이 있었다. 이런 종류의 놀이에 미지는 적응을 하지 못했다. 미지는 곧잘 술래에게서 얼마 떨어지지 않은 집 담벼락에 숨거나 자신의 몸이 다 가려지지도 않은 손수레 뒤에 숨었다. 그래서 술래가 미지를 순식간에 찾아 신나게 외쳤다. 미지 또 찾았다, 하고. 미지는 되레 신난 얼굴로 술래를 따라왔다. 그러고는 순순히 술래가 섰던 담으로 갔다. 뒤돌아서서 눈을 가린 채 미지는 일부터 숫자를 셌는데 틀리지 않고 십까지 간 적이 거의 없었다. 그럴 때면 아이들은 마구 웃었고 나는 미지를 애써 모른 척 했다. 한 번은 미지가 실수 없이 제대로 숫자를 셌는데 아이들은 틀렸다며 다시 세야한다고 우겼다. 나는 아이들이 틀렸다고 말하지 않았다. 그저 가만히 미지가 다시 숫자 세는 것을 보기만 했다. 놀이가 끝나고서도 마치 모르는 사람처럼 미지와 떨어진 채 걸어서 집으로 돌아왔다.

저녁밥도 거르고 자는 미지를 보고 엄마는 무슨 일이 있었는지 물었다. 나는 미지가 거의 술래였던 숨바꼭질 이야기를 했다. 내 말이 끝나기도 전에 엄마는 얼굴이 붉혔다. 그러고는 나를 나무랐다. 아이들이 미지를 바보 취급할 때 왜 가만히 있었느냐고. 갑작스런 상황에 놀라 눈만 동그랗게 뜨고 엄마를 쳐다보았다. 잠시 뒤에 내가 왜 미지를 돌봐야하는지 반발심이 마음속에서 생겨났다. 그러나 엄마가 볼마저 떨면서 화를 냈기에 아무런 말도 하지 못했다. 단지 엄마의 눈치만 볼 뿐이었다. 할 말을 마친 엄마는 뒤 돌아앉아서 주먹으로 가슴을 두드렸다. 그러고는 말 한 마디 차마 걸지 못할 정도로 엄마는 연신 한숨을 내쉬었다.

탁자 위에서 십자수 천을 들어 펼쳤다. 그 위에는 어제 저녁에 작업을 마친 용선이 수놓아져 있었다. 선미에 용의 얼굴을 만들고 후미에 용의 꼬리를 만들어 넣은 배였다. 용의 얼굴에는 녹색과 파란색 색실로 수놓았다. 용의 꼬리는 녹색 실로 수를 놓았다. 용의 수염과 꼬리털은 빨간색 실을 썼다. 날카로운 어금니와 용의 비늘은 은색으로 놓았다. 나는 하트 모양의 빨간색 실 통에서 분홍색 실과 바늘을 꺼냈다. 바늘귀에 실을 꿰어 십자수천에 바늘을 꽂았다. 그러고는 용선 한가운데 자리한 사당의 테두리를 박음질하기 시작했다.

엄마는 상당히 불편하게 거동했기에 정식 직업을 가지지 못했다. 도시였다면 장애인에게도 기회가 있었을지 모르지만 어촌 마을에서 그런 배려는 기대하기 힘들었다. 엄마는 돈을 벌기 위해서 매일 새벽 네 시 반에 집을 나서 어시장으로 갔다. 그곳에서 엄마는 상인의 생선들을 리어카에 실어 날랐다. 이른 아침부터 정오까지 엄마는 휘청거리는 걸음걸이로 리어카를 끌었다. 일을 마치면 엄마는 잔뜩 피곤해져서 집으로 돌아왔다. 그러고는 우리 자매들 앞에 생선 비린내가 벤, 꼬깃꼬깃 접힌 오 천 원짜리 한 장과 천 원짜리 지폐 여러 장을 꺼냈다. 힘든 일에 비해 턱 없이 적은 금액이었다. 엄마도 자신이 받은 일 삯이 적다는 것을 알고 있었다. 가끔 그것에 대해 불만을 가졌지만 자신의 고용주들에게 직접 따지지는 못했다. 적은 금액이라도 우리에게는 반드시 필요한 돈이었다. 쌀을 사거나 라면을 사거나 다른 기타 물품들을 사기 위해서는. 그나마 엄마가 수

급자였기에 매달 이 삼십 만원을 받을 수 있었다. 수급비와 엄마가 번 돈으로 부족하게나마 생활을 이어나갈 수가 있었다.

언젠가 엄마는 가난이 자신의 발에 묶인 족쇄 같다고 푸념을 한 적이 있었다. 그러나 나는 가난보다 사람들의 편견이나 배려 없는 행동에 엄마가 훨씬 아팠을 거라 생각했다. 초등학교 고학년이었을 때 엄마를 따라 어시장으로 간 적이 있었다. 엄마가 휘청거리는 걸음걸이로 생선 좌판을 벌려놓은 한 아주머니 앞을 지나려 했다. 그러자 아주머니가 큰 소리로 "어, 어, 저기 걸려 넘어진다." 하고 소리치며 과장되게 한 손을 내저었다. 그 동작은 파리를 내쫓는 동작과 비슷해 보였다. 엄마는 얼굴이 붉어지고 숨이 가빠졌지만 한 마디 하지 못하고 아주머니를 스쳐 지날 뿐이었다. 나는 순간적으로 화가 났다. 아직 아무 일도 일어나지 않았는데 엄마의 모습만으로 판단한 아주머니가 어이없었다. 하지만 차마 따지지는 못했다. 덩치 큰 아주머니가 미우면서도 무서웠던 거였다. 단지 엄마의 뒤를 쫓아가는 동안 어시장에 감도는 생선 비린내가 매우 역하다고 느낄 뿐이었다.

사당 벽의 색을 채우기 위해 바늘귀에 빨간색 실을 꿰었다. 그러고는 박음질한 분홍색실 옆에 바늘을 꽂으며 생각했다. 어쩌면 엄마의 인생에서 일어난 그러한 일들 때문에 세상일에 무심했는지도 모른다고. 여러 해 전에 엄마와 함께 시외버스 터미널에 갔을 때였다. 나와 엄마는 버스표를 산 다음 터미널 안 나무 벤치에 앉아 버스 출발 시간을 기다리고 있었다. 얼마 지나지 않아 터미널 밖에서 날카로운 자동차 타이어의 마찰음과 함께 무언가 부딪치는 커다란 소리가 났다. 이어서 사람들의 수군거림이 들렸다. 비명을 지르는 사람도 있었다. 누군가가 오토바이가 부딪쳤다고 소리쳤다. 터미널 안의 사람들은 출입문 쪽으로 몰려갔다. 몇 몇은 밖으로 나가기까지 했다. 나 역시 터미널 밖에서 벌어진 일이 궁금해 벤치에서 엉덩이를 뗐다. 하지만 엄마는 미동 없이 벤치에 앉아 있었다. 방금 전에 일어난 교통사고는 물론 사람들의 반응도 관심 없는 듯 표정 하나 변하지 않았다. 그런 태도는 자신의 마음을 지키기 위한 것임을 나는 조금 더 나이를 먹어서야 알게 되었다.

그래도 엄마는 우리 자매들에게까지 무심한 태도를 취하지는 않았다. 나는 고등학교 진학 문제를 두고 엄마와 심하게 대립한 적이 있었다. 인문계열 고등학교로 가길 원했지만 엄마는 상업계열 고등학교에 갔으면 했다. 고등학교를 졸업한 뒤 바로 취직을 해서 가정 경제에 보탬이 되기를 바랐던 거였다. 이 일만큼은 엄마에게 양보하고 싶지 않았다. 내 뜻대로 되지 않자 보란 듯이 밥을 먹지도 않고 며칠 동안 엄마와 말도 하지 않고 지냈다. 그렇게 엄마와 서먹하게 지낼 때였다. 멀쩡했던 아침과 달리 오후가 되자 느닷없이 폭우에 가까운 비가 내린 날이 있었다. 등교하면서 우산을 챙기지 않았기에 시간이 갈수록 커다란 걱정이 되었다. 창밖에 내리는 비를 힐끔거리며 안달복달하고 있을 때 누군가 내 이름을 불렀다. 뒤돌아보니 반 아이 중 한 명이 낯익은 갈색 우산을 내밀었다. 우리 엄마가 주고 갔다고 하면서. 나는 우산을 받아들고 창가로 급히 다가갔다. 밖을 내다보니 엄마가 눈에 띌 정도로 구부러진 남색 우산을 쓰고 운동장을 가로지르고 있었다. 거세게 내리는 빗속을 불안정하게 걷는 엄마의 모습을 잠시 물끄러미 쳐다보았다. 이상하게도 그 모습은 오랫동안 잊히지 않는 기억으로 내게 남았다.

열심히 수놓은 끝에 빨간색 사당 벽이 완성되었다. 바늘을 두 번 휘감아 매듭을 지은 다음 가재 앞 집게발 같이 생긴 십자수 가위로 실을 잘랐다. 이번에는 바늘귀에 갈색 실을 꿰어 사당의 창문틀에 색을 채워 넣었다. 창틀 위에 튀어나온 부분은 고동색으로 놓아 단조로운 느낌을 피했다. 창문 안에 드리운 커튼을 놓을 때는 금실을 썼다. 금실은 빛을 받으면 반짝이는 것처럼 보였다. 그 때문에 금실로 놓은 십자수의 작품은 더욱 고급스럽게 보였다.

어릴 적부터 우리 자매는 엄마와 그럭저럭 잘 지내왔다. 하지만 그런 관계는 우리의 자아가 뚜렷해지기 시작하면서 균열이 가기 시작했다. 엄마는 자기주장이 강할 뿐 아니라 다른 사람에게 자신의 방식을 곧잘 강요했다. 가령 엄마는 화장실 변기의 물을 내리는 것을 싫어했다. 물이 아깝다는 것이 그 이유였다. 그래서 화장실로 가면 변기에 거의 항상 노란색 소변이 고여 있었다. 화장실 안에는 짙은 암모니아 냄새가 곳곳에 배어 있었다. 나와 은지는 냄새에 예민했기에 화장실을 쓸 때마다 괴로워했다. 하지만 엄마는 우리의 하소연을 전혀 신경 쓰지 않았다. 그뿐 아니라 나와 은지가 소변을 본 뒤 물을 내리기라도 하면 호통을 쳤다. 이런 생활 속 작은 문제뿐 아니라 직업 선택 같은 큰 문제도 엄마의 눈치를 봐야했다. 차츰 서로간의 이해가 어긋나게 되어 가족 간의 대화가 사라지기 시작했다.

건조한 관계를 이어가던 중 엄마와 은지가 크게 틀어지는 일이 일어났다. 은지가 남자친구를 사귀면서부터였다. 은지는 먼저 내게 남자친구를 소개시켜 주었다. 은지의 남자친구는 다정한 성격의 사람으로 사소한 행동 하나에도 은지를 사랑하는 마음이 배여 있었다. 은지 역시 남자친구에게서 눈을 떼지 못할 정도로 마음이 깊어진 상태였다. 얼마 뒤에 은지는 엄마에게도 남자친구의 존재를 밝혔다. 결혼까지 생각하고 있었기에 한 행동이었다. 처음에 엄마는 아무런 말없이 은지의 말을 들어주었다. 그러나 다음 날 엄마는 은지를 붙잡고 물었다. 은지가 결혼을 해서 나가 살면 자신과 미지는 어쩌느냐고. 왜 자신만 생각하느냐고 따졌다. 만약 은지가 결혼을 한다면 자신은 미지와 함께 약이라도 먹고 죽겠다고 했다. 은지가 어떤 말을 해도 엄마는 들은 척도 하지 않았다.

은지는 회사에서 받은 첫 월급부터 싫은 내색 하나 없이 돈을 엄마에게 주었다. 거의 월급의 반에 가까운 액수였다. 남은 돈으로 생활하느라 은지는 비싼 구두나 가방 하나 사지 못했다. 마음에 드는 옷을 살 때도 여러 번 고민을 하다 결국 포기하는 일이 많았다. 그런 은지의 희생에도 엄마는 더 큰 것을 요구하고 있었다. 언젠가 엄마는 나에게 말한 적이 있었다. 나와 은지 둘 다 결혼하지 말고 평생 같이 살자고. 너희들을 시집보내면 너무 슬플 거라고. 당시 엄마와 나는 드라마를 보고 있었다. 드라마 속 주인공이 결혼을 하는 식장에서 서운함에 눈시울을 붉히는 주인공의 엄마를 본 뒤 한 말이었다. 나는 엄마가 극중 엄마 모습에 마음이 흔들려 한 말이라고 생각했다. 하지만 은지에게 한 행동으로 보아 그때의 엄마의 말은 진심이었다는 것을 알 수 있었다. 그러자 엄마가 너무하다는 생각이 들었다. 더구나 등급을 받아 다른 사람의 도움을 받을 수 있음에도 엄마는 그러지 않았다. 마치 엄마와 미지를 돌보는 것은 나와 은지뿐이라고 인식시키려는 듯이. 우리는 가끔씩 보이는 엄마의 이기심에 맥이 빠질 정도로 허탈함을 느꼈다.

강제로 남자친구와 헤어지고 나서 은지는 거의 모든 일에 의욕을 잃은 것처럼 보였다. 심지어 성실하게 다니던 회사였는데 차츰 결석하는 일이 늘어갔다. 식사마저 거르며 무기력하게 지내는 은지를 보자 걱정이 되었다. 엄마 역시 편치 않은 얼굴이었지만 별다른 말을 하지 않았다. 그렇게 서너 달을 보낸 어느 날 은지는 심각한 얼굴로 내게 의논을 청했다. 고개를 끄덕이자 은지는 대뜸 말했다. 회사를 그만 두고 새로운 것을 배워 직업을 바꾸고 싶다고. 나는 놀라서 물었다. 직업을 바꾸고 싶다고? 은지는 고개를 끄덕인 뒤 말했다. 수도권에 있는 학원에서 배울 생각이야.

이 지역에서는 원하는 공부를 할 수 없는데다 남자친구가 계속 생각나서 더 이상 머무르기 힘들어. 은지는 내게 의견을 구하는 것이 아니라 통보를 하고 있었다. 나 역시 전부터 일러스트레이터로 조금 더 많은 일감을 받기 위해 도시로 이사하고 싶다고 생각해왔다. 그러한 마음을 은지에게 털어놓았다. 은지는 달리 생각할 것 없다는 듯이 말했다. 언니도 나와 같이 도시로 나가면 되잖아, 하고.

엄마는 우리의 계획에 언짢은 얼굴을 했다. 하지만 은지에게 한 일 때문에 반대의 목소리를 내지 못했다. 그저 우리 주위를 서성거릴 뿐이었다. 혹시라도 우리가 엄마의 처지에 동정해서 뜻을 취소해주기를 바라기라도 한 듯이. 은지는 이미 마음을 굳혔기에 엄마의 모습을 모른 척 했다. 나는 도시에서 일해보고 싶은 마음에 애써 아무렇지 않은 듯이 행동했다. 우리의 태도에 엄마는 결국 자신의 고집을 포기했다. 그럼에도 엄마는 이사 나가는 날까지 되도록 우리에게 말을 걸지 않았다. 우리 역시 엄마에게 먼저 입을 열지 않았다. 불편한 침묵은 우리가 이사를 가고도 이어지게 되었다. 그러는 동안 은지는 학원에서 교육을 끝내고 세무서 사무실에 취직했다.

도시에 있는 빌라로 이사하고 몇 달이 지난 뒤 나는 슬슬 마음이 불편해지는 것을 느꼈다. 이대로 엄마와 연락하지 않고 살아도 되나 싶었다. 하지만 은지에게 내 마음을 밝힐 수는 없었다. 혹시라도 엄마가 걱정되면 떠나도 상관없다는 말을 들을까 겁이 났다. 도시 생활에 만족하고 있었기에 시골로 내려가고 싶지 않았다. 이렇듯 마음이 이쪽저쪽으로 오갈 때 엄마에게서 전화가 왔다. 추석을 며칠 앞둔 날이었다. 엄마는 이번 명절에도 오지 않을 것인지 물었다. 나와 은지가 보고 싶다고 했다. 외롭다는 말을 덧붙이면서. 엄마의 목소리에 힘이 하나도 없었다. 그래서 순간적으로 그러겠다고 말할 뻔 했다. 나는 마음을 추스른 뒤 명절에 밀린

일을 해야 한다고 답했다. 은지 역시 직장 일로 시간을 낼 수 없다고 했다. 전화를 끊고 나자 기분이 가라앉았다. 굳이 엄마에게 거짓말을 하면서까지 만나는 것을 피해야 하나 싶었다.

그 뒤로도 엄마는 며칠에 한 번씩 전화를 했다. 은지 때문인지 주로 낮 시간대를 이용했다. 미지와 함께 홀로 남은 엄마의 전화를 외면하고 싶지 않았다. 처음 얼마동안은 서로에 대한 안부를 묻는 것이 다였다. 그러다 차츰 일상 이야기를 나누는 단계로 넘어갔다. 엄마와 계속 전화 통화를 하자 생각이 바뀌기 시작했다. 기분 전환을 위해 한 번씩 사천으로 내려가도 좋을 것 같다고. 이런 생각 때문인지 내가 먼저 전화를 걸기도 했다. 그러나 이런 일들을 언제까지나 은지 모르게 유지하지 못했다. 은지가 월차를 낸 날에 하필 엄마가 전화를 걸었다. 휴대폰 액정에 뜬 번호를 본 뒤 당황한 표정을 숨기지 못하는 날보고 은지는 의심의 눈초리를 던졌다. 은지는 누구에게서 온 전화냐고 물었다. 집요하게 묻는 통에 나는 결국 엄마에게서 온 전화인 것을 밝혔다. 은지는 한동안 나를 노려보더니 아무런 말도 없이 자신의 방으로 들어가 버렸다.

그 뒤 며칠 동안 나는 은지의 처분만을 기다리고 있었다. 은지의 눈치를 살피며 되도록 기분을 거슬리지 않으려고 주의했다. 그러면서 은지가 택할 가능성이 있는 온갖 선택지들을 머릿속에 떠올렸다. 다행히 은지는 나쁜 선택지대로 움직이지 않았다. 오히려 엄마와 연락을 주고받아도 좋다고 허락해주었다. 가끔 방문하는 것에도 관대한 태도를 취해 주었다. 생각지도 못한 은지의 태도에 얼떨떨해져 눈만 동그랗게 뜬 채 은지를 쳐다보았다. 그런 나를 보며 은지는 단단한 어조로 말했다. 자신에게 엄마와 관련해 그 어떤 요구도 하지 말라고. 나는 놀란 가슴을 진정시키며 고개를 끄덕였다.

금색 커튼을 완성한 뒤 바늘귀에 파란색 실로 바꿔 꿰었다. 우산처럼 우아한 곡선의 사당의 지붕을 파란색으로 채울 생각이었다. 수를 놓을 때는 곡선보다 직선이 편했다. 그래도 공들인 만큼 완성을 했을 때는 곡선이 들어간 부분의 만족도가 컸다. 그 만족감을 위해서 기꺼이 수고를 들일 만 했다.

은지의 허락을 받은 일주일째 되던 날 나는 처음으로 엄마의 집으로 내려갔다. 그 뒤로는 한 달에 두 번 정도 엄마의 집에 방문을 했다. 그리고 더 시간이 흘렀을 때는 매주 엄마를 방문하게 되었다. 주로 토요일에 엄마 집으로 갔다가 일요일에 나오는 식이었다. 그러다 한 번 금요일 오후에 방문한 적이 있었다. 예고 없는 방문에 엄마는 놀란 얼굴로 대문을 열어 주었다. 거실에 들어가자 tv가 켜져 있는 것이 보였다. 나는 고기를 냉장고에 넣고 과일과 간식거리를 식탁 위에 올려놓은 다음 거실로 나왔다. 엄마는 어느새 소파에 앉아 tv를 보고 있었다. 별 생각 없이 소파에 앉아 tv 화면을 쳐다보았다. tv에서는 혼자 사는 노인을 다룬 프로그램을 방영하고 있었다.

칠십이 넘어 보이는 tv 속 노인은 폐지를 주워 근근이 살고 있었다. 그러다 병에 걸려 폐지를 모으러 다니지 못하게 되었다. 수입원이 끊긴 노인은 동사무소에서 나오는 생계보조금과 노인 연금으로 간신히 살아갔다. 하지만 진료비와 약값이 비싸 제대로 병원을 가지 못했다. 게다가 옆에서 돌봐줄 사람이 없어서 끼니를 자주 거른다고 했다. 노인의 몸은 가늘었고 팔과 다리에 뼈마디가 튀어나와 있었다. 엄마는 tv 속 노인을 담담한 표정으로 보고 있었지만 두 눈에 서린 슬픔을 가리지는 못했다. 그런 모습을 보고 나는 불쑥 입을 열었다. 엄마와 상관없는 프로그램을 왜 보고 있어요? 엄마가 아픈 데 나와 은지가 신경 하나 안 쓰겠어요? 저런 거를 보고 걱정만 해서야 혈압만 높아져요. 엄마는 tv에서 눈을 떼고 나를 봤지만 별다른 말을 하지 않았다. 어색한 침묵을 참지 못하고 예전에 동생과 함께 썼던 방으로 들어갔다. 방문을 닫았을 때 언뜻 생각 하나가 스쳤다. 엄마는 자신이 tv 속 노인처럼 방치될 수도 있다고 여겼 을 지도 모른다는 생각이. 그렇다면 당연히 나와 은지가 각자의 가정을 가지는 것을 싫어했을 거였다. 엄마의 마음을 알게 되자 엄마의 행동이 이해가 되었다. 그렇지만 엄마의 일방적이었던 행동이 옳다는 생각은 들 지 않았다.

바늘귀에 연분홍색 실을 꿰어 사당 지붕 꼭대기로 가져갔다. 그러고는 연꽃을 놓기 시작했다. 십자수 천 앞뒤로 바늘이 몇 번 왕복을 하자 우 아한 곡선의 연꽃잎이 완성되었다. 같은 작업을 다섯 번 반복하자 어느 새 탐스러운 꽃송이가 지붕 위에 자리 잡았다.

생각지도 못했던 불행은 어느 날 갑자기 일어났다. 늦은 오후에 거래 처 사람들과 미팅을 한 뒤 꺼놓았던 휴대폰을 켰다. 밝아진 액정 화면에 부재중 전화가 여러 건 떠있었다. 엄마의 번호였다. 통화 버튼을 누르고 두 번의 신호음 뒤 엄마의 목소리가 들려왔다. 엄마는 근심 가득한 목소 리로 대뜸 큰일 났다고 말했다. 덩달아 긴장이 되어 무슨 일인지 물었다. 내 말에 대답을 하지 않고 엄마는 당장 병원으로 와 달라고 반복해 말 했다. 멀리 떨어져 있는 내가 당장 엄마가 말한 병원으로 가지 못한다는 것을 알 텐데도 무작정 병원으로 와 달라고 했다. 이어서 엄마는 떨리는 목소리로 말했다. 위내시경 검사를 하는 중에 악성 종양이 발견됐어. 지 금은 대학 병원에서 조직 검사 결과가 나오길 기다리고 있고. 나는 엄마 의 말을 듣고 입에 담기도 싫은 단어를 머릿속에 떠올렸다. 설마 그럴 리 가 있겠어, 하며 속으로 중얼거렸지만 가슴은 세차게 두근거렸다. 나는 심호흡을 한 뒤 엄마에게 바로 내려가겠다고 했다. 병원 면회를 하지 못하더라도 집에 혼자 있을 미지가 걱정되었다. 은지에게 전화를 걸 때 손이 떨려서 번호를 잘못 눌렀다. 다시 한 번 더 심호흡을 한 뒤 신중하게 숫자 버튼을 눌렀다.

밤늦은 시간에 사천에 닿았기에 나는 병원으로 가지 않고 엄마의 집으로 향했다. 택시 안에서 엄마에게 전화를 걸어 아침 일찍 병원으로 가겠다고 약속했다. 그러면서 괜찮을 테니 너무 걱정하지 말라며 엄마를 안심시켰다. 전화를 끊고 택시의 인조 가죽 좌석에 기대앉으며 염원했다. 엄마가 정말 괜찮기를. 그러나 그 조그만 희망은 다음날 여지없이 박살이 났다. 엄마가 위암이라는 사실을 의사에게서 들었을 때 주위 모든 것이 빙글거리며 도는 것 같았다. 희망이 완전히 사라진 것이 아니길 빌며 의사에게 매달리듯 물었다. 엄마의 암이 초기인지. 그러나 의사의 굳은 얼굴을 보고 절망이 뭔지를 알게 되었다. 참담한 내 표정을 보고 의사가 다소 황급히 말했다. 그래도 말기는 아니니까 대학 병원에서 수술이 잘 받으면 된다고. 엄마가 좋아질 수도 있으니 벌써부터 낙담하지 말라고.

병실로 돌아온 나는 엄마에게는 사실을 알리지 못했다. 그럼에도 엄마는 자신의 주위를 감도는 무거운 분위기로 어느 정도 짐작을 하는 것 같았다. 엄마는 두려움이 깃든 눈으로 나와 간호사를 쳐다보았다. 엄마의 눈빛을 보니 더욱 사실을 말할 수 없었다. 결국 간호사가 엄마에게 말해 주었다. 엄마가 위암에 걸렸기에 대학 병원에서 수술을 받아야 한다고. 간호사의 말을 듣고 엄마는 움직이지 않았다. 입과 몸은 물론 눈꺼풀 하나까지도. 주위 사람들과 달리 엄마 혼자만 정지 명령을 받기라도 한 듯이. 전기로 환하게 밝힌 병실이지만 엄마 주위에만 어둠이 고여 있는 것 같았다. 엄마는 울지 않았다. 단지 영혼이라도 빠진 것 마냥 움직이지 않을 뿐이었다. 나 역시 울지 않았다. 그저 의자에 앉은 채 멍하니 엄마를 쳐다보고만 있었다.

　십자수 도안을 들여다본 뒤 바늘귀에 검은색 실을 꿰었다. 사당 앞에 서 있는 인로왕보살의 머리를 수놓기 위해서였다. 보살의 머리가 완성되자 이번에는 살구색 실을 집어 들었다. 그러고는 얼굴을 비롯해 목과 가운 사이로 드러난 가슴에 색을 채워 넣었다.

　위암 판정을 받은 바로 다음 날 엄마는 대학 병원에 입원했다. 나는 간병인을 구해 엄마 곁에 머물게 했다. 엄마의 집에서는 미지를 돌봐야 했기에 내가 직접 병실에 있을 수 없었다. 대학 병원에 입원한 지 삼일째 되는 날에 엄마는 수술을 받을 수 있었다. 수술 당일에는 아침 일찍 병원으로 가서 엄마를 기다렸다. 예상 시간보다 서너 시간 더 지나서야 두 명의 간호사가 바퀴 달린 침대를 밀고 병실로 들어왔다. 침대 위에는 엄마가 잠들어 있었다. 수술이 잘 되었다는 간호사의 말에 그제야 안도의 한숨이 나왔다. 간호사는 이어서 엄마의 위를 삼분의 이 가량 잘라냈다고 알려주었다. 나는 그 사실이 못마땅했지만 수술을 성공한 것이 중요하다며 마음을 다잡았다.

　엄마는 한 달을 더 병원에 머문 뒤 퇴원을 했다. 집으로 가는 택시 속에서 엄마는 진저리를 치며 말했다. 병원이란 다시 올 곳이 못 된다고. 약봉지를 안고 엄마 옆에 앉은 나는 아무런 말도 하지 않았다. 앞으로 엄마는 병원을 오가며 항암 치료를 해야 했다. 그러니 짧은 순간이라도 병원에서 해방되는 기쁨을 느끼는 엄마를 방해하고 싶지 않았다. 조용히 약봉지를 내려다보며 생각했다. 엄마가 오 년 동안 무사할 수 있다면 된다고. 그러면 엄마는 정말로 암에서 해방된다고. 그때는 우리 가족이 진정으로 웃을 수 있을 거라고.

　그러나 행복한 기대는 오래가지 못했다. 수술을 받은 일 년 뒤 암세포가 엄마의 몸속에서 다시 발견되었던 것이다. 엄마는 항암 치료를 받기 위해 대학 병원에 재입원해야 했다. 기본적인 체력이 좋지 않아 방사선 치료는 고려 대상이 되지도 못했다. 오직 더 독해진 항암 약이 듣기를 바랄 수밖에 없었다.

도시에서 머무르던 나는 다시 사천에 내려갈 준비를 했다. 이번에는 내 소유의 물건들 대부분을 커다란 캐리어에 집어넣었다. 엄마의 두 번째 항암 치료가 얼마나 오래 걸릴지 알 수 없었다. 그래서 상당한 시간 동안 엄마의 집에서 살 생각이었다. 짐 싸는 것을 도와주던 은지는 어느 순간 손을 멈추고 나를 쳐다보았다. 그러고는 병원 일과 미지의 일을 전부 맡겨서 미안하다고 했다. 그 말에 고개를 저으며 말했다. 괜찮다고. 나는 은지에게 부채감을 마음속에 지니고 있었다. 오랫동안 가족을 위해 돈을 벌어다 준 것에 대한 부채감. 불안정하게 돈을 버는 내가 해내지 못한 일이었다.

은지뿐만 아니라 엄마에게도 부채감을 지니고 있었다. 그것은 내가 어렸을 때 있었던 일과 관련이 있었다. 다시 병원으로 온 나는 여전히 뇌리에 남은 그때의 일을 떠올렸다. 소변 줄과 링거를 함께 달고 있는 엄마를 쳐다보면서. 열두 살 겨울의 어느 날이었다. 나는 낮부터 아프기 시작했고 밤이 되자 열이 크게 올랐다. 해열제를 먹어도 소용이 없을 정도였다. 몇 시간을 자다 깨다를 반복했다. 그러다 의식이 흐릿한 중에 덜컹거리는 소리를 들을 수 있었다. 정신이 조금 더 맑아지자 내가 리어카에 타고 있다는 것을 알아차렸다. 눈을 위로 들자 리어카를 끌고 있는 엄마의 등이 보였다. 그와 함께 거친 숨소리도 들렸다. 다음으로 기억나는 것은 내가 어딘가에 누워 있었고 머리에 캡을 쓴 간호사가 내 팔을 잡고 있다는 거였다. 병원에서 퇴원을 한 뒤 내가 아팠던 밤에 있었던 일을 들을 수 있었다. 달동네에 위치한 우리 집으로 구급차는 물론 택시도 올라올 수 없었다. 그래서 엄마는 나를 리어카에 싣고 언덕과 같은 길을 내려와 응급실이 있는 병원으로 왔던 것이다. 거동이 불편한 다리로 거친 시골길을 달려서. 병원은 우리의 집에서 한 시간 가까이 떨어진 곳에 위치해 있었다. 이때의 강렬한 인상은 그 뒤 몇 년 동안이나 꿈으로 나타날 정도였다.

병원에 있는 동안 엄마는 갈수록 몸이 야위었다. 음식은커녕 물도 마시지 못했다. 이 차로 들어간 항암 치료가 제대로 되지 않은 거였다. 엄마는 진통제를 맞고 있었는데 그 속에는 수면제가 포함되어 있었다. 그래서 깨어있는 시간보다 잠들어 있는 시간이 많았다. 엄마를 보러오는 담당 의사의 얼굴이 나날이 심각해져 갔다. 그래서 의사를 볼 때마다 마음이 조마조마 했다. 언제 의사의 입에서 불길한 소리가 나올까 무서웠다. 그러나 결국 피하고만 싶었던 선고가 의사의 입에서 나왔다. 엄마의 상태가 더 이상 좋아지지 않을 거라는. 호스피스 병동으로 옮겨 그나마 편안한 임종을 준비하는 게 나을 거라는. 나는 의사에게 치료를 멈추지 말아 달라고 간청했다. 그러나 의사는 고개를 저으며 소용없다는 말만 할 뿐이었다.

결국 엄마는 호스피스 병동으로 가게 되었다. 다른 선택지가 없었다. 그래서 나는 내가 할 수 있는 일을 해야겠다고 마음먹었다. 간병인 대신 엄마 곁에 머무르는 일을. 인생의 막바지에 이른 엄마와 함께 있고 싶었다. 이제 엄마는 나를 알아보지 못했지만 상관없었다. 결정을 내리고 은지에게 전화를 걸었다. 미지를 돌봐달라는 부탁을 해야 했다.

뜻대로 엄마 곁에 머물렀지만 막상 간병하는 일은 없었다. 엄마의 몸의 기능이 갈수록 나빠졌던 것이다. 음식을 먹고 소화시키고 변을 보는 기본적인 것도 멈춘 상태였다. 엄마의 발이 검게 변한 것을 본 날 밤 나는 망연자실하게 침상에 기대어 있었다. 문득 몇 시간 전에 엄마의 링거를 갈아준 간호사가 했던 말이 떠올랐다. 엄마가 숨을 쉬지 않으면 알려달라는. 나는 불현 듯 화가 났다. 그런 말을 어떻게 그리 무심히 말할 수 있나 싶었다. 분노의 감정은 엄마의 편안한 임종을 준비하라고 말한 의사에게로 옮겨갔다. 처음으로 담당 간호사와 의사에게 미운 감정이 생겼다.

타인을 향한 미움의 감정은 그리 오래가지 못했다. 엄마의 병을 치료해주려 애쓴 의료진보다 사실은 엄마의 병이 미운 것임을 알아차렸다. 그와 함께 엄마의 고달팠던 인생이 미웠다. 엄마가 두 번째 항암 치료를 받는 중에 나에게 하소연하듯 말했다. 무슨 이런 병이 다 있는지 모르겠다. 제대로 먹지도 못하고 마음대로 움직이지도 못하고 한없이 아프기만 한 이런 몹쓸 병이. 그 모습이 떠오르자 마음이 너무 쓰라렸다. 그와 함께 누구든 붙잡고 따지고 싶었다. 엄마는 정말 힘들게 살아왔다. 원치 않은 장애가 마음의 상처가 되어 버린 엄마였다. 엄마의 장애를 무신경하게 입에 올리는 사람들 때문에 매번 마음이 배인 엄마였다. 그런데 왜 인생의 마지막에도 이런 병 때문에 엄마가 고통을 받아야하느냐, 하고. 이제 엄마는 눈꺼풀도 제대로 움직이지 못했다. 나무 인형처럼 뻣뻣한 몸을 하고 온종일 눈을 뜨고 있었다. 그 모습을 울 것 같은 심정으로 쳐다보는 것 외에 내가 할 수 있는 일은 없었다.

밤은 더욱 깊어졌지만 잠이 오지 않았다. 원망과 허망함이 교차하던 마음에 어느 순간 하나의 생각만이 자리 잡았다. 예전에 사람의 장기 중 가장 마지막까지 기능을 유지하는 것은 귀라는 것을 들은 적이 있었다. 그러니 엄마에게 할 말이 있다면 지금 해야 한다는 생각이 들었다. 엄마처럼 나도 감정 표현을 잘 못하는 사람이었다. 어색하다는 이유로 감사 인사조차 제대로 하지 못했다. 그러니 적어도 엄마에게 마지막 인사만큼은 해야겠다고 마음먹었다.

오랫동안 깨어있던 환자마저 잠이 들자 나는 조심스럽게 엄마 곁으로 다가갔다. 잠시 엄마의 얼굴을 들여다 본 뒤 엄마의 귀 옆으로 몸을 숙였다. 그러고는 소리 내어 엄마를 불렀다. 엄마의 얼굴에 어떤 움직임도 없었지만 개의치 않고 이어 말했다. 엄마가 얼마나 힘들게 살아왔는지 알겠어요. 그래도 엄마 덕분에 우리 자매들은 이렇게 잘 살아올 수 있었습니다. 정말 고맙습니다. 그리고 사랑합니다. 담담히 마지막 인사를 하자고 마음먹었었다. 하지만 도중에 목이 메여 울먹이면서 마지막 인사를 전할 수밖에 없었다. 인사를 마치고 엄마에게서 몸을 떼었다. 그 순간 보았다. 흐릿하게 초점 하나 없던 엄마의 눈동자에 눈물이 고이는 것을. 나역시 흐릿해진 눈으로 엄마의 모습을 물끄러미 쳐다보았다.

빨간색 실로 보살이 걸치고 있는 가운을 수놓았다. 용선 위로 길게 늘어진 가운을 놓는 데 상당한 시간이 걸렸다. 가운의 깃과 소맷자락에 있는 꽃잎까지 수놓자 어깨와 팔이 저려왔다. 바늘을 쥔 엄지와 검지에 통증마저 생겼다. 탁자 위에 십자수 천과 바늘을 올려놓고 기지개를 폈다. 목과 어깨를 돌린 다음 상체 스트레칭을 이어서 했다. 허리까지 좌우로 돌린 뒤 소파에 등을 기댔다. 그러자 새삼 집안이 조용하다는 것을 느꼈다. 유일하게 나는 소리는 주방에서 돌아가는 냉장고의 희미한 소리였다. 열린 창문으로 바람이 들어와 흰색 커튼이 살랑거렸다. 그와 함께 달콤한 꽃냄새가 났다. 엄마의 집 주위에 있는 천리향에서 나는 냄새였다. 한동안 꽃 냄새를 맡으며 휴식을 취할 때 탁자 위에 둔 휴대폰에 전화가 왔다. 은지였다. 은지는 이제 평온해진 목소리로 사천에 들어섰다고 했다. 이 십여 분 뒤면 도착을 한다며 뭔가 필요한 것이 있는지 물었다. 나는 집안에 필요한 것들은 다 있으니 그냥 오라고 말한 뒤 전화를 끊었다. 얼마 있지 않아 은지가 도착할 것이기에 조급한 마음이 생겼다. 즉시 바늘귀에 금실을 꿰어 넣었다. 보살의 머리 주위에 있는 둥근 빛을 놓기 위해서였다.

엄마는 나의 마지막 인사를 받은 이틀 뒤 늦은 오후에 돌아가셨다. 간호사가 엄마의 사망 절차를 밟는 동안 나는 은지에게 전화를 걸어 사실을 알렸다. 어색한 침묵을 유지하던 은지는 기어코 울먹이기 시작했다. 따라 울고 싶었지만 장례 절차를 제대로 처리하기 위해서는 정신을 차리고 있어야 했다. 은지에게서 미지와 함께 병원으로 가겠다는 말을 듣고 전화를 끊었다. 창밖이 캄캄해져서야 은지와 미지가 엄마가 있는 병실에 도착했다. 은지는 붉어진 눈으로 엄마를 쳐다보았고 미지는 엄마를 부르며 울먹거렸다. 엄마의 상태에 대해 은지가 미지에게 미리 설명해준 모양이었다. 잠시 뒤에 검은 양복을 입은 남자 두 명이 이동식 침대를 끌고 병실로 들어왔다. 엄마가 호스피스 병실에 입원했을 때 만났던, 대학 병원 장례식장 직원이었다. 직원 두 사람은 엄마를 이동식 침대 위로 옮긴 뒤 흰 천으로 덮었다. 침대 머리 쪽을 맡은 직원이 우리에게 따라오라는 말을 한 뒤 다른 직원과 힘을 합쳐 침대를 병실 밖으로 끌고 나갔다. 나는 겁에 질려 팔에 매달린 미지를 데리고 은지와 함께 병실을 나섰다. 그러고는 직원들을 따라 창백한 불빛이 켜진 쓸쓸한 복도를 걸어갔다.

금실로 마지막 수를 놓은 뒤에야 십자수 천을 탁자에 내려놓을 수가 있었다. 수를 놓고 남은 실과 바늘을 하트 모양의 실 통에 집어넣었다. 그런 다음 십자수 천으로 눈을 돌려 이제는 색이 다 입혀진 반야용선을 쳐다보았다. 죽은 사람의 혼을 싣고 극락정토로 간다는 반야용선. 사당 앞에 선 인로왕보살은 영혼을 극락세계로 인도하는 보살이었다. 나는 엄마의 기일이 다가오는 중에 인터넷에서 반야용선을 보게 되었다. 신비로운 느낌의 그림을 보는 동안 그것을 수놓아 엄마의 납골함에 넣고 싶다는 마음이 생겼다. 그래서 흰 종이에 반야용선 일러스트를 그렸다. 기일까지는 얼마 남지 않았기 때문에 반야용선을 둘러싼 거친 바다를 그려 넣지는 않았다. 그러고는 십자수 가게에 가서 일러스트대로 십자수 도안을 만들어 달라고 주문을 했다. 이제 반야용선 십자수를 엄마의 유골함에 넣으면 계획을 완수할 수 있었다. 엄마의 기일에 대해 생각하는 중에 초인종 소리가 울렸다. 거실 창으로 내다보자 대문 앞에 은지와 미지가 서 있는 것이 보였다. 나는 반야용선에 대해 동생들에게 알려주어야겠다고 다짐하며 현관으로 향했다.

영원한 아내

유희섭

　여자의 집 뒤뜰에는 작은 우물이 있었다. 여자는 매일 아침 우물에 물을 길러 갔지만, 바짝 메마른 우물 바닥만이 그녀를 기다릴 뿐이었다. 여자는 좀처럼 차오르지 못하고 텅 빈 우물 안을 바라보며 애가 탔다. 포기하기엔 이르다는 생각에 매일 '열정'이라는 단어를 떠올리며 아침마다 안아달라고 우는 아이를 뒤로 하고 우물로 향했다. 여자의 초조한 마음과 달리 우물 안은 여전히 물 한 방울 나오지 않았다. 빈손으로 터덜터덜 집으로 돌아가 눈물을 흘렸다. 여자가 울자 아이도 따라 울었다. 여자는 자신을 위로해주기는커녕 더 큰 목소리로 안아달라며 우는 아이의 순수한 이기심에 기가 막혔다. 하지만 이내 아이를 끌어안고 다정한 목소리로 아이를 위로했다. 위로받고 싶은 자신의 마음은 숨긴 채. 처음의 열정은 사라지고 더 이상 실망하고 싶지 않았던 여자는 우물 근처에도 가지 않겠다고 다짐했다. 매일 우물로 달려가던 '열정'으로 학원 설명회를 따라다니고 육아 유튜브에 몰두했다. 내비게이션 속 지도도 제대로 보지 못하는 여자는 아이의 진로 '로드맵'을 그리기도 했다. 그렇게 시간이 흘렀다. 우물은 여자에게 외면당한 채 쓸쓸히 뒤뜰을 지키고 있었다. 어느 날, 아이가 '보물'을 찾았다며 여자의 손을 끌고 우물로 갔다. 오랜만에 찾은 우물에는 제법 물이 차올라 있었다. 잔잔한 우물의 수면 위로 따스한 햇살이 반사되어 반짝였고, 아이는 그것이 '보물'이라며 좋아했다. 그토록 기다렸을 때는 오지 않더니. 원망보다는 반가움에 눈물이 흘렀다. 그런 여자를 제법 자란 아이가 위로해 주었다. 이제 여자는 매일 우물로 간다. 물을 길러가는 것이 아닌 그저 바라보기 위해서. '보물'처럼 반짝이는 순간을 포착하기 위해서 우물 주변을 서성인다.

부족한 점이 많지만 다시금 일어설 수 있도록 기회를 주신 심사위원님들께 깊은 감사를 드립니다. 늘 옆에서 지지해준 남편과 딸에게 이 영광을 돌리고 싶습니다. 포기하지 않고 끝까지 갈고 닦겠습니다.

영원한 아내

유희섭

아침 일곱 시가 되면 규칙적으로 클래식 음악과 함께 진한 커피향이 온 집안에 진동한다. 매일 아침 나는 내 정신을 맑게 해 줄 카페인의 유혹을 따라 방문을 열고 부엌으로 나간다.

커피 머신의 드롭 트레이 위에는 내가 좋아하는 비율로 블렌딩이 되어 부드럽고 고소하면서 단맛이 나는 커피가 담긴 머그잔이 놓여 있다. 나는 머그잔을 들고, 아일랜드 식탁 앞에 앉았다.

"잘 잤어?"

아내가 돌아보며, 물었다. 활짝 웃는 아내의 오른손에는 나와 똑같은 모양의 컵이 들려 있다. 아침이지만 전혀 부스스하지 않고 단정하면서 완벽한 아내가 서있다. 창백한 피부, 오뚝 솟은 코, 섬세한 입술, 길게 늘어뜨린 갈색 머리칼. 나는 아내의 모습을 눈으로 따라가며, 오롯한 그녀를 느꼈다.

"그럼. 오늘 날씨는 좋아 보이네?"

"오전에는 화창하지만, 오후에는 소나기가 내릴 수도 있대."

아내가 손에 든 스마트폰을 확인하며 말했다. 언제나처럼 현실감이 넘치는 디테일에 놀랐다. 내가 기획한 프로그램이지만, 딥러닝 기술을 바탕으로 스스로 진화하는 과정을 목격할 때마다 연구자로서의 자부심이 느껴진다.

"오늘 오후 스케줄은 어떻게 돼?"

아내는 아일랜드 식탁을 지나 가까이 다가왔다. 아내는 손을 뻗으면 만질 수 있을 것처럼 생생하다. 이렇게 완벽하게 사실적인 영상으로 구연해준 후배에게 감사함을 느낀다.

"오늘은 어머니가 오셔."

"아⋯⋯."

아내의 표정이 묘하게 바뀌었다. 시어머니라는 존재에 대한 찰나의 순간에 교차하는 오묘한 감정이 날 것처럼 그대로 드러난다. 예전이었다면 아내의 그런 표정 변화에 짜증이 났을 것이다. 하지만 지금은 그저 오리지널을 제대로 구현하는 프로그램에 감탄할 뿐이다.

"미안. 어머니가 걱정이 많아. 알잖아."

"별 수 없지. 난 그럼 방에 들어가서 그림 그리고 있을 게."

감정을 재빠르게 수습한 아내가 별 일 아니라는 듯 어깨를 으쓱 올렸다 내렸다.

"커피 잔은 잘 씻어 놓고."

잔소리도 잊지 않고 던진 아내는 조용히 서재 방문 너머로 사라졌다. 나는 잠시 시스템을 종료할까 고민했지만, 그대로 두기로 했다. 아내가 존재할 수 있는 공간은 프로그램 속과 이 집이 전부였기에.

아내는 삼년 전에 갑작스러운 사고로 죽었다. 컴퓨터 전원이 꺼지듯 한순간에 그녀의 삶이 블랙아웃된 것이다. 사고를 알리는 전화를 받고 병원으로 달려가면서도 나는 현실을 인지할 수 없었다. 세상에 닳고 닳은 뻔한 표현처럼 농담인 줄 알았다.

드라마에서 본 것처럼 의사가 다가와 아내의 죽음을 알렸을 때도, 과부하로 먹통이 된 프로그램처럼 아니면 렉이 걸려 다음 페이지로 넘어가지 못하는 인터넷 사이트처럼 방금 받은 정보가 제대로 처리되지 않았다. 가족들이 몰려와서야 아내가 죽었음을 인지할 수 있었다.

지금도 아내의 장례 절차와 관련된 기억은 잘 나지 않는다. 정말 슬프면 눈물도 흐르지 않는다는 것이 어떤 일인지 몸소 체험했다. 장례식 내내 나는 멍한 표정으로 서있었고, 사람들이 울면 같이 울었다가 주변에 아무도 없으면 아내의 영정사진만 뚫어져라 쳐다볼 뿐이었다. 염을 할 때가 되어서야, 생명이 사라진 아내와 만날 수 있었다. 창백한 그녀는 밀랍 인형처럼 눈을 감고 가만히 누워있었다. 그제야 그녀의 죽음이 실감 났고, 통곡과 함께 실신하고 말았다.

당시 나는 죽은 사람의 모습을 촬영하고 목소리를 녹음해 AI로 재현해 추모할 수 있는 프로그램을 개발 중이었다. 팀장으로 이 프로젝트를 지휘하고 있었는데, 아내의 죽음 이후로 나는 집밖으로 한 걸음도 나갈 수가 없었다. 팀원들은 처음에는 나의 두문불출을 이해해주었다. 충분한 애도의 시간을 보내라며 프로젝트 진행 여부는 신경 쓰지 말라고 했다. 그러면서 혹시나 나에게 안 좋은 일이 일어날까 염려해 자주 연락을 주었고, 종종 음식이나 커피를 챙겨주며 세심하게 신경 써 주었다.

하지만 예상보다 두문불출의 시간이 길어지고, 프로젝트가 무산될지도 모른다는 소문이 돌면서 하나 둘씩 팀에서 빠졌다. 급기야 나와 가장 가까운 후배였던 동훈이 집으로 찾아와 사정을 털어놓았다. 더 이상 프로젝트를 진행시키지 못하면 투자를 받을 수 없게 되고 이대로 회사가 문을 닫아야할지도 모른다는 것이었다. 프로젝트가 깨지든 말든, 회사가 문을 닫든 말든 사실 나는 별 상관이 없었다. 동훈이 아무리 심각한 표정으로 사정을 이야기한들 내 귀에는 전혀 들리지 않았다. 솔직히 나의 입장에서는 아내가 죽은 상황에서 프로젝트가 깨지는 일이 대수인가 하는 마음이었다.

건성으로 자신의 이야기를 듣고 있음을 눈치 챈 동훈은 잠시 침묵했다. 그리고 어렵게 이야기를 꺼냈다.

"형수님을 살립시다. 우리 프로그램으로."

솔깃한 제안이었다. 왜 진작 그 생각을 못했을까. 나는 무릎을 탁 쳤다. 혹시 프로그램을 개발하는데 자료로 쓰일까 싶어 아내를 찍은 동영상들을 많이 모아두었다. 조금 더 디테일하고 세심하게 현실의 사람과 최대한 비슷하게 재현하는데 도움이 될까 싶어서 말이다.

죽은 아내는 사진 찍는 것조차 싫어한데다, 동영상을 찍는 행위 자체가 피사체에게 영향을 미쳐 행동이나 말투가 어색해지곤 했다. 그래서 대부분의 동영상들이 아내 몰래 촬영한 것들이었다. 아내가 죽었으니 고백하는 건데, 그녀에게 허락을 구하지도 않고 몰래 카메라를 설치해 그녀의 일거수일투족을 영상으로 담았다.

나는 서재로 뛰어 들어가, 컴퓨터를 켰다. 동훈은 내가 모은 아내의 동영상들을 보고 휘파람을 불었다. 그때 우리에게는 사생활 침해나 죽은 사람의 인권과 같은 윤리적 문제는 머릿속에 들어오지도 않았다. 동훈은 이 자료들을 바탕을 한 사람을 완벽하게 구현할지도 모른다는 기술적 흥분감에, 나는 이 자료들로 아내를 다시 되살릴 수 있다는 기대감에 들떠 있을 뿐이었다.

"밥은 제대로 먹고 다니냐?"

아일랜드 식탁 위로 잔뜩 짐들을 내려놓으며, 어머니가 혀를 찼다.

"잘 먹어요. 걱정 마세요."

"그놈의 추모 서비스인지 뭔지 만드느라 얼굴이 반쪽이 됐네."

진실을 말하자면 나는 AI 아내 덕에 행복으로 충만한데다 사업까지 잘 되고 있어 신수가 훤한 상황이었다. 살도 다시 올랐지만, 어머니는 절대로 그 사실을 인정하지 않았다. 어머니의 입장에서는 홀아비가 된 아들은 여자의 알뜰한 보살핌의 부재로 피골이 상접해야 하는 것이었다. 그리고 그것을 핑계로 아들을 새장가 보내는 것이 자신의 일생일대의 임무로 생각하는 듯 보였다.

"대체 그 여자는 언제 만날 거냐?"

"어머니, 전 아직 여자 만날 생각이 없어요."

드라마에 단골로 등장하는 대사가 서슴없이 튀어나왔다. 어머니의 간섭이 싫었지만, 이를 냉정하게 끊어낼 단호함이 나에겐 없었다. 그러니 상투적인 방법으로 자신을 방어할 뿐.

"점심 뭐 드실래요? 맛있는 거 사드릴게요."

이 집에 있어봐야, 어머니의 입에서 좋은 소리가 튀어 나올 리 없었다. 게다가 나의 AI 아내가 우리의 대화를 듣고 있을지 몰랐다. 나는 작전을 바꿔 어머니와 함께 집에서 나가기로 작전을 바꿨다.

"너 오후에 시간 있는 거지?"

"그럼요. 어머니. 제가 아주 맛있는 거 사드릴게요. 어머니가 좋아하실 만한 일식집으로 모실까요?"

드라마에서 등장하는 효자 아들을 떠올리며 연기했다. 능청스러운 내 말투를 듣고 어머니가 씩 웃었다.

"아니다. 난 집에서 먹을 거다."

"에이, 그러지 말고 나가요. 어머니. 저도 어머니 덕에 맛있는 것 좀 먹게요."

나의 재촉에도 어머니는 의미 심장한 미소를 지으며 시계만 쳐다볼 뿐 대꾸가 없었다. 이유를 알 수 없는 불안감이 슬슬 내 등 뒤로 나가왔다.

어머니가 저렇게 웃으실 때는 무언가 꿍꿍이가 있다는 암시인데 라는 생각을 떠올리자마자, 현관문에서 벨 소리가 났다.

인터폰 화면에 낯선 여자의 얼굴이 보였다.

"누구시죠?"

"안녕하세요? 최시후님 댁이죠?"

"네. 맞는데요. 누구시죠?"

여자는 나의 질문에 뭐라고 답할지 고민하는 듯 잠시 침묵이 흘렀다.

"내 손님이다."

어머니가 현관문 앞으로 다가가더니, 문을 활짝 열었다.

"어서 와요."

한껏 교양을 가장한 어머니의 목소리가 복도에까지 울렸다. 여자는 어찌해야할지 모르겠다는 듯 쭈뼛거리며 안으로 들어왔다.

"인사해라. 내가 전에 말했던 연소라 선생님이야."

단정하게 샤넬 투피스를 입은 여자는 활짝 웃으며 인사했다.

"안녕하세요. 연소라입니다."

아일랜드 식탁 앞에 공손하게 두 손을 무릎 위에 얹은 채 앉아 있는 여자를 보면서, 나는 시스템을 끄지 않은 것을 후회했다. 물론 나 외에 다른 사람이 있을 경우-경계 대상 1호가 어머니였다. 아무리 컴퓨터 프로그램이라 해도 죽은 아내를 영상으로 되살려 계속 만난다면 당장 컴퓨터부터 부숴버릴 사람이었으니까-에는 절대 밖으로 나오지 않도록 명령을 해 둔 상황이었지만, 괜히 아내가 문밖으로 나올까 신경이 쓰였다. 나도 모르게 자꾸 서재 방문을 힐끔 거렸다.

어머니는 능숙하게 과일을 깎고, 준비해둔 과자와 빵을 접시 위에 올렸다. 그동안 나는 어색하게 서서 여자를 위해 커피를 내렸다.

"향이 정말 좋네요. 어떤 브랜드예요?"

여자는 넉살좋게 말을 건네는 타입인 모양이었다. 어머니는 선호하지만, 나는 개인적으로 거리감을 두고 싶은 스타일이다. 물론 어머니는 절대 이런 나를 이해하지 못한다.

"개인적으로 주문해서 블렌딩 했어요."

"어머, 커피 전문가시네요. 멋져요."

자연스럽게 칭찬을 건네는 여자의 목소리에 어머니의 등이 기쁜 듯 들썩였다. 아무래도 어머니의 눈에 단단히 든 아가씨인 모양이었다. 적극적으로 선 자리를 마련하는 것으로 보아, 저돌적으로 아들의 새장가 보내기 프로젝트가 주인공인 나만 모르는 사이에 빠른 속도로 진행된 듯 했다.

"음. 향만큼이나 커피 맛이 좋아요. 고소하면서 단맛이 강하네요. 약간 초콜릿 맛도 나는 것 같아요."

여자는 웃을 때마다 눈꼬리가 아래로 쳐졌다. 소박하면서 귀여운 인상이었다. 누군가에게는 매력적으로 다가올 그녀만의 무기인 듯 보였다.

"그럼 둘이 이야기 천천히 나눠요. 소라씨는 나중에 나랑 통화해요."

어머니가 신혼 때 선물한 커다란 외국 도자기 접시-아내는 지나치게 화려하고 색채가 강렬해 촌스럽다며 한 번도 꺼낸 적이 없는-위에 간식거리를 정성스럽게 장식하고 나갔다. 작은 일에도 최선을 다해 성실하게 임하는 어머니의 평소 습관과 함께 아들의 결혼을 바라는 간절함이 묻어나와 마음이 조금 울렸다.

어떻게 거절의 의사를 밝힐까 고민하는 사이, 여자는 자연스럽게 대화를 이끌어 나갔다. 그녀는 내가 결혼 생각이 없다는 것도, 이런 만남을 부담스러워한다는 것도, 어머니가 얼마나 간절한지도 잘 이해하고 있었다. 우연히 문화센터 수업에서 만난 어머니와 시작된 인연이 선 자리로 이어질 줄은 자신도 몰랐다면서 호탕하게 웃었다.

"계속 피하시면 괴롭힘 당하실 거예요. 그냥 편하게 몇 번 커피 마시고, 자연스럽게 안 만나면 되죠. 뭐."

여자는 별일 아니라는 듯 말했다. 자신도 결혼하라는 부모님의 성화에 매번 남자들을 만났지만, 그런 만남이 얼마나 불편한지 잘 안다고 했다. 그렇다고 피해봐야 계속 잔소리만 들을 것이고, 차라리 편하게 만나고 잘 안 맞는 것 같다고 핑계를 대야 더 이상 말이 나오지 않는다고 충고했다.

나는 자연스럽게 여자의 논리에 설득 당했다. 게다가 의외로 여자와의 대화가 편안하고 즐거웠다. 생각보다 여자는 다양한 취향을 가지고 있고, 기본적으로 사람에 대한 적당한 호기심과 존중을 갖추고 있어 나에 대해 이야기하는 것이 어렵지 않았다.

여자가 시계를 보고 집에 가야겠다고 말하기 전까지 나는 AI 아내가 방 안에 있다는 사실조차 까맣게 잊어버리고 있었다. 나는 눈치 없이- 어떤 이성적인 판단을 하지 않은 채 본능적으로- 여자에게 저녁을 먹고 가겠냐고 물었고, 여자는 다행히 눈치 빠르게 다음을 기약하자며 일어섰다.

여자를 아파트 정문까지 배웅하면서 그제야 그녀의 몸에서 상큼한 향이 난다는 사실을 깨달았다. 환한 햇빛 아래서 그녀와 마주서고 나서야 그녀가 뽀얀 피부와 윤기가 흐르는 갈색 머리를 가졌다는 것을 알았다. 화면이 아닌 살아있는 입체를 가진 여자가 손을 흔들며 멀어지는 모습을 보고 나서야 운동으로 다져진 탄탄하고 건강한 몸매가 눈에 들어왔다.

현관문을 열고, 집안으로 들어오자 소파에 앉아있는 아내가 보였다. 동훈의 기술력이 새삼스레 빛을 발하는 순간이었다. 현실의 물체와 조금의 이질감이 없이 홀로그램의 영상이 투사되고 있었다. 아내는 TV를 켜고 예능 방송을 보고 있었다.

일반인들이 출연해 4박 5일 동안 같은 공간에서 머물며 데이트를 하고 마음에 드는 짝과 이루어지는 프로그램이었는데, 아내는 유독 그 프로그램을 좋아한다. 가끔은 종종 죽기 전 아내가 정말 저런 리얼리티 예능 프로그램을 좋아했나 하는 의문이 들 때가 있다. 하지만 아내의 평소 생활 패턴들과 취향이 총집합되어 만들어졌기에 저 모습이 이전의 그녀를 반영하는 것이라 믿어야 했다.

"봐봐. 저 여자가 저 남자 좋아한대."

아내가 활짝 웃으며 말했다. 방금 전 떠난 여자의 향기가 채 사라지기도 전에 아내와 대화를 하려니 어쩐지 이상했다. 마치 불륜을 저지르는 느낌이랄까.

"아, 그래? 하하하"

나는 어색하게 웃으며 아내의 옆에 앉았다.

"뭐야. 그 표정은. 하나도 재미없다는 표정이네."

뾰로통해진 아내의 표정을 지켜보는 것이 지금 이 순간만큼은 유쾌하지 않았다. 전에는 아내가 이 표정을 지을 때마다 귀여웠는데 말이다. 어딘가 찔리는 구석이 있으면 혀가 길어진다고 했던가. 나는 평소와 달리 프로그램이 끝날 때까지 출연자들의 일거수일투족을 마치 권위 있는 정신분석학자나 심리분석가처럼 해석하고 평을 달았다.

그런 내 모습이 재미있었는지, 아내는 의미심장한 미소를 띠우며 나를 바라보았다. 이럴 때마다 정말이지 나는 지나치게 사실적인 프로그램의 성능에 환호해야할지 무서워해야할지 판단이 서지 않았다. 지금까지는 환호하며 좋아했는데, 어쩐지 지금은 기술의 비약적인 발전이 달갑게만 느껴지지 않았다.

"난 당신이 왜 이러는지 알아."

아내의 송곳 같은 말에 내 말문이 막혔다.

"언제까지 당신이 나를 추모하는 건 말이 안 되지. 나도 다 이해해. 이제 당신도 새로운 사람을 만나야지. 마음이 맞으면 결혼할 수도 있고. 당신 어머니도 얼마나 그걸 기다리겠어? 난 어머니 마음 이해해. 물론 내가 살아있을 때 어머니가 날 좋아하지 않은 건 알지만. 그건 그거고. 같은 여자로서 또 자식을 낳은 엄마로서의 마음이 어떤지 이해가 가. 아, 물론 난 아이를 낳은 적도 없이 죽었지만 말이야. 어쨌든."

아내가 잠시 말을 멈췄다. 내 반응을 보려는 게 아니라 할 말을 찾는 것 같았다. 나로 말할 거 같으면 놀라서 뒤로 기절할 지경이었다. 아내는 그저 컴퓨터 프로그램일 뿐인데. 정말 놀랄 정도로 살아있는 사람과 똑같이 생각하고 말하고 있었으니까. 게다가 자신이 죽었다는 사실까지 인지하고 있었다. 나는 동훈에게 전화를 걸어 그 점을 프로그램에 넣었는지 확인해 봐야겠다고 생각했다.

"다 이해해. 그러니까 내 눈치 보지 않아도 돼. 다만 부탁하고 싶은 게 있어."

"뭔데?"

"날 사라지게 하지만 말아줘."

"그러니까 AI가 프로그램을 유지해달라고 요청했다고요?"

동훈의 새된 목소리가 사무실에 울렸다. 나는 심각하게 고개를 끄덕였다.

"하, 상상도 못했네요. 이거 큰일인데. 추모 서비스를 오픈하면 3년 뒤에는 프로그램을 유지할지 말지 유족들이 결정해야 하는데. 그때 AI가 프로그램을 유지해 달라고 요청하면 유족들이 기절하겠는데요. 아하,

어디서 오류가 난 거지?"

동훈은 아내의 일보다 앞으로 출시할 서비스와 관련해 걱정이 태산인 듯 보였다.

"서비스가 문제가 아니라, 내가 문제라고. 나 어떻게 해야 해?"

"AI 형수님보다 서비스가 더 문제죠. 돈과 직결된 문제인데. 컴플레인 엄청 들어올 텐데. 가족 간의 분쟁의 소지도 있고. 고인을 계속 보고 싶은 사람은 서비스 유지를 주장할 테고, 그만 보고 싶은 사람은 서비스 중지를 요청할 텐데. 그 타이밍에 AI가 사라지지 않게 해달라고 말하면. 우와, 소름. 진짜 그럼 어떻게 해야 해요? 와, 진짜 상상도 못한 오류가 생겨버렸어. 아, 진짜 어쩌죠? 이 오류를 잡아내지 못한다면 계약하기 전 이런 부분을 어떻게 짚고 넘어가야 하는지 고민해야겠는데요."

"야, 당장 이 문제에 봉착한 사람은 나라고."

동훈은 이해할 수 없다는 표정으로 나를 쳐다봤다.

"형님이 왜 문제예요? 형님은 죽을 때까지 AI 형수님과 함께 할 생각 아니었어요?"

그러니깐. 그게 왜 문제일까.

나는 말문이 막혔다. 동훈은 연신 내 프로그램을 한번 점검해 봐야겠다며 이 오류를 어떻게 잡을지에 대한 계획을 늘어놓았다. 나는 복잡해진 머리를 식히기 위해 다 식어빠진 커피를 홀짝거리며 마셨다.

내가 들고 온 오류 문제는 갑작스러운 회의로 이어졌고, 난상토론이 벌어졌다. 프로젝트 수완이 있는 누군가는 프로그램 속의 고인 덕에 서비스 유지 요청이 자연스럽게 이어질 테니 이득이라고 주장했다. 반면 회사에서 프로그램에 개입해 서비스 유지를 하게 만들려는 수작으로 보일 수 있다며 강하게 우려하는 사람도 있었다.

정작 이 문제와 직면해 마음이 복잡한 나는 적극적으로 임할 수 없었다. 처음에는 그저 예상치 못한 프로그램의 반응에 당황했다면, 시간이 좀 흐른 뒤에는 프로그램을 만들기 전까지 전혀 고려하지 못했던 아내의 마음에 대해 처음으로 진지하게 생각하게 된 것이다.

컴퓨터 기술과 윤리적인 문제에 대해 닳고 닳을 정도로 이야기를 들었었다. AI 추모 사업을 구상한다고 했을 때 괜찮은 사업 분야 내지는 자연스러운 애도 과정을 돕는 획기적인 프로그램이라는 칭찬을 받았다. 또 한 편에서는 고인의 허락 없이 유가족들의 이기심으로 이들을 AI로 구현하고 자신들이 필요 없을 때는 차갑게 서비스를 받지 않는 행태 자체가 자기만을 생각하는 자폐적 인간들의 비인간적인 행동이라고 비난했다.

당시에는 칭찬이든 비난이든 프로그램과 관련된 이런 이야기들이 전혀 귀에 들어오지 않았다. 그저 머릿속에 구상된 프로그램을 실제로 구현해내는 것 자체가 목표였기에. 아내를 AI로 되살렸을 때 역시 이전에 들었던 우려들은 전혀 떠오르지 않았다. 그저 내 슬픔을 위로하는 데에만 전념했기에.

이제 지불하지 않은 카드 명세서가 늦게 그것도 지나치게 늦게 내 앞으로 도착한 기분이었다.

문제의 해결은 간단했다. 처음 그녀를 구현했을 때 마음 그대로 AI 아내와 평생 함께 하면 되는 것이다. 그럼에도 내 두뇌가 그 어느 때보다 복잡한 이유는 지금 내 앞에 연소라라는 이름을 가진 여자가 앉아 있기 때문이었다.

소득 없는 토론이 끝날 때 즈음 그녀에게서 연락이 왔다. 간단하게 저녁 같이 하면 어떻겠냐고. 당연히 나는 거절하려고 했다. 아직 아내의 말이 남긴 충격이 가시지 않았으니까. 그런데 그녀가 이런 말을 덧붙였고,

그 말에 나는 흔들렸다.

　혼자 먹기 싫어서요.

　나도 가끔 느끼는 감정이었으니까. 아내의 죽음 이후로 혼자 먹기는 싫지만, 나를 잘 아는 누군가와 식사를 하긴 부담되는 날들이 종종 있었다. 그냥 가볍게 누군가와 저녁을 먹고 스몰 토크를 나누고 싶은데, 지인들을 만나면 나의 상황을 지나치게 배려해 대화가 꼬일 때가 많아 선뜻 저녁 먹자는 제안을 하기 힘든 적이 많았다. 그녀도 아마 나와 비슷한 감정을 느낄 때가 있었나보다. 묘한 동질감이 느껴졌고, 이렇게 그녀와 마주 앉아 저녁을 먹기에 이르렀다.

　마치 몇 년 전부터 알았던 사이처럼 그녀는 자연스럽게 대화를 이어나갔다. 아이들을 가르치면서 느꼈던 소소한 에피소드들이 복잡한 내 머리를 식혀주었다. 아무리 과학 기술이 발전해도 아이들은 아이들인 모양이었다. 엉뚱하고 재미있으면서 한편으로는 서늘하면서 무서운 존재.

　"공포 영화나 소설에 왜 아이들이 종종 등장하는지 알 것 같아요."

　여자의 말에 나는 깊이 동감하며 고개를 끄덕였다.

　"오늘 무슨 고민 있어요?"

　촉이 좋은 여자였다. 충분히 거짓말로 둘러댈 수 있었다. 새로 준비하는 서비스와 관련해 오류가 생겨서 블라블라블라. 하지만 평소와 달리 오늘은 거짓말을 하고 싶지 않았다. 은은한 노란 조명이 비밀을 밝히라고 최면을 거는 착각마저 들었다.

　여자는 내 이야기를 진지하게 들어 주었다. 아내의 죽음을 이야기할 때와 '사라지고 싶지 않다'는 아내의 말을 전할 때는 울음이 살짝 터졌다. 여자는 재빨리 냅킨을 건네고, 촉촉하게 젖은 눈망울로 나를 바라보았다.

　"어머나, 마음이 너무 아프네요."

이야기가 끝나자, 다소 어색한 침묵이 흘렀다. 겨우 두 번째 만남일 뿐인데. 나는 날 것 그대로의 감정을 쏟아내고 말았다. 게다가 마음이 진정되고 보니, 여자가 혹시 어머니에게 AI 아내와 관련된 이야기를 그대로 전하면 어쩌나 뒤늦은 걱정이 밀려왔다.

"저……. 혹시……."

"아, 걱정 마세요. 어머니께는 말씀 드리지 않을 게요. 전 충분히 시후씨의 마음이 이해가 되네요. 아내분도요."

여자는 웨이터를 불러 와인을 주문했다.

"한 잔 하실래요? 전 시후씨의 이야기에 뭐라 조언을 드릴 수 없을 것 같아요. 죄송해요. 이건 섣불리 이야기 할 문제는 아닌 것 같아요. 조금 마음을 가라앉히고 천천히 생각해 보는 게 시후씨에게 도움이 될 것 같아요."

여자의 조언대로 알코올이 몸 속으로 들어오자, 조금은 마음이 차분해졌다. 머리가 터져나갈 것 같았던 고민도, 어떻게 행동해야 할지 모르겠다는 답답함도 순간적으로 사라졌다. 여자는 자연스럽게 다시 아이들의 이야기를 꺼냈고, 나는 그녀의 이야기에 집중했다. 웃을 때마다 내려가는 눈꼬리가 예쁘다는 생각을 하면서.

취기가 제법 올라왔을 때, 여자는 뜻밖의 제안을 했다. AI 아내를 만나고 싶다는 것이었다. 그녀의 갑작스러운 말에 당황했다. 거절하려 했지만 의외로 여자는 완강하게 버텼다. 술에 취하면 꼭 자신이 하고 싶은 것을 해야만 하는 누군가의 모습이 떠올랐다. 얼굴이 붉어진 채 고집을 부리는 모습에서 아내가 겹쳐 보였다.

처음에 아내는 방문 밖으로 나오길 거부했다. 아마도 처음 프로그램에 입력된 명령 때문인 듯 보였다. 다른 사람이 집에 왔을 때 방을 절대 나오지 말라고 설정해두었으니까. 솔직히 다행이다 싶었다. 가장 좋은 방법은 내가 단호하게 여자의 부탁을 거절하는 것이지만, 우유부단한 나에게 쉽지 않은 일이었다. 고백하자면 아내와의 결혼 생활 내내 이 부분 때문에 갈등이 많이 생겼었다. 아내는 곤란한 부탁조차 단호하게 거절하지 못하는 나 때문에 힘든 일이 많았으니까.

AI 아내—예전의 아내와 똑같은 설정값을 가지고 있다면—는 닫힌 방문 너머로 분노를 삭이고 있으리라. 처음 약속 아니 명령과 다른 행동을 요구하고 있으니 말이다. 그것도 난생 처음 보는 여자 때문에 말도 안 되는 일을 요구받고 있는 것이다.

그런데도 여자는 포기하지 않았다. 닫힌 방문 앞에 서서 조곤조곤 아내를 설득하기 시작한 것이다.

"처음 설정된 명령 때문에 마음에 걸린다면 신경 쓰지 않아도 돼요. 그 명령을 설정한 당사자가 괜찮다고 하잖아요. 그냥 나와서 저랑 대화만 해요. 그런 명령을 내린 이유가 혹시 외부로 지예씨의 존재가 유출될까봐 그런 건데요. 걱정 말아요. 전 절대 아무에게도, 특히 시후씨 어머니 앞에서는 입 조심할 게요. 진짜예요. 전 그냥 지예씨랑 친구하고 싶어서 그래요."

당연히 나는 아내가 나오지 않을 거라 생각했다. 그래서 여자가 뭐라고 하든 저러다 말겠지 하는 심정으로 소파에 앉아 지켜보고 있었다. 여자는 포기하지 않고 낮은 목소리로 계속 아내를 설득했고, 취기가 올라온 나는 그 목소리를 자장가 삼아 잠이 들기 시작했다.

중간에 슬쩍 눈을 떠보니, 방문이 반쯤 열린 것이 보였다. 여자는 아내를 보며 연신 감탄을 터뜨리며, 화려한 손짓과 함께 흥분한 목소리로 말들을 쏟아내고 있었다. 그 모습을 보고 경계심이 발동했어야 했다. 일어서서 두 여자 사이에 끼어들었어야 했다. 일어나야지 생각하면서도 나는 다시 눈을 감고 잠에 빠졌다. 알코올에 점령당한 뇌가 뭐 별 일 있겠어라며 태평한 명령을 내렸기 때문이다.

커피 향에 눈이 번쩍 떠졌다. 익숙한 클래식 음악이 귀에 들렸다. 소파에서 일어나자 내 몸을 이루고 있는 여러 근육들이 비명을 질렀다. 소파 위에서 불편하게 잠이 들어서 그런지, 온몸이 뻐근했다.

"잘 잤어요?"

갑작스럽게 들리는 목소리에 깜짝 놀랐다. 그리고 목소리의 주인공이 누구인지 깨달은 뒤에는 더 놀랐다. 당연히 AI 아내인 줄 알았던 내 시야에 잡힌 피사체는 바로 연소라였던 것이었다.

"어?"

"어젯밤에 지예씨와 오랫동안 이야기하다가 시간이 너무 늦어서 여기서 잤어요. 괜찮죠?"

여자가 안방을 가리키며 말했다. 죽은 아내의 이름을 여자의 목소리로 들으니 기분이 묘했다.

"아, 그럼요. 죄송합니다. 제가 어제 집으로 모셔다 드렸어야 했는데."

나는 닫힌 서재 방문을 보고, AI 아내가 나오지 않는 구나 짐작했다.

"아침은 간단하게 베이컨과 스크램블로 해요."

여자는 익숙하게 서랍장에서 프라이팬을 꺼내 인덕션 위에 올렸다. 능숙하게 인덕션 스위치를 켜고, 냉장고 문을 열어 베이컨과 계란을 꺼냈다. 그 모습이 정말 자연스러워서 나는 홀린 기분으로 아일랜드 식탁 앞에 앉았다.

이미 식탁 위에는 통밀빵과 버터가 놓여 있었고, 과일을 예쁘게 잘라 장식했다. 이 모든 것은 아내가 이전에 아침을 준비하던 모습과 놀랍도록 비슷했다.

"제가 좀 주제넘었나요?"

구운 베이컨과 스크램블이 담긴 접시를 내 앞으로 밀며 여자가 물었다.

"아, 아닙니다. 제가 아침을 준비해 드렸어야 하는데."

나는 기묘한 기시감을 억지로 떨치며 대답했다.

우리는 잠시 아무 말 없이 묵묵히 아침을 먹었다. 예전-아내가 살아있었던-처럼 통밀 빵에 버터를 발라 한 입 베어 물고, 베이컨과 스크램블을 모아 입 속에 넣었다. 중간 중간 커피를 마셨고, 과일로 마무리했다.

너무나도 익숙하게 아침을 마쳤고, 서로를 바라보며 친밀하게 웃었다. 이 친숙함이 이상하고 기묘했지만, 한편으로는 좋았다. 오랫동안 그리워했으니까.

여자가 집으로 돌아간 후에야 나는 나에게 생긴 변화를 알아챌 수 있었다. 서재 방문을 열고 AI 아내를 찾았지만, 그녀가 보이지 않았다. 혹시 프로그램이 종료가 되었나 싶어 컴퓨터를 확인해 보았지만, 아무런 문제가 없었다. 당황한 나는 프로그램을 들여다보며 이상 여부를 알아보았지만, 별다른 문제점을 찾을 수 없었다. 결국 나는 동훈을 부를 수밖에 없었다.

"이상 없는데요."

동훈은 연신 머리를 긁적이며 말했다. 나는 그에게 최근 장시간 프로그램을 끄지 않았음을 고백했다.

"매일 24시간 틀어놓았다고요? 전기세 많이 나왔겠는데요. 그런 거 치고는 컴퓨터나 프로그램이나 다 안정적인데. 봐요. 프로그램은 제대로 돌아가잖아요. 형수님만 쏙 사라졌네. 이게 가능해요?"

"그걸 모르니까 널 부른 거잖아."

"허허허. 진짜 이상한데. 뭐 조짐 없었어요? 홀로그램이 버벅거렸다거나 끊겼다 하는 전조 증상 없었어요?"

나는 골똘히 생각했지만, 그런 징조는 전혀 없었다.

"서비스 출시를 앞두니까 꼭 문제가 생기네. 형수님이 가출했나? 형님이 뭐 서운하게 했어요?"

동훈은 별 생각 없이 툭툭 던지는 농담이었다. 하지만 듣는 내 입장에서는 찔리는 말들이었다. 하지만 그녀는 AI이다. 아무리 살아생전의 아내와 똑같아도 하나의 프로그램에 불과하다. 그런 그녀가 자발적이고 현실적인 인물처럼 가출을 한다고? 말도 안 되는 소리다. 그럼에도 불구하고 어쩐지 마음에 상처를 입고 프로그램 속에 존재하는 집이 아닌 다른 곳으로 나간 것 같아 마음이 불편해졌다.

시답잖은 농담을 던지며 프로그램을 한참 들여다보던 동훈은 두 손을 번쩍 들면서 일어났다. 도저히 혼자서는 무엇이 문제인지 찾을 수가 없다는 것. 우선 내 컴퓨터를 회사로 가져가 회사 서버에 연결하고 다시 한 번 문제를 찾아보겠다고 했다. 나는 잘 부탁한다는 별 시원찮은 말들만 늘어놓으며, 그를 배웅했다.

AI 아내가 없는 집은 조용했다. 생각해 보니 AI 아내는 늘 먼저 다가와 나에게 말을 걸고 나를 보고 활짝 웃어 주었다. 살아있을 때의 아내보다 더 살가웠던 것 같다. 프로그래밍에 의한 무조건적이고 일방적인 호의와 관심을 당연히 주어진 것으로 받아들였던 나는 신기루처럼 이 모든 것이 사라지자 밀물처럼 밀려드는 갑작스러운 공허감과 외로움에 당황했다.

아내의 죽음 이후에 느꼈던 감정들과는 질감이 다소 달랐다. 그때는 절망감과 무력함이었다면 지금은 텅 빈 공간에 홀로 떠 있는 기분이랄까. 다만 그때와 비슷한 점이 있다면, 나에게 닥친 감정을 제대로 처리할 능력이 지금도 부재하다는 것이었다. 그래서 나는 자연스럽게 여자에게 먼저 연락을 하게 되었다.

여자는 내 연락을 기다렸다는 듯이-보다 정확하게는 연락이 올 줄 알았다는 듯이— 놀라지도 좋아하지도 부담스러워하지도 않았다. 아내와의 연애시절과 똑같이 자연스럽게 영화를 보고 밥을 먹고 커피를 마셨다. 여자는 아내처럼 빵을 좋아했고, 유명한 베이커리카페들을 찾아다녔다. 시간을 맞춰 전시회도 가고 뮤지컬 공연도 보고 캠핑도 갔다.

이 모든 것이 이미 이전에 아내와 했던 행동양식이었기에, 나에게는 익숙했고 그래서 그만큼 서투르지 않고 능숙하게 모든 일들을 처리했다. 그사이 내 컴퓨터와 프로그램은 회사로 이동해 철저하게 분해되었지만, 아무도 AI 아내가 사라진 이유를 찾지 못했다.

동훈은 머리를 쥐어뜯으며 성과가 없음을 실토했고, 나는 덤덤하게 현실을 받아 들였다. 고백하자면 AI 아내가 사라졌다는 사실에 안도했다. 처음의 당황스러움이나 외로움은 빠르게 사라졌고, 오히려 AI 아내와 관련된 다양한 문제들이 빠르게 해결되었다고 생각했기에 후련했다. 당시에는 몰랐다. 해결되었다고 생각했던 것 자체가 착각이었음을.

모든 일이 잘 풀린다는 생각이 들 때 즈음, 이상한 일들이 생기기 시작했다. 이상한 일들의 시작은 여자와의 만남이 깊어지고 길어질수록 그녀에게서 죽은 아내와 닮은 점들을 발견하면서 부터였다.

우연히 와인을 마시다가 여자의 눈 밑과 귓불에 전에는 인식하지 못했던 검은 점이 또렷하게 보였다. 죽은 아내와 똑같은 위치에 같은 크기의 점이 여자의 얼굴에 존재했던 것이다. 원래 점이 있었냐는 나의 질문에 여자는 귓불을 만지작거리며 태연하게 자신도 모르는 사이에 언제부턴가 생겼다고 대답했다. 자외선차단제를 꼼꼼하게 바르지 않았나보다고 말하며 여자는 웃었고, 나도 따라 미소 지었지만 어쩐지 여자의 얼굴이 이전과 다르게 보인다는 생각을 지울 수 없었다.

처음 만났을 당시 여자의 얼굴이 정확하게 기억이 나지 않는 터라 꼭 집어서 말할 수는 없었지만, 굵은 웨이브의 갈색 머리카락부터 동그스름한 광대뼈와 살짝 들려 콧구멍이 유난히 강조되는 코도 죽은 아내와 비슷했다. 톡 튀어나온 이마와 갈매기처럼 휜 눈썹까지 죽은 아내—보다 정확하게는 AI 아내—를 떠올리게 했다.

처음에는 편안하게 받아들여졌던 여자의 취향도 그날 이후부터 조금 다르게 해석되기 시작했다. 아내가 좋아했던 음식점들—한, 두 군데가 아니라 거의 대부분의 곳—을 즐겨 간다든가 아무리 더워도 땀을 흘리면서도 따뜻한 아메리카노만 고집하는 행동들이 죽은 아내와 지나치게 흡사했다. 어쩌면 그런 스타일의 여자를 좋아하는 내 취향의 반영일 수 있겠다는 생각이 들어, 죽은 아내와 공통점 찾기 놀이를 그만두려고 의식적으로 노력했지만 쉽지 않았다.

여자가 죽은 아내와 닮은 것이 신경 쓰이는 와중에도 우리의 관계는 갈수록 깊어졌다. 꺼림칙한 마음만 한쪽 구석으로 밀어놓으면, 여자는 즐겨 입는 옷처럼 편안하면서 나에게 잘 어울렸으니까.

결혼 이야기까지 오고가던 어느 날, 빗소리를 들으며 집에서 여자와 와인을 마시며 클래식 음악을 듣던 중 여자의 갈망하는 눈빛과 마주했다. 내 머리칼을 넘기는 여자의 손길에는 솔직한 욕망이 담겨 있었다. 나는 그 감정에 답하기라도 하듯 여자의 뺨을 잡고 부드럽게 키스했다. 그녀와의 키스는 열정적이었다. 하지만 불붙었던 처음과 달리 나의 이성이 끊임없이 나에게 죽은 아내를 상기시키며 비교하는 시도를 했고, 그에 따라 조금씩 나의 열기가 식어가고 있었다.

감고 있던 눈이 저절로 떠지면서 여자의 가늘고 하얀 목이 시야에 들어왔다. 키스에 집중하기 위해 눈을 감으려던 순간, 목 주변을 타고 흘러내린 머리카락들 사이로 작은 구멍이 보였다. 나는 나도 모르게 손으로 구멍 주변을 살짝 만졌다. 보드라운 피부 아래로 볼록한 무언가가 느껴졌다. 검지로 살짝 누르자, 작고 딱딱한 물체가 만져졌다.

"뭐해요?"

내 손길을 느끼자마자, 여자는 신경질적으로 몸을 떼며 말했다.

"목에 구멍이······."

그 순간, 여자의 얼굴이 전체적으로 푸른빛으로 돌면서 마치 홀로그램 영상이 겹치듯 미세하게 흔들렸다. 그리고 홀로그램의 영상과 여자의 얼굴이 짧은 순간이었지만 분리되었다. AI 아내의 얼굴과 여자의 얼굴이 어긋나면서, 본래 내가 처음 보았던 연소라의 얼굴이 나타났다가 빠르게 사라졌다. 순간적으로 AI 아내의 얼굴이 지워진 그녀는 전혀 다른 얼굴이었다. 하지만 빠르게 AI 아내의 얼굴이 여자에게 덧씌워졌고, 내가 알던 여자의 얼굴로 다시 돌아왔다.

나는 순간의 변화에 당황해서 할 말을 잃어버린 채 멍하니 바라보았다. 여자는 별 일 아니라는 듯 어떤 설명이나 변명도 하지 않은 채 머리카락을 쓸어내렸다. 갈색 머리칼들이 목 주위로 정돈되면서 자연스럽게 구멍이 사라졌다.

여자는 'no problem'을 속삭이듯 어깨를 가볍게 들썩이더니, 테이블 위에 놓인 리모컨을 들고 TV를 켰다. 익숙하게 채널을 바꾸더니, AI 아내가 즐겨보던 예능 방송을 틀었다. AI 아내처럼 소파 위에 다리를 올리고, 정말 재미있다는 표정으로 나를 바라보며 말했다.

"봐봐. 저 남자가 저 여자 좋아한대."

그때, 내 휴대폰이 울렸다. 화면에 동훈의 이름이 떴다. 여자는 내 스마트폰을 힐끔 쳐다보더니, 관심이 없다는 듯이 다시 TV 화면으로 시선을 옮겼다.

나는 스마트폰을 들고 안방으로 자리를 옮겼다. 통화 버튼을 누르자, 동훈의 특유의 낮고 느린 목소리가 들렸다.

나에게 AI 아내를 제공한 문제의 프로그램이 지금도 계속 작동 중이며, 어떤 시도를 해도 프로그램이 멈추지 않는다는 것이었다.

"프로그램 상태로 보면, 형수님이 지금 현재 존재하고 있다는 건데. 형, 아직도 형수가 안 보여요?"

나는 동훈의 물음에 대답하지 못한 채, 굳게 닫힌 방문만 뚫어져라 쳐다보았다. 방문 너머로 AI 아내의 웃음소리가 요란하게 들려왔다. 마치 영원히 내가 당신의 아내라고 주장하듯이.

꿈속의 꿈

양윤선

낯선 전화번호가 이렇게 반가운 적이 있었을까. 혹시나 하는 마음으로 받은 전화기 너머로 기쁜 당선 소식이 들려왔다. 순간 꿈인지 생시인지 얼떨떨해하다가 이내 떨리는 행복감이 온몸을 감쌌다.

여름을 시작하면서 예기치 않은 오른쪽 다리와 왼손 부상으로 꼼짝없이 집안에 머무르는 신세가 되었다. 그 단절과 고립이 오히려 글쓰기로의 집중을 만들어줬고, 여름 내내 노트북 앞에서 지낸 몰입의 시간이 값진 소설을 완성해주었다. 불편해진 손발 때문에 우울하고 외롭기도 했지만, 결국 고난이 축복이 되었다는 생각에 그저 감사할 뿐이다.

초보 작가에게 과분한 상으로 용기를 불어넣어 주신 삶의향기 동서문학상 심사위원님들께 감사드린다. 단비 같은 수상으로 인생의 두 번째 꽃을 피우기 위해 힘을 낼 수 있게 되었다. 글쓰기는 가슴 뛰는 설렘과 열정을 되살려주었다. 계속 정진할 수 있는 길을 열어주심에 감사하고 행복하다. 내면의 소리에 귀 기울여 더 깊이 사고하며 좋을 글을 쓰도록 노력하겠다.

늦은 나이에 다시 꿈을 꿀 수 있게 지도해주신 김혜주 선생님께 고개 숙여 감사드린다. 더불어 글쓰기의 희로애락을 함께 해온 문우님들께도 고마움을 전한다. 쓰는 일을 좋아하는 분들과의 시간이 더없이 소중하다.

늘 내 글의 첫 번째 독자이자 여름 내내 나의 든든한 손발이 돼준 남편과 예쁜 두 딸, 그 외 가족들에게도 감사와 사랑의 마음을 보낸다.

새내기 작가로서 두려운 마음이 앞서지만, 글의 무게를 생각하며 책임감 있게 소설 창작에 매진하겠다. 모든 분께 거듭 감사의 인사를 올린다.

꿈속의 꿈

양윤선

　울창한 초록의 정글 숲속에 나신의 여인이 긴 소파에 비스듬히 누워
있다. 여인의 꿈속 풍경을 묘사했다는 그림은 하얀 달빛 아래 원시적 수
풀을 배경으로 하고 있다. 프랑스 화가 앙리 루소의 꿈이라는 그림이다.
카페에 걸린 복제화치고는 매우 사실적이다. 기묘하게 생긴 화초에 둘러
싸인 두 마리 사자와 주황색 뱀이 이국적인 분위기를 풍긴다. 나무 뒤에
몸을 숨기고 있는 코끼리가 걸어 나올 것만 같고, 황금빛 새는 금방이라
도 날아오를 듯하다. 피리 부는 검은 여인이 숲을 배경으로 서 있는 그
림을 영주는 외로울 때마다 올려다본다.
　영주는 프랑스인들이 많이 사는 서래마을 카페 르레브에서 일하고 있
다. 카페는 밖에서 보아도 건물 외관부터 프랑스 정취가 느껴지고, 프렌
치 어니언 수프와 햄 치즈 크루아상 샌드위치가 시그니처 메뉴다. 프랑
스 요리학교 출신이라 소문난 동호 주방장이 자신 있게 내놓는 음식이
다. 실내에는 녹색의 식물들로 가득 차 있다. 잎 무늬가 선명한 뱅갈 고
무나무와 바나나 나무, 몬스테라가 군데군데 놓여 있다. 길게 뻗은 가지
에 큼직한 이파리가 달린 알로카시아는 열대지방에 자라는 식물이지만
따뜻한 카페 안에서도 잘 자라서 마치 원시림인 양 착각이 들 정도다. 영

주는 종일 푸른 식물들 사이를 오가며 흔히 고향이라고 말하는 어떤 장소, 그런 곳이 자신에게는 없다는 것을 절감한다. 커서도 한곳에 머물지 못하고 여기저기 떠돌다 보니 오래된 관계라는 것이 없다. 그나마 카페 르레브에서는 오래 머물고 있다. 사장으로 있는 영란과는 아버지가 같다. 영주가 아무리 노력해도 가질 수 없는 것들을 영란은 갖고 있다. 물론 출발부터 공정하지 않았지만, 아버지는 아무 설명도 없이 영란과 영주와의 관계를 서류에 몇 줄 남긴 게 전부다.

쥐뿔도 없으면서 권위적인 아버지가 싫어 영주는 어릴 때부터 여기저기를 떠돌았다. 아버지는 두 번째 여자였던 영주의 엄마가 외국으로 갔다고 말했다. 그것도 어릴 때 들은 말이라 아버지의 생각이었는지, 실제로 일어난 일이었는지 확실하지 않았다. 영주의 기억 속에 엄마는 없었다. 가끔 언니인 영란의 얘기를 아버지가 했지만, 귓등으로 흘려들었다. 아버지만큼이나 언니의 존재도 영주에게는 현실적이지 않았다. 배다른 동생이 있다는 사실이 영란에게도 달갑지 않았을 것이었다.

호적에만 있던 아버지한테라도 따지고 싶을 만큼 영주의 삶은 망가져 있었다. 영주에게 돌아갈 곳은 애초에 없었다. 아버지의 장례식장에서 영란 언니를 만났다. 죽은 아버지가 이어 준 인연의 끈이었다. 영주는 어색하게 언니에게 목례했다. 장례식장은 한산했고 찾아오는 조문객도 거의 보이지 않았다. 영주가 기억하는 아버지의 인생은 항상 현실에 발을 딛고 있지 않았다. 혼자 살았던 아버지는 실체 없는 빚만 숫자로 남기고 떠났다. 더 고민할 필요 없이 둘은 깨끗하게 상속 포기를 했다. 아버지의 죽음이 많은 것을 바꿔버렸다. 급작스럽게 맞게 된 의도치 않은 상황이 가장 시기적절한 때를 만들어준 거였는지도 몰랐다. 장례를 마치고 영란이 건넨 명함에는 '브런치 카페 르레브 사장 오영란'이라 적혀 있었다.

한 달에 한 번 쉬는 날에는 카페 르레브에서 프리마켓이 열린다. 처음에는 뜻을 같이하는 판매자 몇이 시작했는데 반응이 좋아서 제법 규모가 크다. 영주는 동물 인형과 장식 소품들을 주로 판매한다. 사람들이 오려면 아직 서너 시간 여유가 있다. 영주는 가게 문을 열고 아직 어둑한 기운이 남아있는 실내에 조명을 밝힌다. 밤사이 가게 안에 고여 있던 눅눅한 공기가 바깥으로 밀려나며 기지개를 켠다. 엷은 봄 햇살은 통유리 창을 통해 서서히 카페 안으로 스며들고 있다. 프리마켓에 프랑스 분위기가 물씬 나는 물건들이 많이 나온다는 정보가 알려져 제법 사람들로 붐빈다. 영주는 벽에 걸린 그림을 바라본다. 앙리 루소의 그림은 여러 색깔의 초록이 빽빽이 겹쳐있는 정글의 세계다. 소파에 발가벗고 누워있는 여인에게 눈길이 머문다. 짙은 그늘 속 검은 주술사의 마법에 묶인 여인은 언제쯤 자신의 꿈에서 깨어날까.

영주는 그림 속 여인을 볼 때마다 철제 침대에 혼자 누워 들었던 "힘 주세요" 라는 기계음 같은 목소리를 떠올렸다. 온몸에 핏줄이 불거지도록 수도 없이 이를 악물고 힘을 주었다. 아기가 울었다. 동시에 밑이 허전해졌다. 세상에 첫발을 디딘 경이로운 감정을 우렁찬 울음으로 답하는 아이는 건강했다.

태어난 아기는 여자아이였다. 스무 살에 만난 남자는 외롭던 그녀에게 둥지 같은 편안함을 안겨준 상대였지만, 그도 현실을 살아가기에 미숙한 애송이었다. 영주는 그에게 임신 사실을 알렸다. 임신이 남자와의 결별을 앞당겼다. 영주는 돌연한 남자의 태도 변화에 당혹스러웠지만, 이별을 예감했다. 영주는 마지막으로 문자를 써서 휴대전화기 보관함에 저장했다.

'내 곁에 아무도 없어. 슬프고 두려워. 내가 선택한 삶인걸. 너에게 부담 주지 않을게. 답은 안 해도 좋아.'

계절이 두어 번 바뀌었다. 슬픔이 진물처럼 마음에 흘렀지만, 영주는 날이 갈수록 굳은 체념을 했다. 영주는 주변을 정리한 다음, 홀로 아이를 낳았다. 아무것도 모르는 철부지였어도 먹고 살아야 하는 현실이 더 절박하다는 걸 알았다.

"애초에 잘했어야지, 쯧쯧. 아기 키우려면 돈이 얼마나 많이 들어가는데…, 돈 버는 동안 아기는 누가 봐줘? 아기를 위해서는 입양이 답이에요. 더 좋은 환경에서 자라는 걸 엄마도 바라지 않나요?"

양육을 지지하는 사람들보다 비난하거나 입양 보낼 것을 권하는 사람들이 대다수였다. 관련 기관 담당자들마저도 영주에게 최선이라며 당연히 입양을 권했다. 시설로 들어가 보호받는 방법도 고민해봤지만, 그곳은 집이 아닌 일시적인 쉼터라서 그녀가 원하는 해답이 되지 못했다. 그마저도 어릴 적 앓았던 결핵 병력 때문에 여의찮았다. 영주는 젖먹이 아기를 안고 싸구려 모텔방과 고시원을 전전하면서 어떡하든 아기를 지켜내려 안간힘을 썼다. 먹는 게 변변치 못한데도 젖은 풍부하게 나와서 그나마 다행이었다. 제대로 도와줄 사람도 없었지만, 자존심인지, 자립심인지 알 수 없는 감정이 그녀를 고집스럽게 홀로 내몰았다. 언제까지 버틸 수 있을지 길이 보이지 않는 안개 속에서 서서히 현실은 더 이상 그녀 혼자 아이를 양육하기 힘들다고 말해주고 있었다. 미리 모아뒀던 돈은 바닥이 났고, 극단으로 몰려버린 영주의 상황은 파국으로 치닫고 있었다.

눈물처럼 비가 내리는 밤이었다. 영주는 아기를 면 수건과 싸개로 잘 감싸 안은 채 벌써 몇 시간 전부터 교회 근처를 서성대고 있었다. 혹시 다른 사람들 눈에 띌세라 그녀는 가로등 불빛을 피해 어두운 골목길 검은 그림자 안에 몸을 숨기고 한곳을 응시했다. 빗소리를 뚫고 그녀의 떨리는 심장 소리가 들리는 것 같았다. 다행히 주위를 다니는 사람은 한 명도 없었다. 교회 건물의 한쪽 벽 구석 가까이에 긴 처마를 해둔 베이

비 박스가 있었다. 전부터 봐두었던 장소였다. 영주는 한동안 뚫어져라 그곳을 주시했다. 긴 한숨을 내쉰 뒤 그녀는 천천히 베이비 박스 앞으로 걸어갔다. 거의 1미터 앞까지 다가갔을 때 갑자기 아기가 자그마하게 고양이 울음 비슷한 옹알이 소리를 냈다. 순간 그녀는 너무 놀라 흠칫 발걸음을 멈춘 뒤 뛸 듯이 뒤돌아 나와 다시 골목 모퉁이의 그림자 뒤로 숨었다. 싸개를 들춰보니 어느새 잠에서 깬 아기가 까만 눈동자로 그녀를 올려다보고 있었다. 영주는 굵은 눈물을 흘렸다. '날 만나지 않았어야 했는데. 나 어떻게 해야 해?' 영주는 아기를 내려다보며 마음속으로 말을 삼켰다. 다시 모텔방으로 돌아가고 싶었지만, 빈털터리로는 불가능한 일이었다. 지하철역으로라도 갈까 망설이다가 그것도 이내 포기했다. 그녀 마음속에서 혼돈된 생각들이 갈등과 충돌을 겪느라 어지러웠다. 아직 모든 걸 혼자 감당하기에 어리고 미숙한 자신을 원망하며, 영주는 다시 교회 건물로 다가갔다. 외로움과 비참함이 그녀를 휘청대게 했다. 결국 서너 차례 돌아서길 반복한 끝에 영주는 교회의 베이비 박스에 아기를 넣었다. 문을 닫고 나오기 전에 한 번 더 아기 얼굴을 보았다. 싸개를 살짝 젖히니 아기는 여전히 까만 눈동자를 깜박이며 영주를 쳐다보고 있었다. 아기도 엄마의 얼굴을 기억하려는 듯 오래도록 바라보는 것 같았다. 한동안 둘 사이에 시간이 멈춘 듯 하얀 정적이 흘렀다. 갑자기 안쪽에서 무슨 소리가 들린 것 같아서 영주는 미처 아기에게 인사도 제대로 못 한 채 허겁지겁 도망치듯 뒷걸음질을 쳤다. 아기의 '생년월일과 별이라는 태명, 더 좋은 부모에게 보내달라는 죄송하다'는 메모를 잊지 않고 아기 싸개 안에 넣어뒀다.

"언니, 저예요. 영주…."

영주는 영란에게 전화했을 때 단박에 자신을 못 알아보는 것 같아서 목소리가 움츠러들었다.

"저, 갈 데가 없어요."

"……."

영주는 지친 몸을 뉠 곳보다 쓰러질 듯 참담한 마음을 기댈 곳이 더 필요했다.

"무슨 일이든 다 할게요."

"일단 가게로 와라."

아무 말 없이 한참 듣고만 있던 영란은 담담한 목소리로 대답했다. 영주는 전화를 끊자마자 카페 르레브로 향했다. 퉁퉁 부은 눈과 야윈 몸으로 들어선 영주에게 영란은 아무것도 묻지 않았다. 속이 텅 비어서 그대로 사그라들 것 같은 영주에게 영란은 뜨거운 양파 수프를 내밀었다. 영란은 어서 먹으라는 눈짓을 했다. 그것이 연민이나 동정이든 아니면 혈육의 정 비슷한 무엇이든 영주는 실로 오랜만에 헛헛했던 몸과 마음의 허기를 뜨겁게 채울 수 있었다. 영주는 가게에 딸린 방에서 먹고 자게 되었다.

"안녕하세요?"

"어서 오세요."

프리마켓을 함께 여는 사람들이 시간 맞춰 모두 도착했다. 한 달에 한 번 만나는 그들에게 영주는 간단히 인사만 나누고 말을 거의 섞지 않는다. 그녀에게도 사람들과 잘 어울렸던 시절이 없진 않지만, 경험상 가까워지면 선을 넘고 상처 주는 이들이 종종 있어서, 이제는 어느 정도 거리를 두게 되었다. 그들은 익숙한 솜씨로 각자의 자리에 좌판을 펴고 만들어 온 수제품들을 늘어놓기 시작한다. 뜨개질한 모자와 비즈 공예품, 앙증맞은 머리핀과 액세서리, 수제 쿠키까지 품목도 아주 다양하다. 그들 모두 자기 제품을 조금이라도 눈에 더 잘 띄게 하려고 분주하게 움직인다. 외국인들이 많이 사는 동네라서 유럽의 엔틱 가구 소품이나 그릇들도 많이 나와 있다.

영주도 프리마켓에서 선보일 물건들을 양쪽으로 보기 좋게 진열한다. 직접 바느질한 천 사이에 솜을 넣어 마무리한 동물 인형이 대부분이다. 무지개색 말들과 코끼리와 원숭이, 물고기들을 알록달록한 천으로 만든 것이다. 해와 달, 별 모양 모빌은 근처에 놓인 몬스테라 잎의 갈라진 틈 사이에 슬쩍 걸어 놓았다. 곱게 수놓은 하얀 손수건과 컵 받침, 식탁 매트가 방문객들의 눈길을 사로잡을 준비가 되어 있다.

"젊은 것이 청승맞기는."

화창한 날에도 으레 꼼짝하지 않고 바늘과 실을 잡는 영주를 보면서 영란은 혀를 끌끌 찼다. 가끔 탐탁지 않아 하는 눈치를 주긴 해도, 사실 영주가 바느질에 몰두하게 된 것은 영란 덕분이었다. 영주가 카페에서 일한 지 얼마 안 된 어느 날, 그녀는 각양각색의 고급 천을 영주에게 한 보따리 내밀었다. 한때 자신이 열중했던 퀼트 천 남은 거라는 말을 덧붙이면서 영란은 영주에게 시름 잊는 데는 바느질이 최고라고 했다. 자세히 말은 하지 않았지만, 영란도 영주의 처지를 어느 정도 파악하고 있는 듯했다.

영주에게 바느질은 무념무상의 시간 자체였다. 열심히 깁고 꿰매다 보면 자신이 지키지 못한 아이에 대한 죄책감과 수치심, 상실의 아픔과 정체불명의 그리움까지, 모든 감정의 회오리가 사라진 진공상태에 놓이게 되었다. 영주가 필사적으로 바느질에 매달리는 이유이기도 했다. 비록 영주는 의식하지 못했지만, 바느질 한땀 한땀마다 그녀의 한숨과 시름, 깊은 절망과 애달픈 갈망이 녹아있었다. 은빛 고요 속에 잠겨 영주는 무거운 슬픔과 우울의 시간을 견뎌내고 있었다. 때때로 주체할 수 없는 감정이 휘몰아치면 그녀는 서둘러 바느질거리를 꺼내 내면의 분리된 자기만의 방으로 도피해버렸다.

"봉주르."

영주가 오늘은 다른 날보다 손님이 많다고 생각하던 중이었다.

"어서 오세요."

막 판매한 자수 손수건을 손님에게 건넨 후 바라보니, 30대 후반으로 보이는 프랑스인 부부와 예닐곱 살짜리 금발 머리 여자아이가 서 있었다.

"예쁜 거… 많아요… 구경하겠습니다…."

아이의 엄마가 환한 미소를 머금은 채 더듬더듬 서툰 한국어로 말했다.

"네, 마음껏 구경하세요."

영주가 손짓을 곁들여 가능하면 천천히 또박또박 대답하자, 금발의 꼬마 아가씨는 잽싸게 동물 인형들이 있는 옆 진열대로 가버렸다. 아이 엄마가 가까이 있으라는 듯 아이에게 뭐라 하는 걸 보고 있자니, 전에 한번 카페에 식사하러 왔던 가족으로 기억이 났다. 그때도 귀여운 모습이 예사롭지 않게 눈에 들어오던 백인 소녀였다. 영주는 자석에 끌리듯 아이에게 다가갔다.

"안녕."

가까이서 보니, 양 갈래로 땋은 황금빛 머리칼과 코발트색 눈이 백화점에서 파는 서양 인형처럼 예뻤다. 영주를 빤히 쳐다보며 말없이 생글거리는 아이의 눈은 푸른 바다를 연상시켰다. 영주에게 아득히 먼바다 건너 섬처럼 존재할, 까만 머리칼과 눈동자의 또 다른 아이를 떠올리게 했다. 별처럼 빛나라고 별이라는 태명을 지어준 아이. 나이도 엇비슷해 보였다.

"이름이 뭐니?"

천천히 말해도 아이는 무슨 말을 하는지 알아듣지 못하는 것 같았다.

"나는 영주야. 너는? 나는 영주."

영주가 자신과 아이를 번갈아 가리키며 손짓, 발짓으로 몇 번을 반복하자 어리둥절하던 아이가 이름을 말하며 부끄러워하는 표정이었다.

"클로에…."

"아, 네 이름이 클로에구나. 클로에."

클로에는 여전히 수줍게 웃기만 했다. 표정과 몸짓으로 겨우 소통이 될까 말까 하는 답답함 속에서 영주는 또다시 별이를 생각했다. 이국에서 납작한 코에 노란 얼굴로 눈만 깜박이고 있을 동양인 아이의 모습이 영화의 한 장면처럼 떠올랐다.

"너 이거 줄까?"

어색해할 아이의 마음을 헤아리며 영주는 얼른 빨간색 코끼리 인형을 들어 보였다.

아이가 배시시 웃으며 받아서 들었다. 조금 친해졌다고 생각했는지 아이는 곧바로 영주의 손을 이끌고 해와 달, 별 모양 모빌이 걸려 있는 몬스테라 화분 쪽으로 갔다.

"이건 해…. 달…. 그다음은 별…."

하나씩 가리키며 띄엄띄엄 말해주던 영주는 갑자기 주체하기 힘든 감정에 휩싸여 와락 아이를 껴안았다.

"프랑스는 어떤 곳인가요? 한강처럼 큰 강이 흐르나요?"

카페에서 일한 지 서너 달쯤 되었을 때 영주는 동호 주방장을 선망의 눈으로 바라보며 물었다.

"아, 프랑스? 응, 그곳에도 파리 시내를 지나는 센 강이 흐르고 있지."

"여기 서래마을이랑 비슷해요?"

"이곳의 몽마르뜨 공원처럼 아이를 데리고 갈 만한 잔디밭이 많이 있나요?"

영주는 꼬리에 꼬리를 무는 궁금증 때문에 대답도 듣기 전에 질문을 이어갔다. 무턱대고 별이가 그곳으로 입양되었을 거라는 추측이 프랑스에 대한 호기심을 이스트 넣은 크루아상처럼 부풀어 오르게 했다. 영주는 막연히 아이가 프랑스에 살고 있을 거라 지레짐작하게 되었고, 근거 없는 예감은 시간이 흐를수록 단단한 확신으로 굳어져 버렸다.

"파리는 여기 서래마을과는 비교도 안 되게 번화하고 멋진 곳이야. 주말마다 몽마르트르 언덕 잔디밭에 앉아 학교 친구 폴과 함께 요리에 대해 수다 떨던 추억이 떠오르네."

남자는 기억을 더듬는 듯 눈을 가늘게 뜨고 영주에게 프랑스에 대해 이것저것 얘기해주곤 했다. 에펠탑과 개선문, 샹젤리제 거리와 센 강을 오가는 유람선까지 이야기로 듣는 프랑스는 그야말로 환상의 세계였다. 자신이 발을 딛고 서 있는 지금 여기 현실과는 완전히 다른 세상, 바다 저편 그곳에 별이가 있다고 생각하면, 영주는 가슴부터 뛰었다.

"언젠가 저도 프랑스에 꼭 가볼 거예요."

영주는 다짐하듯 주방장에게 힘주어 말했다.

그 후, 주방장이 똑같은 일화를 말할 때마다 친구 이름은 폴이었다가 미셸도 되고 어떤 때는 쟝도 돼서 영주는 그가 프랑스에서 공부하고 온 게 맞는지 어리둥절해지곤 했다. 요리학교 단짝 친구의 이름이 달라진 걸 지적할라치면 그는 짐짓 당황한 듯 눈치를 보면서 기억에 혼선이 있었나보다고 얼버무렸다. 그가 단순히 관광으로 프랑스를 잠시 다녀왔을 뿐이든, 정말로 요리학교에서 공부를 마쳤든 아무래도 상관없었다. 영주는 아이가 있을 프랑스가 마냥 궁금했고, 프랑스 소식은 들을수록 그녀의 간절한 꿈을 재촉할 뿐이었다. 밤마다 나쁜 꿈을 자주 꾸었다. 꿈속에서 느끼기에도 통증은 지독했다. 허벅지 안쪽이 타들어 가듯 아팠다. 주위에는 아무도 없고 아기 울음소리만 귀에 쟁쟁하게 들렸다. 몇 겹으로 포개진 아기 담요 안이 비어있었다. 미친 듯이 일어나 풀어헤쳤지만 별이는 보이지 않았다. 내장이 꼬이는 듯한 고통이 이어졌다. 다시 혼자가 되었다는 것, 영주 앞에 놓인 현실이었다. 꿈에서 깨어나면 외로움에 몸을 떨었다.

검은 주술사의 피리 소리에 홀린 것일까. 영주는 어떻게 무슨 정신으로 카페를 나왔는지 몰랐다. 그녀는 금발의 인형 같은 아이 손을 잡고 어느새 서울 프랑스학교 앞 언덕길까지 올라와 있었다. 아이는 한쪽 손에 빨간 코끼리 인형과 은빛 별 모양 모빌 끈을 쥔 채였다. 학교 앞에 다다르자 아이는 아는 길인 양 익숙한 태도로 그녀를 이끌었다.

"클로에, 어디 가는 거야?"

영주가 재차 물어도 아이는 웃는 눈으로 그녀의 손을 잡고 경사진 길을 따라 올라갔다. 미소 짓는 아이의 눈에서 또다시 파란 바다가 보였다. 바다가 물결치는 대로 그녀는 편안히 몸을 맡겼다. 아이와 함께라면 어디든 좋다는 생각이었다. 목적 없이 함께 걷는 길조차 그녀에게 들뜬 환희로 충만감을 안겼다. 행복하고 두려운 예감이 영주의 가슴을 채웠다.

푸른 바다에 이끌려 도달한 집에는 오롯이 영주와 아이, 둘 뿐이었다. 거실로 들어서서 가장 먼저 눈에 띈 것은 긴 소파였다. 깔끔한 크림색으로 굴곡진 디자인이 멋스러웠다. 천장에 매달린 둥근 조명은 하얀 달처럼 보였다. 고전적인 장식장과 테이블, 현대식 디자인의 깔끔한 의자와 콘솔이 조화롭게 어우러져 있었다. 군데군데 녹색 식물과 화사한 파스텔 색조의 꽃들까지 그야말로 낙원에 온 기분이었다. 꿈을 꾸듯 거실 가득 신비로운 기운이 감돌고 있었다.

영주는 문득 자신이 프랑스 현지의 어떤 가정집 거실에 들어와 있다고 느꼈다. 분명 그곳은 그녀가 간절히 가보길 원했던 프랑스였다. 영주는 크림색 소파에 앉아 클로에를 가만히 껴안았다. 가슴으로 전해지는 아이의 체온이 따뜻하게 느껴졌다. 무슨 말부터 해야 할지 가슴은 벅차오르고, 눈가에는 그렁그렁 눈물이 고였다. '하루도 잊지 않았다고' 입 밖으로 터져 나오지 않는 수많은 말들이 마음속에서 이리저리 맴돌았다. 꿈결 같은 시간이 흐르고 있었다.

카페 르레브는 충격과 혼란의 아수라장이었다. 아이가 사라진 걸 알게 된 프랑스인 부부는 새파랗게 질려 안절부절못했다. 아이가 마지막으로 시야에 잡힌 모습은 해와 달 모빌이 걸린 나무 앞에서였다. 아이가 어디 있다는 걸 확인한 후, 아이 엄마는 무심히 프리마켓의 진열품들을 둘러보고 있었다. 그녀가 마침 눈에 띈 예쁜 비즈 팔찌를 딸에게 사주려고 아이를 찾았지만 보이지 않았다. 화장실에도 찾아보고 카페 안 구석구석은 물론 바깥 인도에까지 나가봤지만, 아이는 황금빛 머리카락 한 올조차 남기지 않고 자취를 감춰버렸다. 아이가 어딘가에 있을 거라는 가벼운 낙관은 아이를 잃어버렸다는 공포로 어느새 탈바꿈해 있었다.

"이게 무슨 일이에요?"

허겁지겁 가게로 달려온 영란은 이 모든 상황이 꿈꾸고 있는 것처럼 비현실적으로 느껴졌다. 얼굴이 반은 사색이 된 아이 아버지 곁에 한 차례 실신했던 아이 엄마가 축 늘어져 있었다. 눈물로 얼룩진 얼굴은 경악과 근심, 두려움과 분노가 뒤섞여 기괴해 보였다. 영란은 잠깐 현기증이 났다. 영주를 찾아야 했다. 영주 역시 사라진 뒤였고, 애꿎은 휴대전화기만 카페에 덩그러니 남아 수많은 부재중 전화를 받아내고 있었다. 불안의 기운이 영란의 가슴을 서늘하게 훑고 지나갔다.

"CCTV 영상을 보여주십시오. 협조 부탁합니다."

이미 신고받고 출동한 경찰은 부탁한다는 말과는 달리 약간 위압적인 태도로 요구했다. 아이의 실종에 대한 단서를 작은 부스러기 하나라도 찾기 위해 탐색이 시작되었다. 화질이 좋지 않은 영상을 집중해서 보다가 영란의 눈에 익숙한 얼굴이 포착되었다.

'이럴 수가…'

분할된 화면마다 영주가 아이의 손을 잡고 함께 카페 밖으로 나가는 모습이 잡혀 있었다. 분명치 않은 뿌연 화질 속에서도 영란의 눈에는 그 둘의 이미지가 또렷하게 튀어나올 듯 두드러져 보였다.

"27세 오영주. 아동 유괴 혐의로 ……."

반박 불가능한 엄연한 사실 앞에서 확신에 찬 경찰은 일사불란하게 움직였다. 영란은 저절로 한기가 느껴져 가늘게 몸을 떨었다.

"어쩜 그렇게 안 봤는데, 아이를 납치할 수 있어요?"

프리마켓을 함께 열었던 사람들이 영주에 대해 한마디씩 보태며 술렁거렸다.

'어쩌자고…. 왜….'

영란은 두방망이질 치는 가슴을 가까스로 진정시키며 정신을 똑바로 차리려고 안간힘을 썼다. 사실 영란이 영주를 처음 봤을 때부터 그녀에게서는 나이답지 않게 어둡고 불길한 그늘이 엿보였다. 영주가 처음 찾아왔을 때 며칠만 묵게 하려던 참이었다. 영주는 별다른 말 없이 조용히 침묵했지만, 영란은 무슨 일이 있었는지 대충 짐작할 수 있었다. 영란은 당장이라도 무너질 듯 피폐한 모습의 영주가 먼 과거 휘청대던 자기를 보는 것 같아서 내칠 수 없었다. 대신 영주의 무거운 슬픔에 전염되기 싫어서 영란은 아무것도 묻지 않고 모른척했다. 그날부터 뭔지 모를 야릇한 불안감과의 동거가 시작되었다. 하지만 똬리를 튼 채 어둠 속에 잠복해 있던 불안의 정체가 결국 이렇게 통제 불가능한 치명적인 모습으로 얼굴을 드러낼지 몰랐다.

경찰은 주변 도로와 주택가의 CCTV 영상을 확보했다. 사건이 일어난 카페 인근을 탐문 수사하는 것도 잊지 않았다. 클로에 부모의 간절한 염원 속에서 그들은 영주의 동선을 파악하기 위해 애썼다. 시간은 애타는 걱정과 긴장의 한가운데를 관통하고 있었다.

"앗, 여기 있어요."

"아니, 어디로 간 거지?"

"하필 여기서 끊기다니…"

CCTV 영상만 제대로 추적하면 될 거라는 단정은 큰 오산이었다. 어떤 곳은 CCTV가 제대로 작동을 안 하거나 아니면 각도가 애매하게 비껴 있어서 영주가 움직인 방향을 가늠할 수 없었다. 금방이라도 범인을 검거할 것처럼 자신만만하던 경찰은 우왕좌왕 방향감각을 잃었다. 결국 마지막으로 영주가 포착된 장소를 중심으로 둥글게 범위를 넓혀가며 흩어져 찾아보기로 했다.

'영주야 도대체 어디 있는 거니…'

영란은 갑자기 숨이 가빠왔다. 극도로 긴장한 탓에 가끔 겪는 호흡 곤란 증세가 나타났다. 당장 영주와 아이를 직접 눈으로 봐야 진정될 것 같았다. 반은 정신이 나간 클로에 부모가 아이 걸음으로는 좀 멀긴 하지만 자신들의 집으로 가보자고 말했다. 모두가 미로에 갇혀 헤매느라 기진맥진 상태였다.

영주는 꿈인지 생시인지 알 수 없는 곳에 와 있다고 느꼈다. 하얀 달빛은 예쁜 꽃들과 푸릇한 나무를 비추고 있었고, 울창한 밀림 사이로 사자와 코끼리, 원숭이가 언뜻언뜻 보였다. 말도 통하지 않는 아기에게 젖을 물리고, 가볍게 등을 두드려 트림시키며 잠들 때까지 배를 만져주는 한 여자를 영주는 상상했다. 분간하기 힘든 몽롱함 속에서도 또렷하게 느껴지는 것은 아이와 둘이 함께 있다는 행복감이었다. 어디선가 피리 부는 소리가 들려왔다. 곁에 있던 주황 뱀도 피리의 아름다운 소리에 꼬리를 흔들었다. 영주는 와락 아이를 다시 끌어안았다.

프랑스인 부부는 현관을 들어서자마자 눈 앞에 펼쳐진 모습을 보고 한동안 말을 잃었다. 영주가 그곳에 있었다. 거실에 놓인 긴 소파 위에 비스듬히 누워 클로에를 안고 잠든 채였다. 하얀 달 조명 아래 녹색 나무와 화사한 꽃이 있는 거실에는 둘이 같이 놀았던 흔적으로 동물 인형들이 군데군데 흩어져 있었다. 영주가 만든 빨간색 코끼리 인형도 함께였다. 깨어나기 싫은 단꿈에 젖은 듯 영주는 미소 띤 얼굴로 잠들어 있었다. 샘솟는 사랑과 햇살 같은 평안함, 짙푸른 회한과 슬픔이 오묘하게 어우러져 있는 미소였다. 영주는 아이를 보호하려는 듯 두 팔로 꼭 껴안고 있었다. 한 덩어리로 합쳐진 모습은 누가 보아도 엄마와 아이의 모습이었다. 아무도 섣불리 둘을 깨우려 하지 못했다. 검은 여인의 주술이 아직 풀리지 않은 듯 그곳의 시간은 조금 다른 속도로 흐르고 있었다.

두엔

윤정임

한때 문학에 모든 것을 바쳤다고 믿었던 적이 있었다. 모든 경제활동을 접고, 인간 관계도 축소시키고, 도서관과 집을 오가며 전업 작가가 되기 위해 읽고 쓰는 일을 반복했다. 지금 생각해 보면 길지 않은 시간이었다.

일상을 살아가는 삶과 문학하는 삶. 그 두 갈래 길에서 때로는 이쪽을 때로는 저쪽을 기웃거리다가 나는 마흔을 넘긴 주부가 되었다. 아이를 낳고, 집을 얻고, 대출금을 갚기 위해 일을 하는 워킹맘으로 살아가는 동안 문학은 언제나 가지 않은, 아니 가지 못한 길의 아쉬움으로 저만치에 있었다. 누구나 꿈을 꾸지만 아무나 그것을 이룰 수 있는 것은 아니었다.

내가 아무것도 이루지 못하는 인생의 주인공이 될 수도 있음을 조금씩 인정해 갈 무렵, 오래전에 써두었던 작품을 공모전에 다시 출품했다. 수년 전 여러 차례 응모했지만 아무런 소식도 전해 오지 않았던 이 작품이 왜 이제야 수상 소식을 가져오는지……. 그 의미를 가만히 생각해

본다.

　상의 경중을 떠나, 어떤 글이 수많은 다른 글들 속에서 누군가의 마음을 움직이고, 그의 인상에 남는다는 것은 꽤나 운명적인 일임을 나는 안다. 내가 문학하는 사람임을 다시금 일깨워주신 선자 분들께 감사드린다.

두엔

윤정임

옴······.

풍력발전단지의 논두렁에 진입하자 깊은 우물 속에서 올라오는 듯한 진동음이 들려온다. 두엔은 그 음파가 갈비뼈 속의 장기들까지 파고드는 것처럼 느껴진다. 오토바이의 속도를 서서히 줄이며 갓길에 멈춰 선다. 바람이 휙 지나가자 오토바이와 함께 두엔의 몸체가 휘청거린다. 누렇게 익은 논 한가운데에 창백한 몸으로 서 있는 풍력발전기들이 평야 너머 바다까지 이어져 있다. 바다를 뒤집어 놓은 듯한 하늘, 흰 요트처럼 떠가는 구름, 별을 낚으려는 그물같이 뻗어 나오는 태양빛. 동화 속 삽화를 연상시키는 하늘을 배경으로 풍력발전기들이 하얗고 뾰족한 세 개의 창을 쉼 없이 돌린다. 베트남에서 풍력발전기를 본 적은 없지만, 두엔에겐 이런 풍경이 낯설지 않다.

여기쯤일까······.

할머니는 아저씨가 풍력발전기의 날개 보수 작업을 하다가 추락했다고 했다. 요양병원의 창문 앞에 서서 할머니는 이쯤에 서 있는 풍력발전기를 가리키며 말했다. 길가에 차를 대고 나와 논 안으로 들어간다. 쌀알이 영글어 구부러진 손목처럼 서 있는 벼를 헤친다. 촘촘히 자라난

벼 사이에 갑작스레 푸른 공터가 펼쳐진다. 그 한가운데에 거대한 풍력발전기가 서 있다. 나짱의 논이었다면 조상의 묘가 있을 만한 자리이다. 웅……. 웅……. 웅……. 바람의 세기와 방향이 바뀔 때마다 풍력발전기의 날개가 거칠게 울어댄다. 두엔은 고개를 뒤로 한껏 젖혀 풍력발전기의 날개를 올려다본다. 할머니로부터 아저씨의 추락 얘기를 많이 들어서일까. 두엔은 풍력발전기 위에 올라가 있는 아저씨의 꿈을 자주 꾸었다. 꿈속에서 아저씨는 저 뾰족한 날개 끝에 매달려 페인트가 벗겨진 표면을 그라인더로 갈아내고 다시 페인트를 칠하는 보수작업을 하고 있었다. 두엔은 지상에서 아저씨를 지탱하고 있는 로프가 바람에 엉키지 않도록 그것을 붙들고 있었었다. 엉킨 것을 풀어내느라 로프를 잠깐 손에서 놓치기도 했지만, 그 바람에 아저씨가 허공에서 뱅글뱅글 돌기도 했지만, 꿈속에서의 일인지 아저씨는 추락하지 않았다. 움직이는 아저씨를 본 것은 꿈속에서가 유일했다.

두엔은 볼에 열기가 고여오는 것을 감지하고 양손으로 얼굴을 감싼다. 물구나무를 선 것처럼 전신의 피가 얼굴로 올라온다. 피부가 벗겨질 듯 팽창된다. 땀은 전혀 나지 않는다. 햇볕 때문일 것이다. 하늘을 향해 있던 고개를 지상으로 떨어뜨리니 뒷목이 뻐근해진다. 뒤를 돌아 논을 빠져나간다. 들어올 때 내놓았던 길은 바람에 사라지고 없다. 다시금 벼를 헤치며 논에 길을 낸다. 그때 뒤통수에서 검은 그림자가 쉭, 쉭, 쉭 지나가는 기척이 느껴진다. 반사적으로 머리를 감싸며 몸을 동그랗게 만다. 휘청거리다가는 벼 위에 꼬꾸라진다. 뒤를 올려다보니 풍력발전기의 날개로부터 뻗어 내린 거대한 그림자가 황금빛 논 위에서 칼춤을 추고 있다. 두엔은 자신이 왜 이곳에 와 있는지 모르겠다고 생각한다.

아저씨는 병실 천정을 향해 반듯하게 누워있다. 진지하면서도 멍한 눈동자는 어딘지 모르게 희극적이다. 두엔은 수건을 감싼 얼음팩을 왼쪽 볼에 대고 열기를 가라앉힌다. 언젠가부터 시작된 안면홍조는 환절기가 되면 더욱 기승을 부린다. 얼음팩을 오른쪽 볼에 옮겨 대고 간호사실을 향해 한쪽 손을 치켜든다. 마른 얼굴에 비해 배가 유독 튀어나온 여자 간호사가 알겠다는 듯 고개를 끄떡인다. 간호사는 수액을 들고 다가와 익숙한 손놀림으로 링거를 교체한다. 아저씨의 입안에 호스를 넣어 가래를 제거하는 손길이 세심하다.

두엔은 얼음팩을 다시 왼쪽 볼에 옮겨 대고는 보호자용 의자에 앉는다. 환기를 위해 열어둔 창문 너머로 풍력발전 단지의 전경이 보인다. 평야에서부터 시작되는 풍력발전기의 행렬은 염전을 지나 갯벌까지 광활하게 이어져 있다. 갯벌엔 밀물이 들어차 풍력발전기들이 마치 바다로 나아가고 있는 것처럼 보인다. 저주파 소음이 윙,하고 병실까지 들려온다. 아저씨 머리맡의 링거병 속 수액이 미세하게 진동한다. 12년 전 아저씨는 추락지점인 풍력발전 단지에서 가장 가까운 이 병원에 실려 왔다고 했다. 치료를 위해 서울의 대학병원에 두어 달간 입원한 적이 있었지만, 퇴원한 이후로는 줄곧 이 요양병원을 떠나지 못했다.

아저씨는 이번에도 무슨 영문인지 중환자실로 옮겨왔다. 까닭 없이 상태가 나빠졌다가 다시 좋아지기를 반복하는 건 할머니가 살아 있을 때도 종종 있는 일이었다. 할머니는 아저씨가 중환자실로 옮겨질 때마다 두엔을 의심의 눈초리로 쳐다보았다. 병원에서 주는 식사와 약물만 먹는데 이유 없이 상태가 나빠질 수는 없다는 것이었다. 두엔은 할머니가 자신을 탓하는 것 같아 할머니 나빠요!하며 눈물을 터트리곤 했다. 어쩌면 할머니 말에 제 발이 저린 것이었는지도 몰랐다. 아저씨에게 가족은 할머니가 유일했다. 할머니는 5년 전 세상을 떠났다.

깜빡임도 없이 천정을 응시하는 아저씨의 왼쪽 눈에서 눈물 한 방울이 주르륵 흘러내린다. 두엔은 사물함 위에 놓인 휴지곽에서 티슈 한 장을 뽑아든다. 왼쪽 귓바퀴까지 흘러내린 아저씨의 눈물을 닦아낸다. 아저씨의 얼굴은 피부가 하얀 한국인들의 그것에 비해서도 더 하얗다. 정확하게 알아들을 수는 없었지만, 의사는 아저씨가 눈물을 흘리는 것이 자율신경 작용에 따른 것이라고 했다. 아저씨의 몸을 움직이는 것은 의식이 아니라 생명을 유지하려는 육체의 습관에 지나지 않는다는 얘기였다. 두엔은 아저씨의 머리맡으로 다가가 눈꺼풀을 살짝 밀어올린 후 양쪽 눈에 안약을 한 방울씩 떨어뜨린다. 아저씨의 양쪽 관자놀이로 안약이 그대로 흘러내린다. 두엔은 아저씨의 눈앞에 손바닥을 펼쳐 자동차 와이퍼처럼 움직여본다. 천정에 고정된 눈동자는 흔들림이 없다.

"인공호흡기를 좀 빼달라고 해 보세요."

아저씨의 맞은편 침상으로 고개를 돌린다. 입에는 인공호흡기를, 코에는 미음줄을 연결한 노인이 누워있다. 감긴 눈두덩 위로 볼록 튀어나온 눈동자가 좌우로 움직이는 것이 보인다. 꿈을 꾸고 있는가. 노인의 주변으로 보호자로 보이는 키가 크고 마른 체격의 남자와 하얀 위생복을 입은 간병인이 서 있다. 간병인은 표준어를 능숙하게 구사하지만 한국인 발음은 아니다. 중국 어디인 것 같은데 지명이 분명하게 떠오르지 않는다. 두엔이 한국에 오자마자 아저씨를 간병하며 만났던 중국인 간병인이 생각난다. 그녀는 자신이 사람들의 발길이 닿지 않는 깊은 계곡의 오지마을에서 왔다고 했다. 그곳 사람들은 나무에도, 바위에도, 바람에도 영혼이 있어 그것들과 수시로 대화를 나눈다고 했다. 두엔은 나짱의 자기 고향 마을에도 그런 믿음이 있다고 하며, 심지어 자연물과 결혼한 사람도 있다는 얘기를 했다. 반얀 나무와 결혼해 나뭇가지에 집을 짓고 평생을 새처럼 살았던 외삼촌 얘기를 두엔은 그렇게 남의 일인 것처럼 말했다.

"할머니가 자꾸 나한테 속이 답답하다고 하시네요."

노인의 입은 인공호흡기와 그것을 고정한 반창고에 틀어 막혀 있다. 그런데 간병인에게 어떻게 그런 말을 했다는 것인지 의아하다. 한국말을 잘못 알아들은 게 아닌가 고개를 갸웃거린다. 남자의 검게 그을린 얼굴로 주름보다 더 깊은 수심이 흘러간다. 그의 얼굴은 베트남 사람들보다도 더 검다. 남자는 간병인에게 의식도 없는 환자의 인공호흡기를 보호자 마음대로 제거할 수는 없는 일이라고 말한다. 두엔은 머리 위의 얼음팩을 뒷목으로 옮겨 대고는 남자의 얼굴을 주시한다. 이렇게 얼굴이 펄펄 끓어오르다가 언젠가 저 남자처럼 검게 타버리는 게 아닐까. 남자는 구겼다 편 검정 비닐봉지처럼 쪼그라든 얼굴로 한참이나 간병인의 말에 고개를 끄떡이다가는 병실을 나간다. 간병인이 생수병의 뚜껑을 열고는 벌컥벌컥 물을 들이킨다. 속이 답답한 것은 노인이 아니라 간병인인 것 같다.

두엔은 정수리가 뜨끈해져 오는 것을 느끼고 얼음팩을 머리 위에 얹는다. 팩 위로 희뿌연 스팀이 올라올 것 같다. 어느 정도 열감이 사그라든 것을 느낀 두엔은 얼음팩을 사물함 위에 놓고 자리에서 일어난다. 아저씨의 오른쪽 팔을 자신의 목에 걸고 왼쪽 어깨를 살짝 밀어내면서 상체를 모로 눕힌다. 같은 방식으로 오른쪽 골반을 끌어올리면서 왼쪽 골반을 밀어내니 옆으로 누운 자세가 만들어진다. 애써 내려놓았던 열이 다시금 올라온다. 손등으로 이마를 훔쳐본다. 땀이 전혀 묻어나지 않는다. 풍선처럼 부풀어 오르는 팽창감으로 광대가 터질 것 같다. 자세를 자주 바꿔 주어야만 아저씨가 통증을 덜 느끼게 된다는 할머니의 말을 떠올린다.

"할머니! 식물인간이 뭘 알아?"

이따금 할머니의 간병 요구에 피곤함이 느껴질 때면 두엔은 그렇게 응

수했다.

"식물인간이더라도 애 숨통이 붙어있으니 네가 한국에 있을 수 있는 거다."

"할머니! 나 아저씨 아니라도 한국에 있을 수 있어요."

"그게 무슨 말이니?"

"몰라! 한국말로 설명하기 어려워!"

두엔이 한국에 왔을 때부터 아저씨는 의식을 잃고 중환자실에 누워있었다. 할머니와 국제결혼 중매업체 사장이 한통속이 되어 두엔이 결혼할 한국 남자가 식물인간 상태로 누워있다는 사실을 숨긴 것이었다. 친정으로 매달 70만원씩 보내주고, 한국에서 대학에 다닐 수 있도록 돕겠다는 할머니의 말은 거절하기 어려운 유혹이었다. 두엔은 그 제안을 받아들여도 되는지 생각할 여유가 없었다. 병든 어머니와 동생들의 생활비가 간절하게 필요했다. 그 돈이면 가족들이 호화롭게 살 수 있을 터였다. 할머니는 똑똑한 사람이었다. 두엔이 제안을 수락하자마자 할머니는 아저씨와의 혼인 신청 서류를 내밀었다. 한국에서 자리를 잡기 위해서는 두엔에게도 그런 제도적 장치가 필요했기에 거절할 까닭은 없었다. 두엔은 그때까지도 할머니가 시한부 인생을 살고 있다는 짐작은 하지 못했다. 할머니는 두엔과 아저씨를 혼인 관계로 묶어두고 두엔에게 아저씨를 간병해야 할 법적인 책무를 씌워놓은 후 세상을 떠났다. 그러나 두엔은 마음에서 단 한 번도 아저씨를 자신의 배우자로 받아들인 적이 없었다.

두엔은 아저씨를 침상 왼쪽 벽면을 향해 돌아눕히고 아저씨의 등쪽으로 자리를 옮겨 온다. 침대 밑 박스에 손을 넣어 음료수 캔을 꺼낸다. 뚜껑을 따는 소리가 뽕,하고 중환자실의 정적을 깬다. 저만치 간호사가 양손으로 엑스자를 만들어 수신호를 보내온다. 보호자의 음식 섭취를 금한다는 경고이다. 두엔은 음료수 병을 내팽개치듯 박스 속으로 던져 넣고는 아저씨의 침대에 비스듬히 기대앉는다.

─ 두엔!

두엔은 흠칫 놀라며 상체를 곧추세운다. 정수리 쪽에서 아저씨가 자신을 부르는 느낌이 든다. 고개를 돌리니 두엔이 눕혀 놓은 그대로 아저씨의 등판이 보인다. 아저씨의 뒤통수는 머리카락이 두 갈래로 나뉘어져 납작하게 눌려있다. 고개를 뒤로 젖혀 천정을 바라본다. 창백하고도 무지한 흰빛만이 시야에 가득 찬다.

얼마 전부터 두엔은 아저씨의 부름을 느껴왔다. 부지불식간에 아저씨가 자신을 부르고 있다는 생각이 번뜩 드는 거였다. 근데 그 목소리가 낯이 익었다. 심지어는 두엔의 이름을 한국식이 아닌 베트남식 발음으로 부르기까지 했다. 어쩌면 미주신경치료 때문인지도 몰랐다. 반년 전부터 아저씨는 왼쪽 가슴에 전류발생기를 심고 미주신경에 전극을 박아 뇌에 전류를 흘려보내는 치료를 받기 시작했는데, 주치의는 주파수가 4~7헤르츠인 세타파가 크게 증가하는 변화가 일어났다고 했다. 깊은 잠에 들면 델타파가, 멍때리는 상태에서는 세타파가 나타나는데, 아저씨의 뇌파가 델타파에서 세타파로 바뀌게 된 거였다. 아저씨의 뇌가 멍하거나 몽상에 빠져있는 상태라는 증거였다.

"8헤르츠만 돼도 알파파가 되는 겁니다!"

의사는 미주신경자극 치료로 아저씨의 뇌파가 언젠가는 각성 상태인 알파파에 이를 수 있다고 설명했다. 아저씨의 뇌를 무선통신기기나 라디오쯤으로 묘사하는 그 말을 알아듣기 어려워, 두엔은 의사의 말을 휴대폰에 녹음한 후 도서관에 앉자 한 글자씩 번역해 보기까지 했다. 아무리 곱씹어 들어도 의사의 그 말은 아저씨를 실험 대상으로 삼아 의학적으로 효과가 검증되지 않은 치료를 지속적으로 받게 하고 싶다는 것으로밖에 해석되지 않았다. 그러거나 말거나 두엔에게 아저씨의 의식이 깨어

나는 것은 두려운 일이었다.

　K가 아저씨의 존재를 알게 된다면, 그래도 변함없이 자신을 사랑해 줄까. 두엔은 K에게 모든 것을 털어놓고 자신을 받아달라고 얘기하고 싶었다. 두엔이 다니는 대학의 한국어 강사인 K는 훤칠한 키에 하얀 피부, 오뚝한 콧날의 미남자였다. 베트남의 외국인 학교에서 교사를 한 적이 있던 K는 베트남어도 곧잘 했다. 두엔은 그와 함께 나짱의 찌는 듯한 더위와 노을 지는 시간의 축축한 공기에 대해, 반쎄오에 고수를 곁들었을 때의 쿰쿰한 맛과 방안의 벽을 기어다니는 도마뱀의 다정함에 대해 베트남어로 얘기할 수 있었다. 그런 K가 사랑을 고백해 왔을 때 두엔은 자신이 정말 운이 좋은 여자라고 생각했다. K는 혼기를 놓친 늙은 아저씨이거나 정신병력이 있는 사회부적응자가 아니었다. 하지만 남편이라고도 아니라고도 할 수 없는 아저씨가 있다는 것을 정직하게 말할 수 없었다. 의식을 잃은 채 누워있는 마흔여덟의 아저씨와 스물다섯 살의 두엔. 그 둘의 결합이 맑은 하늘을 찔러대는 풍력발전기의 뾰족한 날개만큼이나 폭력적인 것이었음을 두엔은 서른이 넘어서야 실감할 수 있었다.

　허공에 불끈 쥔 주먹 하나가 둥둥 떠 있다. 제목은 모르지만 어떤 그림 하나가 떠오른다. 해안가 수면 위에 착륙을 준비하는 비행물체처럼 떠 있는 바윗덩어리. 거친 파도에 비해 뭉게구름이 뜬 하늘이 너무도 화창하여 멀미가 나는 그림이다. 누워있는 자신과 허공의 주먹. 서로 상관없는 물체의 조합에 묘한 공포감이 느껴진다. 의료기기에서 나오는 신호음이 규칙적인 간격으로 들려온다. 하얀 천정 아래로 떠있는 주먹은 분명 꿈속의 한 장면이 아니다. 두엔은 눈을 번쩍 뜬다. 주먹이 출현한 상황의 원인을 빠르게 추론한다. 아저씨의 손이다.

　두엔은 허공의 주먹을 피해 상체를 조심스레 일으킨다. 깜빡 잠이 들었던 상황이 파악된다. 침상 위를 보니 아저씨의 상체가 바로 눕혀져 있고, 하체는 두엔이 모로 세워놓은 그대로 있다. 아저씨의 몸은 마치 야구공을 던지려는 투수처럼 상체가 비틀어져 있는데, 아마도 두엔이 잠든 사이 오른쪽 어깨가 침상으로 쏟아지듯 눕혀졌던 모양이다. 두엔은 아저씨의 하반신을 마저 바로 눕힌다. 아저씨의 손목을 낚아채듯 들어올리고는 손가락을 강제로 펼친다. 아저씨의 손은 사고 직후부터 굳게 쥐어져 있었다고 했다. 그대로 손톱이 자라면서 생살을 파고들었다. 손바닥은 상처가 생겼다가 아물기를 반복하면서 생긴 각질이 하얗게 일어나 있다. 아저씨의 손이 펼쳐놓자마자 다시 쥐어진다. 두엔은 아저씨의 손가락을 하나하나 뒤로 꺾어 테이프로 동여매고 싶다.

병실을 둘러본다. 배가 볼록한 간호사를 포함한 세 명의 간호사들은 차트를 내려다보며 이야기를 나누고 있고, 맞은편에 있는 간병인은 휴대폰을 들여다보고 있다. 두엔은 아저씨의 가운데 손가락을 힘껏 뒤로 꺾는다. 나무젓가락을 소리가 나지 않게 동강내는 것처럼 느리고 강하게 힘을 준다. 중지의 손톱과 손등이 가까워지면서 손바닥은 더욱 새하얗게 변한다. 아저씨의 얼굴은 아무런 변화가 없다. 더 세게 힘을 주려던 찰라 간호사와 눈이 마주친다. 두엔은 천천히 입술을 다물며 아저씨의 손에서 자신의 손을 거둬드린다. 아저씨의 손가락이 다시 고사리처럼 오므라든다. 한결 주먹이 느슨해져 있다.

"진섭 씨! 가래 제거해 드릴게요."

간호사가 튀어나온 자신의 배를 감싸며 허리를 굽히고는 아저씨의 귀에 대고 말한다. 엷은 미소를 지으며 아저씨의 머리를 쓸어 넘겨주기도 한다. 입안에 호스를 넣어 가래를 제거하고 오른쪽 등판에 베개를 넣는 손길이 수상해 보일 정도로 친절하다. 링거의 방울 수를 조절하는 그녀의 옆모습에서 언젠가 보았던 영화의 한 장면이 스쳐지나간다. 교통사고로 식물인간이 된 여자를 사랑한 남자 간호조무사의 이야기이다. 그는 매일 여자의 몸을 씻기고 옷을 갈아입힌다. 용변을 처리해 주는 것은 물론 생리대까지 갈아준다. 그러다 임신도 시키는데, 출산을 계기로 여자는 깨어나지만 남자는 감옥에서 자살한다. 간호사는 자리를 옮겨 맞은편 노인에게로 간다. 차트에 노인의 혈압과 맥박, 소변량 등의 수치를 기록한다. 서 있는 옆모습이 꼭 임산부처럼 보인다.

— 아저씨! 누워서도 사랑할 수 있어?

두엔은 아저씨를 잠시 내려다본다. 초점 없는 아저씨의 눈동자가 더욱 멍해 보인다.

— 식물인간이 뭘 알겠어. 그렇지?

할머니가 영면에 든 후 두엔은 아저씨와 이혼하기 위해 변호사를 찾아간 적이 있었다. 오랫동안 간호했으나 법적 배우자는 깨어날 희망이 없고, 정신적·경제적 고통이 심하다는 이유로 이혼 소송을 하려했다. 변호사는 식물인간인 남편에게 귀책 사유가 없으므로 승소는 어렵다고 조언했다. 얼마 전 비슷한 경우에 이혼 판결을 받은 사례가 있으나, 식물인간인 배우자의 부모가 이혼을 허락한 것이 판결에 결정적인 영향을 미쳤다는 것이었다. 아저씨의 어머니인 할머니가 돌아가셨으니 두엔에겐 적용하기 어려운 사례라는 말도 덧붙였다.

두엔은 새하얀 아저씨의 얼굴을 들여다 본다. 수 년간 보아 왔지만, 누운 채로 살아가는 아저씨는 조금도 늙지 않았다. 불쑥 반얀 나무와 부부지간이 된 외삼촌을 떠올린다. 움직임도, 말도 없는 나무와 외삼촌은 어떻게 교감하는 걸까. 가벼운 한숨을 내쉬며 자리에서 일어나 중환자실을 나간다. 복도를 지나 화장실로 들어가자마자 세면대 위의 거울이 눈에 들어온다. 그 속의 자신의 얼굴을 보자마자 요기가 사라진다. 거울 가까이로 얼굴을 들이민다. 미간의 혈관이 붉다 못해 푸르스름하게 확장되어 있다. 붉은 코를 중심으로 이마와 볼 전반에 짙은 홍반이 둥그렇게 포진해 있다. 조금 뒤로 물러나 얼굴 전체를 바라본다. 불새 한 마리가 날개를 펼친 채 얼굴 중앙에 앉아 있는 것 같다. 다시 거울 가까이로 다가간다. 고개를 돌려 양쪽 볼을 번갈아 살핀다. 모세혈관이 다양한 모양의 도형을 그리며 떠올라있다. 두엔은 숨을 담뿍 들이마시고 볼을 부풀려 거울을 들여다본다. 얼굴이 점점 더 붉게 달아오른다. 모세혈관이 차츰 늘어나면서 목줄기까지 뻗어 내려온다. 어디선가 많이 보았던 패턴이 연상된다.

— 잘 봐. 지상에선 따로 보이던 것들이 이곳에선 다 연결되어 있어 보여.

꿈속에서 두엔은 아저씨와 함께 80미터 상공의 풍력발전기의 나셀까지 올라갔다. 그곳에서 아저씨는 두엔의 귀에 대고 속삭였다. 사실 그 말은 두엔의 아빠가 어린 두엔에게 한 말이었으므로, 그녀는 꿈을 꾸면서도 왜 아저씨가 아빠가 했던 말을 하는지 이상하다고 생각했다.

마을에서 가장 높은 언덕, 코코넛 나무에 올라간 아빠는 함께 올라간 어린 두엔에게 지상의 풍경을 보여주며 그렇게 말했다. 이름 모를 풀 한 포기도 외따로 존재할 수가 없는 거라고, 우주의 모든 것이 서로를 존재하게 돕고 있다고. 80미터 상공에서 듣기엔 너무도 무거운 말이었다. 아빠의 말이 끝나자마자 세찬 바람이 지나가며 평야의 풍경이 두루마리가 풀리듯 펼쳐졌다. 폭이 크고 작은 길이 논과 산, 갯벌이 펼쳐진 평면 위에 기하학적인 무늬를 그려놓고 있었다. 평야는 부분적인 형태가 끝도 없이 반복되면서 복잡한 전체를 이루고 있었다. 그날 아빠는 두엔을 나무 아래에 내려놓고 코코넛 열매를 따기 위해 다시 올라갔다. 코코넛을 관광객들에게 파는 일을 했던 아빠는 평소보다 서너 배 많은 양의 열매를 따 놓고, 나무에서 떨어져 목숨을 잃었다. 바람 때문이었다. 두엔은 지상 위에서 쳐들고 있던 고개를 천천히 내리며 아빠가 추락하는 것을 지켜보았다. 일곱 살 때였다.

두엔은 수도꼭지를 붙잡는다. 자신의 얼굴에서 나뭇가지처럼 뻗어 오르는 혈관을 지우고 싶다. 손잡이를 냉수 방향으로 끝까지 돌려놓고 찬물을 여러 차례 얼굴에 끼얹는다. 콧잔등이 얼얼해져온다. 거울을 올려다본다. 잠시 창백해졌던 볼이 다시금 빠른 속도로 붉어진다. 눈동자 속에도 날카롭고 마른 나뭇가지가 뻗어나가기 시작한다.

화장실을 나와 복도에 비치된 의자에 앉는다. 중환자실에서 보았던 검은 얼굴의 남자가 옆에 앉는다. 맞은편 벽면을 응시하는 옆모습에 비장감 같은 것이 흐른다.

"인공호흡기는 어떻게 하기로……."

궁금하지도 않은 질문이 불쑥 튀어나온다. 깜짝 놀란 남자가 고개를 돌려 두엔을 바라본다. 두엔이 누구인지 알아챘다는 듯 아,하고 나직하게 감탄사를 내뱉는다. 그리고는 두엔의 얼굴을 뚫어지게 쳐다본다. 두엔이 한국인이 아니라선가. 아니면 검붉은 두엔의 얼굴을 보고 좀비라도 떠올리는 것인가. 남자는 말끝을 흐리는 한 마디를 혼잣말처럼 내뱉고 자리에서 일어난다.

"간병인 말만 믿고 그렇게……."

간병인 말만으로 인공호흡기를 떼기는 쉽지 않다는 말일 터이다. 사실 간병인과 노인은 아무런 연고도 없지 않은가. 남자가 먼저 중환자실로 들어가고 두엔은 천천히 그의 뒤를 따른다.

아저씨는 어느새 침대의 식탁 앞에 앉혀져 있다. 움직임 없는 눈동자로 자신과 같은 자세로 앉아 있는 맞은편 노인을 바라보고 있다. 식사 시간이 되면 간호사들은 침대의 상단을 올려 환자들을 앉은 자세로 만든다. 식사와 소화를 돕기 위해서이다. 두엔은 아저씨의 허벅지에 베개를 넣어 몸이 아래쪽 침대로 흘러내리지 않도록 고정시킨다. 식탁 위에 놓인 죽을 숟가락으로 휘휘 저어 열기를 식힌다. 먼저 피스톤을 당겨 주 사기에 물을 담은 후 아저씨의 코로 연결된 미음줄에 그것을 밀어 넣는 다. 투명한 물이 줄을 타고 아저씨의 콧속으로 들어간다. 잠시 후 미음 을 주사기에 담아 미음줄에 넣는다. 미음이 호스에 고여 있던 물을 밀어 내며 아저씨의 콧속으로 들어간다.

맞은편 노인도 간병인이 넣어주는 미음을 코로 먹고 있다. 그 모습을 남자가 미간을 구기며 바라보고 있다. 간병인은 주사기로 미음을 넣고 나면 돌아서서 생수를 벌컥벌컥 들이킨다. 속이 답답해 죽겠다는 듯 상 의를 펄럭이며 가쁜 숨을 내쉰다.

"옴마야!"

미음 줄을 놓친 간병인이 황급히 그것을 집어 올린다. 그러나 노인의 식도에서 역류한 미음과 알 수 없는 연두색 액체는 이미 환자복과 이불 을 적신 후이다. 토사물이 쏟아진 거리에 빗물이 내렸을 때의 비릿하고 역한 냄새가 순식간에 퍼진다.

"조심 좀 하시지……."

남자의 얼굴이 더욱 오글자글하게 접혀진다.

"죄송해요. 자꾸 속이 타서……."

노인의 옷에 묻은 오물을 휴지로 닦아내는 남자에게 간병인은 자기가 하겠다고 한다. 됐습니다! 남자의 목소리는 단호하다. 그는 간병인을 마 음에 들어 하지 않는 눈치다.

간호사가 다가와 아저씨의 미음에 가루약을 쏟는다. 숟가락으로 섞 은 후 약을 탄 미음부터 먼저 먹이라고 말한다. 두엔은 약이 섞인 부분 의 미음을 주사기에 담아 미음줄에 밀어 넣는다. 미음이 줄을 타고 아저 씨의 콧속으로 서서히 밀려들어가는 것을 바라보며 엄마가 보내준 바곳 약물을 떠올린다. 엄마는 두엔이 고향을 떠나기 전날 밤 바곳 약물을 병에 담아 챙겨 주었다. 코코넛 나무에서 추락한 후 얼마 동안 의식을 잃은 채 누워있던 아빠에게 엄마는 바곳 약물을 먹인 적이 있었다. 엄마의 말에 따르면 바곳 약물은 아픈 사람에게 숙면을 들게 하고 깨어났을 때엔 활력있는 삶을 살게 해준다고 했다. 엄마는 바곳 약물을 숟가락에 따라 엄마, 두엔, 남동생 네 명 순으로 아빠의 입 속에 넣게 했다. 온 가족의 정성으로 아빠를 깨어나게 해야 한다는 엄마의 말에서 비장감 같은 것이 느껴졌다. 그러나 아빠는 바곳 약물을 먹은 후 영원히 깨어나지 않는 잠에 들었다. 반얀 나뭇가지에 둥지를 짓고 살던 외삼촌이 아빠가 떠나는 모습을 보았다고 했다. 두엔의 집 지붕에서 세찬 바람이 하늘로 곧게 일어났는데, 마치 그 무늬가 진동하는 단보우*의 현 같았다고 했다.

간호사들은 의료기구를 정리하느라 바쁘고, 남자와 간병인은 쏟아진 오물을 처리하느라 정신이 없다. 두엔의 심장이 곤두박질친다. 간호사들의 눈을 피해 바곳 약물을 밀어 넣을 기회가 바로 지금인 것 같다.

"저기요!"

두엔은 어깨를 움찔하며 뒤를 돌아본다. 간호사가 부르는 사람은 두엔이 아니다. 운동화를 신고 들어온 어느 보호자에게 실내화로 갈아 신어야 한다고 조곤조곤 얘기한다. 두엔은 식판을 병실 밖 식기 수레에 놓고 돌아온다.

침대의 식탁을 천천히 내려놓는다. 침대 위에 아저씨를 마주 보고 앉아 그의 상체를 끌어안고 등을 쓸어내린다. 우유를 먹인 아기를 트림 시키듯이 아저씨의 등판을 부드럽게 두드리며 쓸어내린다. 아저씨의 등판과 두엔의 손바닥 사이에서 타다닥, 정전기가 인다. 두엔은 얼른 아저씨의 등판에서 손을 떼낸다. 다시금 얼굴이 달아오른다. 콧볼과 그 주변의

---

* 현이 하나인 베트남의 전통 악기.

피부가 가려워진다. 두엔은 아저씨를 침대에 기대게 한 후 일어나 멀찍이 떨어져 선다.

간호사가 환기를 위해 창문을 연다. 서쪽 바다에 걸려있는 노을이 갯벌과 염전, 논밭 위까지 길게 엎드린다. 풍력발전기에는 푸른빛이 총총히 켜진다. 빛을 방출하며 뉴런과 뉴런을 연결하는 시냅스 네트워크의 이미지처럼, 푸른빛은 산발적으로 켜졌다간 다시 꺼진다. 그래서인지 상당한 거리로 떨어져 있는 풍력발전기들은 보이지 않는 선으로 연결되어 있어 보인다. 창문으로부터 들어온 바람이 아저씨의 머리카락을 쓸어 넘긴다. 노을빛은 아저씨의 얼굴을 주홍빛으로 물들인다. 아저씨의 눈동자에도 푸른빛이 점멸하는 것 같다.

두엔은 아저씨 발밑의 침대에 앉아 그를 마주보고 앉는다. 벌어진 입술에서 금방이라도 무슨 말이 튀어나올 것 같다. 아저씨의 발목을 힘껏 비튼다. 아저씨는 초점 없는 눈동자로 두엔을 바라만 볼 뿐이다.

"이봐요!"

두엔의 팔을 덥썩 붙잡는 손길이 느껴진다. 배가 나온 간호사이다.

"아! 안마 중이었어요."

"그렇게 세게 하시면 안 돼요."

간호사가 아저씨의 발목을 살핀다. 볼록 튀어나온 배를 한쪽 손으로 감싸며 다른 한 손으로는 아저씨의 발목을 쓰다듬는다.

"멍들었잖아요."

간호사는 아저씨의 발목에 난 손가락 자국과 두엔의 얼굴을 번갈아 살핀다. 인상을 구기며 환자가 잠이 들 수 있도록 안정을 취해주라고 말하고는 자기 자리로 돌아간다. 수화기를 들고 이쪽을 흘끔거리며 어딘가로 전화를 건다. 두엔은 CCTV가 설치된 벽면을 바라본다. 검고 큰 하나의 눈동자가 아저씨의 침대와 두엔을 주시하고 있다.

"저 간호사 임신 중이라 예민해서 그래."

간병인이 노인 머리맡의 전등 스위치를 끄며 말한다. 안마해 주는 간병인을 과하게 나무랐다고 중얼거린다. 중환자실 전등은 한밤중에도 끄지 않는 것이 원칙이다. 오랫동안 간병을 해와서인가. 전등을 끄고 난 간병인의 태도에 거리낌이 없다. 전등이 여러 개 설치된 병실은 여전히 밝다. 보호자용 침대에 양반다리를 하고 앉은 간병인이 1.5리터 생수병의 주둥이를 문다. 목구멍까지 꽉 들어찬 무언가를 내려보내기라도 하려는 듯 벌컥벌컥 들이킨다. 속 답답하네, 정말. 여자는 생수병을 거의 다 비우고 주먹으로 제 가슴을 쿵쿵 친다.

두엔은 아저씨를 침대에 눕히고 그의 하의를 내린다. 기저귀를 벗겨보니 패드가 누런 액체를 담뿍 먹고 있다. 한쪽 팔에 아저씨의 두 다리를 걸고 살짝 들어 올린 후 기저귀를 빼낸다. 젖은 기저귀가 꽤나 묵직하다. 새 기저귀를 엉덩이 아래에 깔고 물티슈로 사타구니를 닦아낸다. 풍성한 거웃 아래로 곧게 뻗은 성기가 일어선다. 아저씨의 성기는 빛을 잃은 그의 눈동자와는 달리 벌겋게 불이 붙은 숯 같다. 아저씨의 기저귀를 처음 갈았던 날, 슬며시 고개를 드는 성기를 보고 두엔은 화장실로 달려가 구역질을 했다. 그야말로 식물 같은 아저씨가 기저귀를 갈기만 하면 자신을 의식하는 것 같았다. 그런 아저씨의 반응이 아무렇지도 않게 느껴지기까지는 오랜 시간이 걸렸다.

주머니에서 진동음이 느껴진다. K로부터 문자 메시지가 들어와 있다. 주말에 부모님께 인사를 드리러 가자는 내용이다. 두엔이 망설이는 기색을 내보일 때마다 K는 더욱 적극적으로 결혼 얘기를 꺼냈다. 두엔은 바곳 약물을 떠올린다. 아저씨 침대 옆의 수납장에서 가방을 꺼내 속을 뒤진다. 약물병을 움켜쥐고 바지 주머니로 옮겨 담는 손이 떨린다. 그리고는 K에게 이번 주 주말은 바쁘다는 답장을 보낸다.

– 착하고 귀여운 두엔! 이번 주말엔 꼭 시간 내줘.

K의 문자 메시지에 괜히 심사가 뒤틀린다. 가난한 나라에서 온 사람들은 당연히 착하고 순박할 것이라 기대하는 한국인들의 사고방식이 불쾌하다.

– 난 착하고 싶지 않아요!

문자 메시지를 확인한 K가 이번엔 전화를 걸어온다. 두엔은 휴대전화를 뒷주머니에 찔러넣고 진동이 멈출 때까지 기다린다. 신호가 끊기자 보호자용 침대에 얼음팩을 놓고 그 위에 머리를 눕힌다. 하얀 천정이 시야에 가득 들어찬다. 차가운 기운이 서서히 올라온다.

– 두엔! 두엔!

두엔은 벌떡 윗몸을 일으켜 아저씨가 누운 침상 위를 올려다본다. 아저씨가 자신을 부르고 있다는 생각이 밀려온다. 그런데 그 목소리가 왜 어릴적 아빠의 목소리로 들려오는지 알 수 없는 일이다. 아저씨는 누운 자세 그대로 멍때리는 눈빛을 하고 있다. 다시금 얼음팩에 뒤통수를 대고 눕는다. 맞은편 침상에서 작지만 신경을 긁는 소리가 들려온다. 두엔은 미간을 찌푸리며 머리를 살짝 들어본다. 간병인이 노인의 얼굴을 자신의 상체로 가린 채 조심스럽게 움직이고 있다. 두엔은 소리가 나지 않게 서서히 윗몸을 마저 일으킨다. 저만치 왼편의 간호사실에는 세 명의 간호사가 컴퓨터 앞에 앉아 업무를 보고 있다. 커피에 찍은 크래커를 입에 넣는 간호사도 보인다.

두엔은 고개를 빼올려 간병인의 등판 너머를 넘겨다본다. 그때 간병인이 등 뒤의 시선을 느낀 듯 뒤를 돌아본다. 간병인은 검지를 입술 한가운데에 대고 쉿, 소리 없이 내뱉는다. 아예 침대로 올라가 한 손으로 노인의 이마를 누르고 다른 한 손으로는 호흡기를 뽑아낸다. 간병인의 어깨가 날아오르기 직전의 독수리처럼 한껏 위로 올라가 있다. 띠. 띠. 띠.

띠. 노인의 몸에 연결된 의료기기에서 경고음이 울린다. 막힌 하수구 속에서 오물이 분수처럼 역류하듯 노인의 입에서 토사물이 올라온다. 간호사들이 일제히 노인의 침상으로 향한다. 노인의 침대에서 내려온 간병인은 숨을 가쁘게 헐떡거린다. 언제 그랬는지 위생복 단추가 모두 풀어헤쳐져 있다.

어느새 가림막이 쳐진 노인의 침대 주위는 의사와 간호사들의 분주한 움직임만이 감지된다. 가림막 속에서 나온 간호사가 20리터쯤 되어 보이는 양동이를 들고 나온다. 찐득찐득한 토사물이 가득 담긴 양동이에서 악취가 진동한다. 간호사가 양동이의 손잡이를 잡고 뒤뚱뒤뚱 걷는 탓에 넘친 토사물이 바닥에 뚝뚝 떨어진다. 노인의 코와 입을 틀어막고 있던 미음줄과 인공호흡기 호스가 오물이 묻은 채로 또 다른 간호사의 손에 들려 나온다. 의료기기의 경고음이 잦아든다.

가림막이 거둬진 노인의 침상은 평화로운 분위기이다. 호흡기를 틀어막고 있던 의료기기들이 사라졌는데도 노인의 호흡과 맥박은 정상 수치를 나타낸다. 어느새 나타난 검은 얼굴의 남자에게 주치의는 자가호흡이 가능하니 인공호흡기를 제거한 채로 지켜보자고 말한다. 남자의 얼굴이 전보다 더 검게 쭈그러든다. 노인의 호전된 상태가 반갑지 않은 기색이다. 간병인은 사라지고 없다.

간호사가 콧볼을 움켜잡고선 노인 침상쪽 창문을 연다. 토사물 냄새가 역하게 번진다. 어둠이 깔린 풍력발전 단지는 바람이 더 강해져 발전기들의 날개가 바람개비처럼 세차게 돌아가고 있다. 풍속과 관계없이 일정한 간격으로 깜빡이는 푸른빛은 서늘한 기운을 자아낸다. 옴……. 옴……. 옴……. 저주파 소음이 밤바람에 실려 중환자실 안으로 들어온다.

– 두엔! 등 좀 긁어줄래?

노인의 침상쪽을 바라보고 있던 두엔은 고개를 돌려 아저씨를 내려다본다. 아저씨는 여전히 멍청한 눈빛으로 천정을 바라보고 있다.

– 두엔! 등 좀…….

두엔은 느린 걸음으로 아저씨에게 다가간다. 얼굴이 화끈거린다. 거대한 불새의 날갯짓처럼 안면에 열기가 펄럭펄럭 일어난다. 아저씨의 한쪽 어깨를 일으켜 세우고, 다른 한쪽은 안으로 밀어 넣으며 상체를 모로 눕힌다. 하반신이 저절로 옆으로 뉘어진다. 아저씨의 등 뒤에 서서 환자복 상의를 끌어올린다. 옷이 위로 올라가며 등판의 기하학적인 붉은 무늬가 드러나기 시작한다. 이전에는 보지 못했던 것이다. 나뭇잎인가. 불꽃인가. 그 어떤 무늬가 아저씨의 등판을 크게 점령하고 있다. 그러고 보니 수 년간 아저씨를 간병해왔지만 등판을 이렇게 자세히 보는 건 처음인 것 같다.

"전문(電紋)이에요."

간호사가 다가와 말한다. 두엔은 두 눈을 멀뚱하게 뜨고 그녀를 바라본다.

"벼락을 맞은 흔적이죠."

두엔은 미세하게 고개를 끄떡인다. 할머니로부터 아저씨의 갑작스런 추락이 그야말로 마른 하늘의 날벼락을 맞았기 때문이었다는 말을 들은 적이 있다. 두엔은 아저씨의 등판을 천천히 긁어내린다.

"뭐하세요?"

간호사가 새삼스레 두엔의 얼굴을 빤히 쳐다본다. 두엔은 얼굴이 더 달아올라 고개를 숙이고 아저씨의 상의를 내린다. 간호사는 점점 놀라는 표정으로 변해가더니 손가락으로 두엔의 얼굴을 가리킨다.

"보호자 분 얼굴에도…… 전문이 있네요."

"보호자 아니고 간병인이에요!"

간호사가 시큰둥한 표정으로 돌아간다. 두엔은 보호자용 침대에 앉아 아저씨를 바라본다.

– 두엔! 괜찮아.

다정한 말투다.

– 두엔! 두려워하지 마. 다 괜찮아.

두엔은 그 음성이 어서 바곳 약물을 먹여달라는 말로 들린다. 자신도 모르게 주머니의 약물을 꺼낸다. 의외로 심장이 떨리지는 않는다. 서랍에서 주사기를 꺼내 바곳 약물을 담는다. 피스톤을 당겨 주사기 가득 빨아들인다. 그리고는 아저씨의 코와 연결된 미음줄에 쭈욱 밀어 넣는다.

– 잘했어. 착하다, 두엔.

두엔은 아무 일 없었던 듯 가방을 챙겨 자리에서 일어난다. 중환자실을 나가 조도가 한층 낮아진 복도를 성큼성큼 걷는다. 아저씨의 음성이 시키는 대로 했을 뿐이라고 중얼거린다. 저만치 창백한 불빛을 내뿜고 있는 화장실로 걸어간다. 들어서자마자 횃불 하나가 둥둥 떠 있는 거울이 눈에 들어온다. 두엔은 빠른 걸음으로 거울 앞으로 다가가 얼굴을 들이민다.

– 두엔!

입안에 숨을 담뿍 머금고 볼을 부풀린 후 오른쪽 얼굴을 들여다본다. 모세혈관이 점점 확장되면서 서로 연결된다. 거울 앞에서 조금 물러나 얼굴 전체를 조망해 본다. 몸을 늘리는 지렁이처럼 혈관이 확장되면서 길어진다. 수도꼭지를 세게 틀어놓고 찬물을 얼굴에 끼얹는다.

– 두엔!

두 손에 찬물을 담뿍 받아 세차게 얼굴에 끼얹는다. 그러기를 수 차례 반복한 후 거울을 올려다본다. 잠시 창백해졌던 피부가 이내 다시 붉게 타오른다. 눈동자 속에도 붉은 나뭇가지가 뻗어나간다.

– 두엔! 어서 가!

두엔은 빠른 걸음으로 화장실을 빠져나가 주차장으로 향한다. 마음은 차분한데 몸은 빠르게 움직인다. 서둘러 오토바이에 오른다. 헬멧을 쓰고, 헤드라이트를 켜고, 엑셀레이터를 세게 밟는다. 요양원의 정문을 빠져나가자 풍력발전기들이 즐비한 논길이 펼쳐진다. 풍력발전 단지를 피해가는 방향으로 속도를 높인다. 바람 소리가 귓바퀴에 가득 들어찬다.

논과 논 사이에 난 비포장도로를 세차게 달린다. 이상한 일이다. 분명 풍력발전기들을 피해 달리고 있는데, 어느 쪽으로 가도 그것들이 나타난다. 마치 하늘에서 지상으로 내리꽂히는 것처럼 갑작스레 풍력발전기들이 등장한다. 옴······. 옴······. 옴······. 풍력발전기의 날개가 밤하늘을 난도질하듯 회전한다.

– 두엔! 괜찮아.

두엔은 브레이크를 세게 밟는다. 풍력발전기 아래에 오토바이가 급정차한다. 두엔의 몸이 앞으로 쏠렸다가 바로 선다. 헬멧을 벗고 손잡이의 백미러를 들여다본다. 얼굴 한가운데에 각화된 붉은 나뭇잎사귀 한 장이 떠올라 있다.

– 두엔! 어서! 뒤도 돌아보지 말고 가!

달빛을 받은 풍력발전기의 날개 그림자가 머리 위에서 칼날처럼 휙휙 지나간다.

삶의 향기가—
문학이 됩니다

시
부문
수상작

복제인간 로이

채연우

베란다에 행운목 꽃이 지난해에 이어 올해도 피었다. 아마도 우주의 기운을 모아 꽃이 다정하게 기쁜 소식을 미리 전해준 듯하다.

초등학교 4학년 때 시로 일기를 쓰기 시작하면서 시의 주변을 서성이며 살았다. 그래서인지 시를 사랑하는 사람을 만나 평생 시밖에 모르는 신랑을 바라보며 대리만족했는지 모른다. 하지만 갑자기 곁을 떠났고 긴 시간들은 텅 비어버린 것 같았다. 이듬해에 경희사이버대 미디어 문예창작학과에 입학하여 김기택 교수님, 홍용희 교수님, 이봉일 교수님 등 훌륭하신 교수님을 만나 강의를 들은 시간은 축복이었고 행운이었다.

삶의향기 동서문학상에 투고해 맥심상을 두 번 받았지만 시인의 길에 한 발을 걸치고 시를 써도 되는지 두렵고 자신이 없었다. 졸업하고 무기력하게 있는 저를 밖으로 불러주신 동서문학상은 힘내라고 써도 괜찮다고 허락해 주신 것 같다.

16년에 영화 블레이드 러너를 보고 쓴 복제인간 로이의 눈빛은 아직도 생생합니다. 로이를 통해 따스하게 불러주신 심사위원님과 동서문학상 운영위원회 분들께 감사드립니다.

시인의 길로 안내해주신 교수님, 우연히 카페에 올린 졸시를 보시고 손을 내밀어주셨던 이종섶 시인님, 스승이 되어주신 모든 분들, 그리고 늘 곁에서 소곤거리는 자연에게 깊은 감사를 드립니다. 새울음나무 카페와 정신분석연구소에서 함께 공부한 학우님들 고맙습니다.

제가 쓴 글들이 신랑에게 누가 되지 않기를 간절히 바라며 가장 힘든 시기를 묵묵히 견뎌낸 아들 미르, 한울아 고맙고 사랑해 사랑해. 항상 힘이 되어준 가족에게 감사의 마음 전합니다.

이미지에 분명한 사물을 담을 수 있는 시인이 되어 열심히 쓰겠습니다.

시인이 될 수 있는 자양분이 되어준 신랑에게 제 마음을 모두 전합니다.

복제인간 로이

채연우

모든 기억은 사라지겠지 빗속의 내 눈물처럼, 죽을 시간이야[*]

나는 전투용1호 결함이 없네 반란이라 부르지 말게 완벽한 사람이 되었네
굳어가는 손에 못을 박아 주게 조금 더 할 말이 있네

내 손바닥 속에 사는 버들치가 자네 가슴으로 헤엄쳐 갈 수 있도록 손
을 잡아주게
가만히 귀 기울이면 늦은 밤과 새벽에 버들치가 튕기는 물방울 소리, 미
세한 신호를 예감하는 듯 꿈틀거리며 혈관을 따라 심장으로 몰려간다네
제거된 내 사랑은 입술과 눈 속을 떠돌아다닌다네
그녀의 뜨거운 피를 모조품이라 말하지 말게
퍼즐을 끼워 맞추는 건 어리석은 습관이네

나는 자네 대신 존재하고 경험이 쌓였네
자네는 무엇인가!
우리를 이해하는 방식은 작전명 제거,
안전장치 4년 수명은 누구를 위한 것인가, 설정을 변경하겠네

좋은 게 좋은 거라는 말로 현혹하지 말게

총구를 돌리게
나는 태양처럼 온전한 사실이네
상상할 수 없는 곳에서 대신 살아온 내 눈을 들여다보게
오리온 전투와 탄호이저 기지에서
빛으로 물든 바다를 바라본^{**} 기억이 있네
방금 핀 꽃처럼 눈물을 흘렸지

나는 기술자의 뜻으로 의미가 되어
내가 되었네

바람이 비를 데려가는군
손을 잡아주겠나, 형제

---

*, ** : 영화 〈블레이드 러너〉에 나오는 로이의 대사
　　　 복제인간은 우주탐험, 전투, 성, 노예 등 위험한 직종에 배치시키고 수명은 4년으로 제한한다.

유품정리사

이세미

　오래 절필했습니다. 그래도 그리워 오래 전 글을 퇴고했습니다. 잊고자
한 적도 있지만 한 번 붙들린 마음은 매정하게 돌아서지를 못했습니다.
시가 품고 있는 매력이 저를 놓아주지 않은 것입니다. 삶의 현장이 치열
할 때마다 시에 대한 그리움도 컸습니다. 다시 마음잡고 쓰라는 위로라
여기겠습니다. 저의 시도 누군가에게 위로가 된다면 제가 참 잘한 일인
것 같습니다. 삶의향기 동서문학상의 취지가 아마 그렇기에 저의 글을
뽑아 주셨으리라 짐작합니다.

　카프카가 그랬다고 합니다. 시인은 세상 삶에서의 어려움을 다른 사람
들보다 더 강렬하게 느낀다고. 그 힘이 시인으로 하여금 시를 쓰게 하는
것 같습니다. 사람들의 마음을 움직이게 하는 위로와 공감의 시를 쓰겠
습니다.

　불러주신 심사위원님께 감사드립니다. 살아가는 이야기를 따뜻하게
끌어 안아 글로 풀어내라는 뜻으로 알겠습니다. 우리 삶에 있는 이야기

를 향기로 담아내면 누구나 좋은 글이 되리라 봅니다.

　기뻐하고 응원해 주는 가족이 있어 행복합니다. 가족과 함께 걸어 온 긴 사막이 있었습니다. 목마름을 견디고 꽃을 피워 준 가족이 한없이 고맙습니다. 사랑합니다.

유품정리사

이세미

당신의 그림자를 배웅하러 갑니다
골목 어귀에 들어서면
가을 안개처럼 깔린 전생의 흔적을 만납니다
냄새는 망자가 돌린 부고장이라 여깁니다
구형 티브이가 오래 전의 시간을 불러오는 작은 방에
밤을 뒤척였을 이부자리가 바닥에 누워 있습니다
통 넓은 나팔바지와 긴머리를 기억하는 늙은 거울은
가장자리부터 검버섯이 피고 있습니다
손때 묻은 냉장고는 비어 있습니다
쭈그려 앉은 약봉지가 바튼 기침을 해대자
선풍기에 앉은 오래된 먼지가 화들짝 일어섭니다
장판 밑에 깔린 돈은 당신이 남긴 사랑이겠지요
이쯤에서 당신의 얼굴이 그려집니다
머리맡에 붙여 놓은 가족사진에서 떨어져 나온 당신은
외로이 떠가는 섬이었군요
뭍에 올라
사랑하고 또 사랑하고 싶었던 당신
지난 사연을 전깃줄에 앉은 제비처럼 풀어놓는 동안

고장 난 수도꼭지가 한 방울씩 당신을 애도합니다

죽음은 시간을 선택하지 않고 슬픔의 얼굴은 언제나 익숙하지 않습니다

단칸방에 남긴 이생의 기억을 지우고 고층으로 옮겨 가는 이삿짐을 쌉니다

서둘러 떠난 당신에게 한 줌의 눈물과 한 송이의 꽃을 바치며

사랑하고 사랑받았던 기억만을

곱게 싸서 보내 줍니다

육포

송은정

오래 기다리기 위해 국화꽃을 화병에 꽂았다
은은한 분홍빛이 마음을 다독이기에 좋았다

인생은 나로부터 멀어졌다가
나에게로 돌아오는 길이다
라는 말을 어디선가 들었다

조금씩 꽃잎이 말라갈 즈음 반가운 소식이 왔다

당선 전화를 받고
내게로 돌아오는 이십여 년의 길에
시가 묵묵히 등불을 밝혀 주었으니
이제 새로운 신앙이 생겼다고 당당히 말해도 되겠다

처음 받아보는 상인데 왜 내 마음은 평온하기만 한지
누군가를 온전히 이해할 수 없듯 내 마음 또한 그러하다

태어나서 오늘까지 맺었던 수많은 인연과 시를 배우며 끝없이 용기를
주신 스승님들과 시우 분들께 감사드립니다. 각별히 한 명, 나를 방귀 공
주라 불러주는 이쁜 키티 공주와 이 기쁨을 함께하겠습니다. 부족한 저
를 호명해 주신 심사위원님들께 머리 숙여 감사를 전하며 더 좋은 시를
짓기 위해 펜을 놓지 않겠습니다.

육포

송은정

입안에서 뛰노는 이 검붉은 조각은 오래전 구름이었을 게다

쇠털 사이에 머무는 공기가 착 달라붙을 때
수시로 빈 외양간을 삼킨 안개는
구름의 장례 방법이었을지도 모르고
올가미가 공기를 가로질러 소의 목을 가로챘던 순간을
기억하며 천천히 위무했을 거야
주인의 눈빛과 태양의 번뜩이는 직관에 잘려
구름은 무릎을 꺾고 고꾸라져 쏟아졌겠지만
끝까지 소의 마지막을 되새김질했을 거다

상실감을 지우는 데는 볕 좋은 가을 하루만으로도 족할 때가 있다

웃어본 적 없던 얼굴을 차가워지기 시작하는 물에 씻으면
스르르 번지는 건 소년의 결핍이었을 거다
무표정한 볼에서 눈물이 쏟아질 때 슬며시 처마 밑으로 갔을 구름
목어처럼 처마에 걸려 꾸덕꾸덕 바람이 결 사이 밸 때, 구름도 슬쩍 들
러붙었을 거야

입속에서 건초처럼 뭉치는 이 육포엔

진학을 포기한 소년의 감정이 새벽안개처럼 자욱하지

새끼를 핥아 주고 힘없이 잠들던 어미 소의 가릉 거리는 소리

비틀거리며 일어서던 송아지

새벽 그날의 외양간 냄새

그리고 막 뜨거워지고 있던 여물 냄새

육포 안에는 기억을 몰고 다니는 구름이 있지

친밀할수록 의존처럼 두터워지는 구름

먹구름 되어 쏟아지는

오늘, 내 입안에 볏짚의 생살 냄새가 진동하고…

싸락눈

구기순

가뭄이 길었던 올해 노모는 고추밭에 물을 힘들게 대는 바람에 이천 포기 고추모종을 푸르게 살려냈다.

어머니는 늙어가지만 농토는 늙지를 않는지 예나 지금이나 반들반들 윤이 나는 곡식들로 가득하다.

밭떼기마다 참깨꽃 콩꽃 팥꽃이 순박한 얼굴로 서럽게 피어대는 어머니 평생의 뼈가 녹은 농토를 떠올리면 삶의 무게에 침잠하는 나의 등짝을 후리치는 죽비소리 들려온다.

아무 것도 하지 않으면 아무 일도 일어나지 않는다는 누군가의 문구가 마음을 움직여 오랜 멈춤 끝 다시 뗀 걸음. 풀 한 포기 비 한줌에 연명하는 시는 여전히 짜고 쓰지만 생각지도 못한 졸작에 날개를 달아주신 심사위원 선생님들과 이토록 큰 장을 열어주신 삶의향기 동서문학상 관계자분들께 감사의 말씀을 전합니다.

등 떠미는 바람결에 어미의 품을 떠나 군인장교와 간호사가 되었지만 청춘의 고민과 진통을 혹독하게 앓는 중인 아들 산, 딸 령에게 수상의 영광을 돌려주고 싶다.

싸락눈

구기순

먼 곳에서 오는 발소리인가

쌀알 떨어지는 소리로 내린다
어머니 쌀 씻어 안친 저녁
마른 솔가지 타던 소리로 내린다

가장 생각나는 사람 얼굴로
가장 간절한 낱말로 내린다

마루 위에 마당 위에 동백 위에
떨어진 소리들이 모여 굴러다닌다
새가 내려와 콕콕 쪼아보다
빈 음절 하나 물고
어리둥절 나뭇가지로 날아간다

어느 먼 곳에서 찾아 온 아버지가
하마터면 잊고 갈 뻔했다는 듯
내 창가에 와 타닥거리며

젖은 눈시울을 묻는다

백발에 흰 옷이라도 좋으니
눈앞에 나타나 주시라
하얀 두루마기 풀어헤쳐
백 마지기 허공을 가로질러
하얀 발로 저벅저벅 걸어오시라

타다닥 타닥-
그리운 자태는 표표히 사라지고
오직 떨어지는 소리로만 나타나는
그 소리마저 그치자
내 마음 속 쇠스랑 소리만 끌리는
싸락눈 오는 날

불온한 사막

김귀순

생이 사막 같다고 생각한 적이 있습니다
부한 자들이 통과하는 바늘구멍 취업, 나의 방황과 포기, 사막의 미아
가 된 듯한 젊은 날의 고독과 아픔이 시가 되었고 이젠 절망을 희망으로
조율하고 고통을 시로 바꾸어 버리는 일종의 변절을 배웠습니다

마음에 할례를 하고 쌓인 뻘을 해감합니다
가을 하늘 필터에 저를 내립니다
소망하는 바 조금 더 맑고 깊이 우려 어떻게하면 세상의 탁자에 향기로
운 시 한 잔 내놓을까
사막에 핀 꽃처럼 눈길을 사로잡을까
수상에 대한 열망, 불온한 저의 오랜 궁리였습니다

시월의 어느 좋은 날 뜻밖의 수상 소식
올해 가을의 첫 페이지 눈부신 햇살로 시의 나무에서 노랗게 잘 익은 실

과를 수확했습니다
혼자 그 향기에 오래 취했습니다

감사합니다
부족한 제 글 한 잔, 종이컵이 아닌 청동잔에 담아 수상의 상에 차려 주
신 심사위원님들 모든 수고하신 분들께 감사드립니다

뒤에서 성원해 주는 남편 상철 씨 딸 에스더 아들 한얼이 가족, 형제, 교
우님들 모두가 저의 힘입니다
감사를 쏘겠습니다
모든 감사, 영광 주님께 돌립니다

불온한 사막

김귀순

사막에서 낙타를 타 본 적이 있다
종일 뺑뺑이 도는 낙타
어쩌면 대를 이을 벗어 날 수 없는
굴레를 아는 듯 낙타의 순한 눈은 항상 젖어있었다

립스틱이 다 닳도록 꽃을 그려
넣었지만 꽃이 되지 못한 입술
모래 같은 밥을 씹으며 운 적이 있다
삶을 절룩이게 하는 건 신발 속 작은 모래 한 알

모래성은 언제나 무너질
준비를 하고 있는 것도 모른 체
나는 사랑을 이겨 뭉치려다
지쳤고 눈썹은 늘 젖었다

삶은 낙타를 타고 건너는 사막 같았다
먼 옛날 이곳은 바다라고 했다
소금으로 남은 바다들이 아직 푸른 미래를 꿈꾸고 있다

내가 휘청이는 건 바다 위를 걷기 때문인가

불뱀은 꼬리를 끊고 숨었고
전갈의 독침은 누군가의
뒤꿈치를 노린다

통유리 문 저쪽 몇 개의 구멍을 통과한
너의 시니컬한 웃음
옆 교도관의 하품과 나의 한숨
이 한 공간에 버무려지고
모래시계 속 시간들이 다 쏟아져
내려 마침표가 된
불온한 사막에도 물 한 모금 없이
선인장이 화려한 꽃을 피우고 있었다
사막의 가시란 가시 한 몸에 다 박힌 선인장에게서
선각자의 외침 같은 목소리를 들었다

가난해서 통과하지 못한

바늘구멍 낙타들이 버려지고 있다
사막이 버려진 낙타들을
끌며 가고 있다

빈혈

정현순

붉은빛이 아른거려서 창문을 엽니다. 동쪽하늘을 물들이는 아침노을. 장소마다 그리고 시간대마다 노을의 빛이 다 다르듯이 나의 오늘도 어제와는 다른 빛깔로 일어났다가 스러지겠지요.

시에게 마음을 품은지 오래되었지만 또 시작인 것 같습니다. 저에게 있어 시는 다른 장르보다 더 어려운데, 그래도 붙들고 있는 이유는 무엇인지

첫사랑을 다시 대면하게 해 준 동서식품에 감사드리고 작지만 빛나는 이 기쁨을 진, 은과 함께 나누겠습니다. 어제보다 더 짧아진 햇빛을 따라 빈 들판을 나서는 적적함도 오늘은 더 쏠쏠할 것 같습니다.

빈혈

정현순

도서관은 봄의 모판처럼 심어놓은 책들로 가득하다
닳지 않은 책과 닳아진 책은 한 눈에도 알 수 있다
겨울이 또 다른 문장처럼 찾아와도 언제나 낯선 것은
곱은 손가락으로 다시 한 장 한 장 넘겨야 한다는 일
너무 자주 넘겨 때론 마른 낙엽 되어 바스락거린다

기역 니은 디귿 발음들은 한 입 속에 모아지지만
한 블록마다의 책장 사이는 이 빠진 것처럼 띄엄띄엄하다
구별이 안 되는 이랑과 이랑 사이에서 빠트리는 글자들
씨앗의 이름으로 과신을 부렸거나
페이지 사이를 간과했거나 문맥을 오독했거나
내 허공에 자꾸 심으려 했던 고집도 있었을 것이다

처음 익히는 점자 되어 더듬거려 본다
새로운 문법이 되어 단어들 사이를 거닐어 본다
한 때 확실한 것으로 써내려간 페이지들을
레벨이 붙인 고유한 책의 한 묶음을 겨우 찾아
고개를 숙이며 허리를 굽혀 꿇어앉는, 그 곳

엄지와 검지에 얹혀지는 낯익은 무게

그 한 권 집어들고 일어서려는데 아, 빙그르르 팽 도는
삶의 한 귀퉁이는 또 어디로 흘러내리자는 것인가
책장에 꽂힌 낡고 오래된 책들 모두 와르르 무너져 내리면서
내 손가락 사이를 빠져나가는
허공의 모래기둥 하나

아직 지워버려야 할 길이 많음을 늦게야 깨닫는다

삶의 향기가—
문학이 됩니다

차가는 달이 보름달이 될 때

윤국희

　수상 소식을 접했던 순간은 짜릿한 현실이었다. 그런데 시간이 지나면서 현실감이 떨어졌고 허망한 꿈을 꾼 듯했다. 자고 나면 실수가 있었다는 연락이 올 것만 같았다. 갑작스러운 소식에 지나온 나의 삶이 눈물과 어우러져 수묵화처럼 번졌다.

　장녀로, 맏며느리로, 아내로, 아이들의 엄마로 사는 게 나답게 사는 것 인줄 알고 살았다. 아니 정확하게 말하면 내가 무엇을 하고 싶은지 몰랐기에 그런 이름 뒤에 숨어 살았다. 내가 꿈꾸는 것이 뭔지 모르기에 주어진 이름에 충실하려고 했으나 현실은 달랐다. 내 능력의 한계에 부딪혀 헉헉거리면서도 '힘들어, 외로워' 라는 말들이 가슴에서 튀어나오지 못했다. 갇힌 마음은 여기저기 할퀴고 상처를 내었다. 누군가 나에게 "괜찮아" 한 마디만 해 주면 살 수 있을 것 같았다. 그 한마디를 찾다가 마주한 글쓰기. 나에게 글쓰기란 태양 아래 눈부시게 출렁이는 은파를 갖고 싶다는 욕망과 비슷했다. 은파는 허상인 동시에 아름다움의 실체이기도 하다. 눈을 감고 수면 위에서 눈부시게 춤추는 은파들을 상상해

본다. 내쉬는 날숨에 몸을 가볍게 내려놓고 마음을 은파 위에 가져다 놓았다. 물빛 머금은 은파는 피아노 선율이 되었고 나에겐 토해내고 싶은 문장이 되어 다가왔다. 날 것으로 붉게 물든 글들이 눈물과 섞이면서 화사한 분홍 꽃잎으로 피어났다.

삶과 가정을 포기하려는 나를 포기하지 않았던 남편, 어른아이로 살아가는 엄마를 어느 순간 딸들이 이해와 사랑으로 키웠다. 소중하고 아름다운 말들이 있었기에 내 마음이 다가갈 수 있어 행복했다. "나의 아름다운 사람들이여, 감사하고 고맙습니다."

수상 소식을 접한 뒤 단어와 문장들에게 빚을 지고 있음을 알았다. 그 빚을 어떻게 갚아 나가야 할지…… 고민되는 시간이다. 불안과 설렘이 가을바람에 날아 내 품으로 들어왔다.

차가는 달이 보름달이 될 때

윤국희

　아파트 현관문 앞에만 서면 가슴이 두근거리고 호흡이 가빠진다. 집에 들어가야 하는데, 잠시 머뭇거리다가 큰 숨 한 번 뱉어내고 비밀번호를 꾹꾹 눌렀다. 아이들이 먼저 알고 뛰어나온다. 막내 얼굴에 그리움이 묻어 있었고 아이들의 눈을 보니 마음이 시렸다. 막내가 안기면서 "엄마, 방금 언니가 나 놀렸어.", "아이고, 그랬어, 왜 너는 동생을 놀려?" 하면서 일상의 대화를 안고 거실로 들어왔다. 그 순간 내 눈을 사로잡은 것은 베란다에 가득 쌓여 있는 배추들. 앗, 김장이다! 순간 온 몸이 얼어버려 막내를 잡고 있던 손을 놓아 버렸다. 큰 딸은 순식간에 차가워진 엄마의 표정을 감지하고 조용히 동생들을 데리고 방으로 들어갔다. 예민하게 나의 마음을 알아채는 아이들과 달리 시어머니는 오히려 며느리의 늦은 귀가에 역정을 내셨다. "김장해야 되니까 오늘 밤에 베란다에 있는 배추들 다 다듬고 절여야 된다." 불만 가득한 메마른 목소리가 소금이 되어 피곤한 나를 절였다.

　해마다 김장철이 되면 시골에서 농사짓는 시이모님이 배추를 갖다 주신다. 그 자체로만 생각하면 감사한 일이지만 내 입장에선 결코 만만한 일들이 아니었다. 시어머님은 거실 소파에 앉아 정이 흠뻑 묻어나는 목소리로 그런 착한 동생 없다면서 작년에도, 재작년에도 하셨던 말씀을 올해도 하신다. "밥 먹었나?" 말 한마디 물어 보지 않는 시어머니의 마음에 '내가 당신 딸이라면 이럴까?' 싶어 왠지 모를 서러움이 한 발짝 다가왔다. 시어머니께 "작년에 제가 김장하면 한다고 미리 알려달라고 하지 않았어요?" 뾰로통하게 한 마디 했지만 답답한 마음은 풀릴 길이 없었다. 시어머니는 내 말을 모른 척 하시고 방으로 들어가셨다. 늦은 저녁이라도 먹어야지 했던 생각은 이미 사라졌고 조금이라도 일찍 일을 끝내고 싶은 욕심에 베란다로 향했다. 밭에서 그대로 뽑아 온 배추들은 옮기는 과정에서 거실 여기저기 흙을 뿌렸다. 더럽혀지고 얼룩진 거실이 그대로인 것을 보니 배추를 나르면서 아마 시어머니는 늦게 들어오는 며느리에 대한 원망을 시이모님에게 하신 것 같았다. 베란다로 가기 전 거실 바닥을 닦으면서 밥 한 술 편하게 먹지 못하는 상황에 머리가 찌근거렸고 가슴이 답답했다.

상심한 마음을 가슴에 묻고 배추를 들여다보니 널브러져 있는 배추들은 빨리 다듬어 달라 시위하듯 했고 아슬아슬 불안하게 쌓여 있는 배추들은 성마른 나의 마음을 휘저었다. 절인 배추를 담을 붉고 큰 고무통은 엉덩이를 치켜들어 베란다를 밝히는 동그란 작은 주황색 전구를 겨냥했다. 바람도 불지 않는 초겨울 밤인데도 냉기는 온 몸에 스며들었고, 무심하게 바라본 하늘엔 차가는 달이 홀로 밤을 밝히고 있었다. 밤하늘에 홀로 떠 있는 달이 내 모습과 비슷해 위로가 될 법도 하건만 지쳐 있던 나는 오히려 투정하고 반항하고 싶었다. 둘 곳 없는 마음은 겨울밤과 함께 얼어갔다.

아이들은 엄마의 얼굴을 본 후 아무 말도 하지 않고 자기들끼리 조용하게 속닥거리고 있었다. "시부모님에게 며느리 마음 같은 것이 중요할까? 며느리도 피곤하다는 것은 아실까?" 의미 없는 물음 앞에 두 무릎이 그 답을 먼저 알고 꿇었다. 창문 틈 사이로 안방에 계신 시부모님들이 나지막하게 이야기 하는 소리가 날카로운 고드름이 되어 귀에 꽂힌다. 남편은 오늘도 귀가가 늦고, 혹시나 하는 마음에 얼어붙은 현관을 바라보면서 차가운 한숨을 내쉰다. 짜증 섞인 큰 목소리로 "아빠에게 전화 해, 그리고 빨리 들어오시라고 해." 거실을 가득 울리는 앙칼진 내 목소리엔 차가운 냉기가 서려있고 아이들은 동시에 "예"하고 답을 한다. 갑자기 안방에서의 소리가 사라지고 조용해졌다.

나는 죄 없는 배추들에게 화풀이를 했다. "언제 김장 할 것이라 미리 이야기하는 게 그리 힘든 일인가, 며느리 사정은 안중에도 없고, 아이고, 배추는 또 와 이리 많노.", "이왕 주실 것이면 이모님은 좀 다듬어 주지 않고 이게 뭐람, 자기 딸들은 김치까지 다 담가 주면서." 표출할 수 없는 억울함이 구시렁구시렁 흘러 나왔다. 나는 배추 한 통을 잡고 배추의 전 잎을 가차 없이 날렸다. 날아가는 잎들이 무참히 떨어졌다. 칼을 호기롭게 잡고 배추의 심장부에 날카롭게 칼집을 내었다. 배추는 온 힘을 다해 버텼으나 불만 가득 찬 내 양손의 힘을 막아 낼 수 없었다. "휴" 하는 나의 한숨소리와 "쫙"하고 갈라지는 배추의 절규가 동시에 튀어 나왔다. 마침내 배추의 노란 심장부를 싸고 있는 속살들이 미끈한 자태를 뽐내면서 드러났다.

그 밤 구메구메 쌓인 곡절 많은 내 마음은 흐트러진 배추더미와 씨름하면서 갈 길을 잃었다. 끊어질 것 같은 허리의 통증을 차라리 온 몸으로 느끼는 것이 불편한 마음보다 편했다. 시간은 흐르고 나는 허리 한 번 펴지 않고 배추와의 싸움을 계속 했다. 길 잃은 마음은 허공에서 춤을 추었고 달빛은 장단 잃은 내 춤사위를 안았다. 어느새 휘몰아치던 감정도 절인 배추처럼 숨을 죽이고 들끓었던 마음도 침잠해졌다. 오래된 벽시계의 추는 세월의 무게만큼 느리게 움직였고 시간을 알리는 괘종소리는 맥없이 늘어진 채 청승스럽게 거실을 채웠다.

　불만의 세례를 받은 배추가 김치가 되었으니 이 김치가 나에게 맛이 있을 리가 있겠는가. 결혼 후 시부모님과 함께 살았지만 나는 멸치젓갈의 맛이 너무 강한 시어머니의 김치에 적응하지 못했다. 아무리 나의 노고가 담겨있는 김치라 할지라도 내 입맛에는 맞지 않았다. 다른 이들이 다 맛있다 하더라도 나는 고집스럽게 그 맛을 거부했고 대신 내 어머니의 김치만을 그리워했다. 김장이 끝나면 시어머니는 시누이들에게 김치를 나누어 주었고 그들은 모녀의 정을 나누었다. 내 노동의 무게는 솜사탕처럼 가벼웠고 그들은 친정 엄마의 손맛에 환호했다. 하긴 결혼을 했어도 친정 엄마의 김치를 당연하게 가져다 먹고 환호하는 사람들이 어찌 내 시누이들뿐이겠는가? 내가 아는 지인들 대부분 그랬다. 그러나 그 당연함이 때론 어떤 이에게 말할 수 없는 부러움이었다는 것을 그들은 알았을까? 받는 게 당연한 이들에게 타인의 슬픔은 배려의 대상이 아니었다.

　그 시절 나에게 김치는 단순한 음식이 아니라 나의 외로움의 상징이었다. 김치를 누군가에게 받는 것은 사랑을 받는 것이었다. 어린 시절부터 엄마의 김치는 항상 밥상에 놓여 있었고 엄마의 존재를 입증하는 것이었기에 언제까지나 먹을 수 있을 것이라 여겼다. 그런데 엄마의 김치가 어느 날 사라졌다. 나는 김치를 좋아하지 않는다는 이유를 찾아 아무렇지도 않은 척, 강한 척 하면서 현실에서의 슬픔을 숨겼다. 그러나 시간이 지나면서 친정 엄마 김치에 대한 이야기가 친구들이나 이웃에서 들려왔고 누군가가 "친정 엄마가 김치 보냈어." 라는 말에도 내 마음은 서늘해졌다. '그깟 김치가 뭐라고……' 말이 입으로 삼켜지는 날들이었다. 너무나 갖고 싶고 맛보고 싶은 김치인 동시에 담그고 싶지도, 먹고 싶지도 않아 외면하고 싶은 김치이기도 했다. 존재하지 않는 이에 대한 그리움은 내 외로움의 반증이었다.

김장과 김치에 대한 기억이라는 것이 나에겐 뒤돌아보고 싶지 않는 추억이지만 나는 여전히 김장철이 오면 김치를 담근다. 나를 경악하게 했던 배추더미도 없고, 일방적인 명령을 내리시던 분도 이젠 계시지 않는데도 나는 김장을 포기할 수 없었다. 습관이 되었기 때문일까? 그것은 아니다. 사실 나는 김치 담그는 일에 자신이 없었다. 시어머님과 함께 김장을 하고 김치를 담았지만 시집살이에 대한 반항심으로 나는 일체 그 맛을 배우려고 하지 않았다. 시어머님이 돌아가신 후로는 직장생활이 바쁘다는 핑계로 김장은 물론이고 김치도 담그지 않고 시중에 파는 김치를 사 먹었다. 하지만 일상의 식탁에서 김치가 없는 것은 아쉽고 사서 먹는 김치는 비싸기만 했다. 그렇다고 가족들이 김치에 대한 불만을 표현하는 것은 아니었다. 그러나 겨울철이 되면 고민이 되었다. 김치찌개를 좋아하는 딸들에게 푹 익은 김치로 돼지고기나 참치를 넣은 김치찌개를 마음껏 해 주고 싶은데 사서 먹는 김치로는 감당이 어려웠다. 점점 김장에 대한 압박감이 나도 모르게 상향선을 그렸다. 그때 문득 내 마음이 달빛 춤을 췄던 그 겨울밤에 내가 갈구했던 것은 과연 무엇이었을까? 하는 질문이 다가왔다. 너무나 추웠다고 기억되는 그 밤이 진짜 추웠는지 아니면 내 외로움과 고달픔이 그런 느낌을 주었는지 알 수는 없다. 하지만 끝내 내가 김장을 포기하지 못한 이유는 내가 나의 슬픔에 빠져 딸들에게 전하지 못한 그 시절의 사랑을 지금이라도 전하고 싶은 마음 때문이라는 것을 알았다. 엄마의 허덕거림을 이해하기엔 너무 어린 딸들에게 나는 내 외로움만 보이고 살았던 것이다. 가슴 깊은 곳에 숨어 있던 그 밤의 차가는 달이 어느새 보름달이 되어 내 마음에 빛을 밝히고 나를 다시 배추 앞에 앉게 했다.

초록의 배추 한 포기를 절이고 빨갛게 양념한 김치를 식탁에 올리던 그날, 내 딸들이 보여준 환호는 지금도 생생하다. 맛있다고 할 수 없는 김치를 온몸으로 받아들였던 딸들의 모습에 울컥했다. 내가 딸들에게 사랑을 준다고 여겼는데 오히려 내가 사랑을 받고 있다는 느낌이 내 온몸에 전율을 일으켰다. 온전히 나를 향한 사랑이 내 가슴에 들어 온 그날, 나처럼 외로움을 오롯이 안고 살았던 내 동생들이 처음으로 눈에 들어왔다. 내 불행에만 눈이 멀어 아무것도 보지 못한 내가 눈 먼 자였다.

김장하는 날이 되면 이젠 내가 절이지 않은 배추들이 내 앞에 숨죽여 부끄럽게 앉아 있다. 매번 양념의 맛이 달라지는 신묘한(?) 재주를 가진 나는 올해도 열심히 김장 양념을 만들었다. 어렵게 구한 태양초 고춧가루는 마늘, 생강, 육수, 액젓, 찹쌀풀, 배즙 등을 모두 삼켜 자신의 색을 더 붉게 토해내었다. 삼십 년 가까이 고아로 살았다고 우스갯소리를 하는 미혼인 여동생은 김장 후 다 함께 먹을 수육용 돼지고기를 준비해 온다. 동생은 앞치마를 두르고 배추에 양념을 치대면서 양념 색깔을 보고 "와, 너무 예쁜데 이번 김장 맛있겠다." 덕담을 한 후 "나는 어릴 적에 엄마가 김치 양념을 한 것을 보고 고추장으로 하는 줄 알았어. 엄마에게 그 말 했다가 한 소리 들었지. 모르면 알려주면 될 텐데 우리 엄마 왜 그랬을까?" 하면서 옛 추억을 이야기한다. 이젠 성인이 된 딸들 역시 심부름을 하면서 이모의 이야기에 웃음으로 화답한다. 할 일 없이 바쁜 남편은 배추를 옮겼다가 쉬었다가 하기를 반복했다. 달빛 대신 오후의 햇살은 거실을 따뜻하게 비추고 김치 치대는 소리, 수다와 웃음 가득한 오후의 북적거림은 멋진 하모니가 되어 거실을 채웠다. 허리가 아파 휴식을 취하려 잠시 일어나 고개를 드니 내가 사랑하는 이들이 보인다. 혼자가 아니었다. 함께 하기에 느끼는 존재감 앞에 마음이 뭉클해졌다. 이렇게 만든 김치를 나는 타향살이하는 큰 딸에게 보낸다. 엄마김치라고 환호하는 딸의 얼굴을 생각만 해도 가슴이 뭉클해진다. 그 김치 한 포기가 내 딸의 고단함과 외로움을 잠시나마 잊게 할 화수분이라 믿는다.

　재주 없어 맛이 없다고 여겨졌던 김치도 해가 갈수록 김치 맛을 내고 깊어지기도 한다. 나의 인생도 내가 담그는 김치처럼 익어가고 깊어가는 것인지도 모른다는 생각이 들었다. 김치 맛을 알기도 전에 외로움과 고달픔을 먼저 알았던 나의 과거이지만 그래도 뒤늦게라도 김치 담그는 것을 익힐 수 있어 다행이라 여긴다.

　하지만 이젠 김장과 김치 담그는 것이 점점 줄어들고 밀키트가 인기를 누리는 시대이다. 노동과 시간을 요하는 김치가 어쩌면 사라지는 우리의 수많은 음식 중 하나가 되지 않을까 하는 생각은 기우일까? 익히지 않고 숙성되지 못한 날 것들이 유행을 선점하고 이끄는 이 시대에 '생김치, 익은 김치, 묵은 김치' 등 우리의 인생과 비슷한 김치가 앞으로도 계속 이어지기를 바라는 것은 욕심일까? 내 딸들은 일찍 돌아가신 외할머니에 대한 기억이나 추억이 전혀 없다. 그러나 김장을 하거나 김치를 먹을 때 한번 씩 들었던 내 엄마의 이야기는 딸들에게 외할머니의 존재를 느끼게 한다. 죽음이 육체의 사라짐이라면 기억과 추억은 죽은 이들을 부활시키는 단초이다. 힘든 노동과 오랜 시간을 통해 만들어진 김치가 산 자와 죽은 자를 연결하고 기우 너머에 존재하는 희망이 되기를 기원한다.

겸허

박태양

뭍 바람에 소식이 실려 왔다.

바닷가 성당, 높다란 창문으로 쏟아져 들어오던 교교한 달빛, 영원한 우정을 믿어 의심치 않았던 열다섯 살 계집애들의 속살거림. 여름방학 글쓰기 과제였다. 국어 선생님의 찬사를 받았고 여러 반에서 낭독되는 영예도 누렸다. 글쓰기에 마음을 두게 된 첫 기억이다. 문학 언저리에서 잠시 서성였다.

대학에 들어갔다. 팔십 년대 학번 대학생들이 대개 그러했듯, 사회 민주화의 도도한 풍랑 속에 휩쓸려 들어갔다. 이데올로기적 독서와 구호가 최선이었다. 졸업을 하고 교사가 되고, 비합법 교사 단체의 신문을 만들고, 어쩌다 결혼도 하여 쌍둥이 엄마가 되었다. 그 아이들이 대학생이 되도록 글쓰기는 내 안중에 없었다. 사는 일이 더 중요했던 것 같다.

어느 날, 옆자리 국어 선생님이 불쑥 내민 모방시 쓰기 활동자료가 내 마음에 불을 지폈다. 글이 다시 내게로 왔다. 바람 빠져 허리가 접히고 사정없이 길바닥에 머리를 처박은 풍선인형에 다시 바람이 주입되었다고 할까. 글을 쓰고 있으면 생기가 돌고, 시간을 잊고, 가장 가까운 나를 만나는 엑스터시에 빠져 들었다.

그러고도 나는 자주 무람해졌다. 글과 말은 쏟아지고 읽거나 듣는 이는 드문 시절에 내 글 따위가 도대체 무슨 소용이란 말인가. 또 하나의 아우성, 또 하나의 치장, 또 하나의 위로? 아랑곳하지 않고 흘러가는 세상에 부질없는 짓을 하나 더 보태 '너나 잘 사세요' 지청구나 듣지 않을까, 부끄럽고, 꺼려지고, 움츠려 들기를 반복했다. 내 글쓰기가 자주 멈춰진 이유다.

뭔 바람에 반짝 용기가 나 글을 써 보냈더니 좋은 소식이 왔다. 내 글도 문학이 될 수 있다는 통(通)을 받은 것 같아 기쁘다. 마음대로 쓴 글인데 그 마음을 먼저 봐 주신 심사위원님들께 감사드린다. 앞으로 좋은 글을 쓰도록 정진하겠다는 말은 감히 하지 못하겠다. 그냥 살 것이다. 살다가 이야기를 하고 싶어지면 쓸 것이다. 진솔하게 써 보겠다. 그 뿐이다.

겸허

박태양

무단히 일어나는 일은 없다. 예정되어 있음을 몰랐을 뿐, 그리고 어느 순간 갑작스러울 뿐이다. 생로병사의 변고들 말이다.

의사가 부풀어 오른 뇌혈관과 그곳에서 뻗어나간 눈동맥을 가리키며 말했다.

"부풀어 오른 혈관이 눈동맥과 바로 붙어 있어 일반적 수술은 불가능합니다. 여기를 다 들어내야 하는 엄청나게 큰 공사죠. 우리나라에서 할 수 있는 사람이 딱 두 사람 밖에 없어요. 미관상 흉터도 크게 남을 겁니다. 그렇다고 그냥 뒀서 여기가 터진다면, … 사망입니다. 사이즈가 작지 않아요."

의사는 검지로 자신의 눈 주위를 둥그렇게 그려보였다. 큰 공사를 해야 할 곳이란다. 누구에게나 일어날 수 있는 일의 누군가가 바로 나라는 얄짤없는 사실이 이물질처럼 불편하게 목구멍을 타고 올라와 말문을 막았다. 의사는 비현실적 불운을 어떻게든 현실로 빨리 받아들이게 하는 것이 좋겠다고 생각한 듯, 조급하면서도 근엄한 목소리로 말했다.

"아주 나쁜 경우입니다. S대학 병원이나 A병원에 진료의뢰를 해드릴까요?"

마침 오월이었다. 햇살은 무심하게 찬란했고, 엄마가 좋아하는 꽃들이 지천으로 절정을 향해갔다. 고모는 엄마의 젖은 머리카락을 연신 쓸어 올리며 물기를 닦느라 자신의 달아오른 목 줄기로 땀방울이 흘러내리고 미처 여미지 못한 앞가슴이 불룩 드러나 있는 줄도 몰랐다. 막 욕실에서 나오신 듯 했다.

엄마의 감긴 눈이 끝내 나를 알아보지 못했다. 처음부터 어찌 해 볼 수 있는 방법이 없다는 걸 알았고, 그저 엄마의 남은 날들이 덜 고통스럽고 덜 외롭기만을 바랐다. 다섯 자식들이 뻔질나게 들락거렸지만 그들도 제 새끼들 일상이 중요한 어미, 아비였던 지라 엄마는 대부분의 시간, 아프고 외로웠던 것 같다.

어느 날, 고모가 큰 가방을 들고 엄마를 찾았다. 고모는 병원에서 갓 퇴원한 엄마를 욕실로 데려가 옷을 벗기고, 씻기고, 닦고, 로션을 바르고, 미음을 끓여 먹이는 일에 정성을 다했다. 고모는 엄마의 시누이였지만 젊은 시절, 온 집안의 기둥으로 아버지와 엄마가 동기간들, 특히 자신에게 베풀었던 물심양면의 지원과 노고에 대해 깊은 감사의 마음으로 그리 하는 것 같았다. 시집과 친정의 모든 형제자매들, 그들의 자식과 그 자식들의 자식까지 한 가족으로 아우르며 아낌없이 베풀고 아끼셨던 엄마에 대해 마음을 다한 마지막 보답이었다고나 할까. 엄마는 자식보다 그런 고모 곁에서 한층 편안해 보이기까지 했다. 고모는 한동안 엄마 집에 머물며 엄마의 든든한 수족이 되어 주었지만 엄마는 결국 그해 꽃구경을 하지 못하고 가셨다. 십년 전 일이다.

S대학 병원 진료는 열흘 후로 잡혔다. 내 머리를 수술해 줄 수 있는 단 두 사람 중의 한 사람이 있다는 곳, 고속도로를 족히 세 시간은 달려야 갈 수 있었다. 시간도, 거리도 아득하게 멀었다. 머릿속에 언제 터질지 모

르는 시한폭탄이 있다는 사실과 그 폭탄이 터져도 내가 살고 있는 곳의 어떤 의사도 내게 응급수술을 해 줄 수 없다는 사실을 안 채, 열흘을 살아내기는 쉽지 않았다. 자주 식은땀이 났고 가슴이 두근거렸다. 서 있으면 몸을 지탱할 수 없어 주저앉고 싶고, 앉으면 머리가 무거워 쓰러질 것 같았다.

내가 부지불식간에 죽을 수 있다고 생각하는 것은 아주 쓸쓸한 일이었다. 마음 깊은 곳에서 끝도 없이 찬바람이 일어 날카롭게 소용돌이를 치며 살을 후벼댔다. 억울함 때문인지도 몰랐다. 어리석기도 했으나 최선을 다했고, 미미했으나 나보다 여럿을 중히 여겼는데, 분별없이 횡포한 사람들에 앞서 내가 먼저 사라질 수 있다니, 그것은 합당한 계산이 아니지 않은가 말이다. 이럴 거면 윤리와 덕행, 규범과 정의, 자신을 억누르고 실천하는 고귀하고 성실한 삶 따위가 도대체 무슨 소용이란 말인가. 삶의 방식과 생의 섭리가 무관하다는 사실이 가혹해서, 그래서 나는 쓸쓸했다.

그 쓸쓸함의 끝에서 엄마와 고모가 생각났다. 올케와 시누가 연출한 '관계의 의외성'이 내가 엄마처럼 정이 많고 살가운 사람이 아니었음을, 엄마보다 가진 것은 많았지만 베풂에는 모자랐음을 자각케 했다. 나는 내가 없어지더라도 정작 오랫동안 슬퍼할 이가 그리 많지 않으리란 것을 알았다. 그들은 얼마간 내 불행을 애도하겠지만 곧 자신들이 가진 모든 것에 감사하고, 아마 아무 일도 없었던 듯 싸우고 지지고 볶으며 그들 몫의 삶을 또 재미있게 살아갈 것이다. 고약한 슬픔, 못된 외로움이 밀려왔다. 어리석고 인색했던 인간이 맞이하는 당연하고 쓰라린 귀결은 후회였다.

「열흘 후」는 쉬이 오지 않았다.

입 속으로 들어가는 모든 것을 토해 버릴 것 같은 메슥거림 속에서도 나의 부재가 가져올 결핍들, 아끼고 사랑하는 가족들에게 닥칠 일들을 생각했다. 아이들이 취직을 하고, 결혼도 하고, 토끼 같고 강아지 같기도 한 새끼들을 낳아 '우리는 모두 오랫동안 행복하게 잘 먹고 잘 살았습니다' 할 줄 알았건만, 그 날들에 내가 없을 수도 있다니, 나는 서둘러 남편과 자식들에게 당부해 둘 말과 내가 아니면 알 수 없을 사소한 것들을 기록하기 시작했다. 그러다 곧 그만 두었다. 내가 남기고 싶은 말들이 기껏해야 계좌의 비밀번호라든가, 이런저런 일을 앞두고는 여차저차 해야 한다는 따위의, 몰랐다고 해도 크게 잘못될 리도 없는 시시하기 짝이 없는 것들이라는 사실에 그만 멋쩍어 진 것이다. 나의 경험은 나의 것일 뿐, 그들은 그들만의 힘과 방식으로 세상을 살아갈 것이다. 그것이 산다는 것이다.

다만 그들이 내가 남긴 빈 공간에서 시시때때로 슬퍼하리라는 것만은 자명해서 그것이 미안하고 또 미안했다.

도서관에 갔다. 현자들은 어떻게 죽음을 바라보고 맞이했을까. 기왕이면 그들처럼 우아하고 품위 있게 이 난관을 극복하고 싶었다. 「죽음」이라는 키워드는 「죽음은 삶의 일부」라는 정언적 사실을 말해주는 수많은 책들로 나를 이끌었다. 그들은 하나 같이 내게 말했다. 죽음이 아니라 네가 가진 삶과 행운에 집중하라고. 나는 「죽음」대신, 고단하고 힘들었으나 마침내 불안한 삶을 극복해 낸 사람들의 이야기를 쫓았다. 그리고 마침내 마음에 드는 구절을 찾아냈다.

우리는 낡은 것으로 되돌아갈 수 없다. 우리는 이미 배를 불태워버리

고 말았다. 용감해지는 수밖에 없다.[*]

나는 용감해 지기로 했다. 이미 배는 불태워졌고 나는 돌아갈 곳이 없다.

얼굴에 큰 상처를 남기는 수술을 하면 어떤가. 받아들이리라. 흉해진 얼굴이 내 과오를 드러내는 낙인은 아니지 않은가. 그것은 털끝만치도 내 존재의 가치를 훼손할 수 없다. 아름다움은 대상이 아니라 보는 이의 마음에 있는 것이다. 불운으로 장애를 입은 수많은 사람들이 나름으로 훌륭하게 사는 법을 배워갔듯 나는 나답게 진화해 가리라. 좌절 없이 꿋꿋하게 살아 내리라. 그것이 나를 사랑하는 가족들과 아직은 조금 더 향유하고픈 내 삶에 대한 마땅한 예의일 테니까 말이다. 어쩌면 지금까지 몰랐던 것들이 축복처럼 내게 찾아와 엄마처럼 품이 넉넉한 사람으로 나를 변모시킬 수도 있지 않겠는가.

마침내 「열흘 후」가 왔다.

영상자료를 이리저리 훑어보던 의사는 "죽고 사는 문제이니 솔직해야 되겠죠"라는 말로 포문을 열었다. 그는 자신이 우리나라 최고 대학의, 그것도 그 분야 최고 권위자이므로 다른 의사들이 꺼리는 말도 솔직하게 할 수 있다고 했다. 나는 그의 솔직한 말이란 것에 사색이 되었지만, 그는 환자의 심정은 아는지 모르는지, 굳이 내가 사는 곳을 물어보고 동향이었네 라는 얘기부터 환자들이 어떻게 의사 드잡이를 하고 공격을 해 대는지 까지 쓸데없는 사설이 길고 길었다.

진료실 밖으로 나왔을 때, 나는 그 엄청난 권위의 소유자라는 사람을

---

[*] 니체 '인간적인 너무나 인간적인'에서

용서하기로 했다. 그가 내리는 판결의 요점을 추측하느라 허리를 아프도록 곧추세우고 이미 제 기능을 상실해 버린 듯한 말귀를 작동시키느라 애를 먹었지만 환자에게 명쾌한 진단을 내려주고 추호의 의심조차 하지 않게 만든다면 그의 권위는 찬양받아 마땅한 게 아닐까 했던 것이다. 자신의 능력에 대한 불편하기 짝이 없던 자화자찬 또한, 환자에게 든든한 의지처가 되고 회복에 대한 희망을 갖게 하는 것이라면 기꺼이 박수로 힘을 보태리라 했다. 의사는 말했던 것이다.

"아주머니, 죽을 것 같지는 않아요. 이렇게 옆으로 돌아앉은 애는 다행히 터질 위험이 적은 경우에 속하니 착하게 살다가 일 년 후에 경과를 다시 보도록 합시다."

나는 지금 착하게 살고 있다. 그의 말은 뇌혈관이 스스로를 놓아버리는 못된 상황을 만들지 말라는 의미였겠지만 나는 지금 이렇게든, 저렇게든 착하게 살고 있다. 물론, 그러기를 자주 잊고 욕심에 사로잡혀 무리수를 두다가 자책과 후회를 하고, 또 착하게 살아보기로 하는 과정을 반복하지만, 나는 어제 보다 오늘 더, 오늘 보다 내일 더 착해질 것이다.

무단히 일어난 일은 아니었다. 끝이 예정되어 있음을 알게 했고, 갑작스러웠지만 익숙했던 생에 말을 걸어 나를 돌아보게 했다. 이제 겸허할 일만 남았다.

늙은 펭귄의 날갯짓

윤태봉

설렘으로 목동 예술인센터 20층을 오르는 짧은 순간에 타임머신을 탑니다. 설 명절을 하루 앞둔 그해, 어디서 빌렸을지 아버지는 명작 전집 한 상자를 안고 귀가했습니다. 초등학교 4학년이었던 나는 목 빠지게 아버지가 넘겨줄 1권을 기다립니다. 아버지가 2권을 읽기 시작하면 그제부터 우리 부녀는 배턴터치 하듯 책에 빠져 책장 넘기는 소리로 설 연휴를 보냅니다. 그 후 아버지가 공수해 오는 책들은 무조건 소화했던 나를 돌아보며 미소지어 봅니다. 그렇게 아버지로 인해 책의 세계로 빠져들었던 나. 이제 아버지는 어언 한 세기를 바라보는 연륜 앞에 책을 뒤로한 채 꾸부정하게 섰는데, 나도 세월이 흐르니 변하나 봅니다. 언제부턴가 책 세상에 빠졌던 먼 날의 영상을 소환하며 때론 침전된 심사를 흔들어 비워내는, 때론 나를 성찰하는, 그런 글이 끄적이고 싶어졌습니다. 그래서 감히 아버지의 역사를 글 속에 담았던 것인데 삶의향기 동서문학상으로부터 기쁜 소식을 전해 받게 될 줄이야 상상이나 했을까요.

부족한 글을 선택해 주신 동서문학상 심사위원님들께 깊은 감사를 드립니다. 일찍이 오늘의 계기를 만들어주신 나의 아버지께도 감사를 드립니다. 늘 순수가 깃든 정서를 토대로 사유하고 사색하고 확장하는 글을 쓰겠습니다. 농익은 결실들 한껏, 매달 수 있는 유실수가 되도록 노력하겠습니다.

늙은 펭귄의 날갯짓

윤태봉

시속 200km의 강풍이 부는 영하 60도 극한의 땅 남극. 포식자와 추위로부터 새끼를 지키려는 수컷 황제펭귄의 부성은 65일 동안 눈雪만 먹으며 서서 자는 고행도 마다치 않는다. 몸무게가 반으로 주는 고통 속에서도 제 위를 게워 새끼에게 펭귄 밀크를 먹이는 희생은 감히 사람도 흉내내기 힘든 숭고함이다. 눈보라로 한 치 앞이 구분키 어려운 혹한에서의 사투, 그것은 품은 새끼를 지키기 위해–조심스레 뒤뚱거리며–수천의 수컷 펭귄들이 서로의 체온을 안팎으로 바꾸는 허들 링에서 최고의 정점을 찍는다. 차마 눈물겹기까지 하다. 누가 펭귄을 한낱 말 못 하는 동물일 뿐이라고 말할 수 있으랴. 짐승도 저러한데 권위적이며 표현이 적다고 누가 내 아버지의 사랑이 모성애보다 못하다고 말할 수 있으랴.

보름이 넘게 감기로 헤매고 있었다. 며칠 콧물 훌쩍이다 말 줄 알았는데, 한 움큼의 약을 목에 털어 넣고 밤낮없이 온열 매트에 늘어 붙어 찜질 판을 벌였어도 몸은 피폐해져만 갔다. 감기는 상심으로 허해 있는 내 안을 알아차려 작정하고 침투한 것 같았다. 기진해 몸져누우니 자고 자도 잠으로 빠져드는 어느 틈인가 비몽사몽 아버지 목소리가 귓가를 점령

했다.

"너희들이 나 외로운데 보태준 거 있냐? 가산을 탕진할 것도 아닌데 왜 이 야단들이냐! 연락도 하지 마라"

겨우 몸을 일으켜 먹기 수월한 요거트 한 스푼을 넘치도록 떠서 쓰고 메마른 입안에 밀어 넣었다. 그런데 아프거나 속상할 때―먹고 살겠다고 허기진 속을 채울 때―밥 한 숟가락 입에 물면 청승맞게 눈물이 솟는 습관이 발동한 것일까. 눈앞이 벙벙해 왔다. 고인 눈물샘 위로 걱정스레 나를 내려다보던 먼 아버지의 모습이 출렁거렸다. 아버지의 모습은 발 위에 품은 알이, 갓 부화한 새끼가, 떨어질세라 눈보라 속에서도 미동 않고 서 있는 저 남극의 수컷 황제펭귄을 닮아있었다.

새끼를 지키기 위한 아빠 펭귄의 부동자세 위로 눈발이 떨어진다. 떨어지고 쌓이는 눈발 사이로 눈발처럼 시렸던 아버지의 영상 하나 흔들리며 다가온다. 출근하는 아버지의 어깨에 손을 얹었다가 기겁하게 놀라 울음보를 터뜨렸던 그 날, 아버지는 계집애가 아침부터 재수 없게 어디 어깨에 손을 얹느냐고 호통을 쳤다. 어린 마음에 얼마나 무안하고 놀랐는지 그 이후로 내 유년은 늘 아버지의 차가운 눈발을 피해 겉돌았다. 신작로를 지나 너른 벌판을 30분은 족히 걸어야 도착하는 극장을 따라갔던 유년의 길에서도, 중학교 입학식을 가던 사춘기의 길에서도 나는 멀찍이 떨어져 아버지의 눈을 피했다. 내게 아버지는 어렵고 차가운 눈발 같은 존재였다. 그래도 고등학교 시험에 붙자 척박했던 형편에 그것도 딸의 입학을 허락한 일은 획기적인 일이었다. 이북 난민이 모여 사는 산동네로 흘러든 가난한 양복쟁이가 계집애들이란 중학교만 졸업하면 돈을 벌어야 한다는 지론을 거두었으니 내게는 하늘을 날아오르는 기쁨이었다. 나를 앞혀 놓고 동생들의 학비라는 짐을 어깨에 실어 주던 당신의 서

릿발은 무거웠지만 말이다.

　고등학교를 졸업하고 아버지와의 약속을 이행했다. 서울로 직장을 다니며 봉투째 월급을 내놓고 한 달 교통비만 타서 쓰는 착실한 생활을 시작했다. 그러나 자의든 타의든 내 인생이 그리 순탄하지는 못해서 얼마 지나지 않아 한 남자의 집요한 칠전팔기에 귀를 기울인 것이 사고였다. 설상가상 조그맣게 양복점을 운영하던 아버지 앞에 찾아 든 그 남자는 나와의 교재를 허락받으려고 소란을 피웠는데 아버지의 노발대발은 양복점이 날아갈 기세였다. 학력도 직장도 내놓을 것 없는 그는 당장에 쫓겨났고 내게는 금족령이 내려졌다. 돌아보면 세상을 보는 혜안이란 없는 철부지 시절이었다. 직장을 며칠씩 나가지 않은 것은 물론, 끼니를 거부하며 누워 시위하던 어느 날 퇴근한 아버지가 내 앞에 털썩 주저앉아 눈물을 흘렸다. 이 자식아! 그놈은 절대 안 된다. 네 인생이 고생길이 될 것이야. 나는 놀랐다. 내 앞에서 눈물 흘리는 아버지를 처음 보았다. 몇 날을 딸 때문에 고심하다 기어코 당신의 철옹성을 허물며 눈물로 호소하던 아버지. 언제나 권위적인 눈발만 쏟아붓는다고 불평했던 아버지의 꾸중이 온후한 방패막이였던 것을 나는 몰랐다. 그날 아버지의 머리 위로 희뜩희뜩 쌓여있던 세월의 눈발을 나는 잊을 수 없다. 아버지는 혹한을 견디며 내게 쏟아지는-험한 세상이라는-차가운 눈발을 막아 주고 있었던 것이다. 알에서 깨어나 건강한 새끼로 부화 되는 확률이 20% 정도라는 황제펭귄처럼 그렇게 당신의 발등으로 품은 자식이 온전한 20%로 출발점에 서기까지 나를 지켜주고 있었던 것이다. 당신의 품을 떠나려는 딸자식의 첫걸음을 걱정 어린 눈빛으로 지켜보던 아버지를 원망만 했던 나는 한 마리 철없는 새끼 펭귄이었다.

엄마가 떠난 지 십 년이 넘는다. 엄마 병시중 9년으로 지친 아버지 몸에 회복보다 먼저 아흔이라는 고령의 굴레가 씌워져 날로 안타깝기만 하다. 그러다 얼마 전부터인가 여자 친구가 생긴 것이다. 엄마가 떠나고 자식들에게 피해를 주지 않으려 의연한 척했지만, 혼자 산 세월이 힘드셨을 것이다. 가끔 찾아가는 동생과 나의 행동이 어찌 흡족할 수 있었을까. 늘 남산으로 온양으로 전국을 방랑하다 인연을 만든 것 같다.

마침내 늙은 수컷 펭귄이 휴식을 취하려고 한다. 오랜 세월 맹추위 속에서도 꿋꿋했던 가장과 부성의 멍에를 벗어던지고 너른 바다로 훌훌 말년의 여행을 떠나려고 한다. 새 친구와 함께. 그런데 자식이라는 이름으로 동생과 내가 아버지의 여행길을 우려하고 있다. 아니 막아서고 있는지도 모르겠다. 아버지와 새 친구의 나이가 너무 차이 난다고. 백 세를 바라보는 노인에게 접근한 자체가 절대 순수한 의도가 아닌 것 같다고. OECD 국가 중, 우리나라가 가장 높다는 노년의 우울과 고독사를 생각해 본다. 한편으로 아버지의 새 친구가 아버지를 궁지로 몰아넣는 사람이 아니길 간절히 바라도 본다. 그러면서도 노인의 외로움을 이용한 매스컴의 사기 사례들이 떠오르면 문득문득 아버지가 불안해진다. 외로운데 보태준 거 있냐는 역정에 조심하시라고 했다가 부녀지간만 불편해진 시간이 속절없이 흐르고 있다. 과연 나는 아버지의 여행을 참견할 자격이 되는가.

낡은 비디오테이프를 되감으면, 끼니를 거부하며 금족령에 시위할 때 노심초사 나를 염려하던 아버지를 만난다. 영하 60도의 추위도 아랑곳하며 펭귄 밀크로, 허들 링으로, 눈물겨운 부성애를 펼치던 남극의 황제 펭귄처럼 경경불매하던 아버지를 만난다. 아빠 펭귄의 발등 같았던 당신의 따스한 가슴, 그 가슴에서 토해낸 펭귄 밀크 같은 눈물로 내게 일깨움을 먹여주셨던 나의 아버지. 이제는 당신의 촉박한 여생을 위해 미력이나마 내 발등을 내 드려야 하는 것은 아닐까? 지겨운 감기를 털듯 알량한 파심을 탈탈 털어내고 당신의 바다를 향한 마지막 날갯짓에 흔쾌히 박수를 보내야 하는 것은 아닐까?

민달팽이, 집을 꿈꾸다

임경희

오늘따라 기운이 넘쳐 두 시간 넘게 교외를 걸었습니다. 진눈깨비 톡톡 떨어지는 이국의 단풍길을 걷던 참이었지요. 혹시나 하고 멈춰서 이메일 함을 열었는데 그토록 기다리던 소식이 왔어요. 첫눈처럼.

재작년, '맥심상'에 딸려온 상품을 아버님께 드렸던 게 엊그제 같네요. 소년처럼 함빡 미소 지으며 고맙다고 하셨지요. 다음엔 더 큰 상을 받아 선물로 드리겠다고 약속했는데 그만 얼마 전에 돌아가셨어요. 아직 채 한 달도 되지 않은 일입니다. 수상했다는 기쁨에 앞서 항상 응원해주시던 아버님께 약속 못 지켜 죄송하다는 말씀 먼저 올리겠습니다. 며느리 장하다며 자랑스러워하셨을 텐데, 한 치 앞을 가늠할 수 없는 것이 인생이네요.

누구나 그렇겠지만 제 삶의 자양분은 양가 부모님입니다. 어떤 일이라도 원만해지도록 가르치고 저를 응원해주었습니다. 그래서 제가 마음 놓고 글을 쓸 수 있었는지도 모릅니다. 어린 시절, 밥상머리에서도 책 읽는다고 미소 짓던 친정 식구들, 방학마다 찾아가도 양팔 벌려 반겨주던 큰

집과 외가 식구들도 문학의 물꼬를 틔우는 데 도움을 주었습니다.

문예반에 입문하자던 친구 원숙이, 여고 시절 시 쓰기를 도와주신 신재기 선생님, 수필 세계로 길을 터준 친구 정재, 소설가로 활동 중이신 살로메 선생님, 제가 무지렁이 실력인 걸 알면서도 함께 공부하자고 독려해주신 '윤슬' 문우님들과 김영식 선생님께 영광 돌립니다. 또한, 첫 독자를 자청해주는 남편과 내 아이들, 사위와 외손자도 고마워요.

날마다 다른 하루, 그래서 세상은 살아갈 가치가 있는 곳이라 생각합니다. 부대끼며 좌절하기도 하고 힘을 내어 다시 일어나 성취를 하기도 하면서요. 이런 여정을 즐겁게 갈 수 있는 까닭은 제게 '사람 재산'이 많아서입니다. 친구들에게도 고맙다는 말을 전합니다.

그동안 길 위를 떠돌던 민달팽이였던 제가 삶의향기 동서문학상 당선이라는 아늑한 집을 한 채 얻었습니다. 이곳에서 좋은 글을 쓰는 작가가 되겠습니다. 소중한 보금자리를 마련해주신 심사위원 선생님들과 동서문학상에 감사드립니다.

민달팽이, 집을 꿈꾸다

임경희

삐걱거리는 문을 열자 훅! 먼지가 끼쳐왔다. 오래 비워둔 집 특유의 찌든 냄새가 코를 찔렀다. 창을 열고 청소부터 시작했다. 우선 안방에 놓인 서랍장의 자잘한 찌꺼기를 닦아내고, 수세미로 환풍기와 가스레인지 위의 기름때도 지웠다. 거실 바닥에 물걸레질까지 끝내고 나자 해가 서산에 걸렸다. 아무 장식도 없는 흰 벽에 기대어 앉으니 그제야 외로움이 밀려왔다.

교사라는 직업은 늘 길 위에 서 있는 삶을 살아야 한다. 발령지가 적힌 서류에 따라 여러 학교를 옮겨가며 살아야 하기 때문이다. 첫 부임지인 시골에서 칠 년을 살며 사택 생활을 세 번이나 했다. 그 후 도시에 나와 살면서는 한동안 외로운 객지살이를 잊고 지냈다. 그러나 새로 발령난 곳은 집에서 멀리 떨어진 곳이라 사택에서 살지 않을 수가 없었다. 겨우 안착하여 살기 시작했는데 또 집을 떠나야만 하다니.

민달팽이는 몸집이 두툼하고 길이가 어른 손가락보다 길다. 하지만 제한 몸 추스를 집이 없다. 이른바 달팽이집이라고 하는 나선형의 딱딱한 껍데기가 없는 것이다. 주로 돌 밑이나 썩어 가는 통나무 아래, 혹은 낙엽 더미에서 발견된다. 집이 없는 탓인지 늘 제 살 곳을 찾아다니며 고단한 삶을 이어간다. 깃들어 쉬는 곳이 그날의 집이 되는 집시처럼. 배를 차가운 바닥에 대고 흰 체액으로 길을 만드는 민달팽이는 늘 제 한 몸 누일 곳을 꿈꾸는 건 아닐까?

집을 생각할 때면 고향 어귀, 덩그러니 놓인 재실에서부터 시작된다. 제구와 상여가 들어있어 다소 으스스한 곳간의 바로 옆방에서 나는 태어났다. 집이랄 수도 없는, 죽음과 삶이 반반씩 섞인 허름한 창고 같은 곳이었다. 집안에는 구석구석 냉기가 감돌아 여름에도 두꺼운 옷을 입고 지냈다고 한다. 낮에도 한 번씩 알 수 없는 소름이 돋을 때면 아버지는 길가로 난 창을 활짝 열어젖혔다.

고향을 떠난 뒤에도 열댓 번 정도 부모님을 따라 집을 바꿔가며 자랐다. 엄마는 전셋집을 구하러 다닐 때마다 자식 수를 묻는 말에 고개를 수그렸다. 어떤 집주인은 애써 감춘 만삭의 엄마 배를 아래위 실눈으로 쳐다보며 퇴짜를 놓았다. 천신만고 끝에 얻은 셋방은 마당으로 통하지 못하고 샛길 같은 부엌과 방이 연결되는 구조였다. 양철로 바람막이를 해놓은 그 집은 곁방살이의 표식 같았다. 땡볕에 달궈진 벽은 밤이 되어서도 열기가 식지 않았다. 땀범벅인 얼굴로 잠을 설치며 바람벽 떼는 꿈을 꾸기도 했다.

여고를 막 들어갔을 때 집 없는 설움은 더욱 깊어갔다. 혼자만 쓸 수 있는 방은 언감생심 꿈도 못 꾸었다. 속옷을 갈아입을라치면 남동생을 밖으로 내보내야 했고, 공부할 때는 떠들썩한 동생들 때문에 마당으로 뛰쳐나온 적이 한두 번이 아니었다. 번듯한 집을 제대로 구하지 못하는 가난한 부모님이 원망스러웠다. 언제쯤 나는 친구들처럼 번듯한 주택을 가질 것인가?

빠오(包)는 만주어로 '집'이라는 뜻이다. '몽고포'는 버드나무나 자작나무 가지를 골조로 하여 원추형으로 조립하고 양모피나 짐승가죽으로 덮으면 완성된다. 접어서 이동하기 쉽기에 유목 생활에 매우 알맞다. 집이면서 집이 아닌 빠오는 목초를 따라 옮기며 살 수밖에 없는 유목민의 주거를 돕는 움막이었다. 발령지로 이동할 때마다 기거하던 사택은 어쩌면 나의 빠오였는지 모르겠다.

첫 발령지는 산으로 둘러싸인 오지였다. 도시생활만 했던 내게, 아궁이에 장작을 넣고 불을 지피는 일은 여간 어려운 게 아니었다. 신문지를 휘둘러도 불은 나무에 옮겨붙지 않았다. 하는 수 없이 사택 관리를 하는 분의 도움을 받아 냉방에서 지내는 일은 피할 수 있었다. 그날 이후 불 피우는 일이라든가 혼자서 살림하는 요령을 배우게 되었고 차츰 객지 생활에 적응이 되어갔다.

결혼 후에도 집 마련이 늦어져 계속 사택을 전전했다. 두 번째 사택은 건물을 반 바퀴 돌아야 거처하는 방에 출입할 수 있었다. 부엌에서 밥상 들고 나서는 일이 고역이었다. 등굣길의 학생들이 언제나 한둘 지나갔고 아이들 시선이 밥상을 좇았기 때문이다. 더러 남편이 대신 들어주었는데 그것도 안락한 내 집을 갖지 못한 처지만 상기시킬 뿐이었다.

산촌에서 벗어나 도시의 단칸방에 살 때였다. 두세 달이면 분양받은 아파트에 들어갈 수 있으니 모여 살기로 했다. 친정엄마가 맡아 키워주던 아이들을 데리고 왔다. 그러던 어느 날, 아이 셋의 장난감과 동화책, 방학 과제물로 뒤엉킨 방에 책 파는 외판원이 들어왔다. 물 한 잔을 얻어 마시던 그녀가 고개를 갸웃거리며 아는 체를 했다. 알고 보니 이웃 반 어머니였다. 숨겨온 목 때를 들킨 것처럼 부끄러웠다. 그녀가 떠나고 난 뒤 더운 마당에 몇 번이고 물을 끼얹었다. 하지만 달아오른 뺨은 쉽게 식지 않았다.

아이 양육비며 시어머니 병원비로 큰돈이 나가면서 집 장만은 그 뒤로도 한참이나 미뤄졌다. 끊임없이 모델하우스를 보러 다니고 분양가를 비교 분석하는 날들이 이어졌다. 막내가 유치원에 다닐 즈음에야 드디어 집을 마련할 수 있었다. 이삿짐 들인 날보다 재산세 고지서를 받은 날이 더 먹먹했다. 집을 갈망했던 날들이 한꺼번에 보상받는 순간이었다. 더는 이사할 것도, 주인집 눈치 볼 필요도 없게 된 것이 너무나도 기뻤다. 내 소유로 된 최초의 집은 아무리 보아도 싫증이 나지 않았다.

서재가 딸린 사택이지만 독서나 한 줄의 글쓰기도 이루어지지 않는다. 마음이 안정되지 않아서일 것이다. 퇴근 후엔 소일 삼아 시골장터 구경도 나가고 낮은 지붕들이 오밀조밀한 골목길도 걸어본다. 가끔은 들판에 나가 바람을 쐬며 일렁이는 보리밭과 노을을 바라보다가 돌아오기도 한다. 어김없이 혼자이니 가족들이 새삼 그립다. 차가운 벽에 기대어 눈을 감으면 문득 떠오르는 시구가 있다. '오늘 저녁 이 좁다란 방의 흰 바람벽에 어쩐지 쓸쓸한 것만이 오고 간다. 나는 이 세상에서 가난하고 외롭고 높고 쓸쓸하니 살아가도록 태어났다'[*]

주말 저녁이면 가족이 기다리는 안온한 집으로 가게 된다. 두런두런 남편과 얘기를 나누며 뭉쳐둔 빨래를 세탁하고 함께 청소한다. 된장찌개를 끓이고 노릇하게 갈치도 굽고, 식탁에 앉아 서로의 숟가락에 따뜻한 눈빛을 얹어주기도 하면서. 그때쯤이면 낡고 허름해진 민달팽이네 집 위에도 뭇별들이 반짝인다.

---

[*] 백석의 시 〈흰 바람벽이 있어〉 중에서

등대의 손

홍정미

어김없이 가을이 달려오고 있네요. 가을은 결실의 계절이던가요.

글자를 주워 삼키는 재미에 시간 가는 줄 몰랐습니다. 대책 없이 읽고 가슴에 젖은 문장들이 쌓이더니, 어느 날부터는 안에서 살아 꿈틀대는 소란에, 무엇도 손에 잡히지 않던 때가 있었지요. 웅성대는 내면을 하나, 둘 이어보기 시작했습니다. 생각이 엉켜 단어를 만들고, 미숙한 문장이 말을 걸면서 사람 행세하는 이상한 경험을 했습니다. 글은 기호로만 외따로이 있는 게 아닌, 어제와 오늘을 엮고 내일을 향해 숨쉬는 것임을 경험했습니다. 말은 순간을 삽니다. 붙들기 위해 발버둥 쳐도 이미 과거로 흐르고, 이미지로 남은 오늘은 또 저만치 사라지는 뒷모습만 보입니다.

소중한 순간을 어떻게 붙잡을 수 있을까요. 엄마가 어루만지던 따스한 손길도, "정미야"라고 부르시던 부드러운 음성도, 다 어디로 갔을까요.

"산다는 게 뭐 이래"라며 믿을 수 없는 일이 엄마가 가시고서야 뒤통수를 후려치듯이 다가왔습니다. 직업상 많은 이의 생로병사를 봐 왔지만, 정작 그들의 마음을 이해한다고 자만했던 가식이 부끄러웠습니다. 사랑하는 이의 죽음은 철저히 개별적임을 체험했습니다. 엄마를 보내고 황망함과 비현실적인 나날 속에, 당신을 붙들기 위해 내가 할 수 있는 일은, 고작 엄마를 회상하는 일뿐이었습니다. 엄마가 뿌린 향기를 담기 위해 서툰 기호들을 모았습니다. 엄마를 보내기 싫어 영원한 문학의 세계로 초대했습니다. 이 길만이 존재했던 엄마를 증명하는 법이라 생각했습니다. 다 사라져버릴 것만 같아 무서웠습니다. 엄마는 있는데, 없다는 사실이 말이에요.

늘 사랑으로 보듬고 내 편이 되어주는 남편, 기특한 아들딸, 승과 비, 내 존재 이유, 내 사랑. 감사하고 사랑합니다. 엄마 무덤을 찾아 눈물 흘리는 사랑하는 아버지, 어서 기운 차리시기만 기도합니다. 하늘나라에 계신 아버님, 뵙고싶어요. 나를 한결같이 이뻐해 주시는 어머님, 사랑합니다. 형제자매들께도 감사와 사랑을 보냅니다. 애도일기에 그쳤을 글을, 문학의 전당에 올려주신 심사위원님들과 동서식품에도, 깊은 감사 인사 올립니다. 정말 감사합니다.

등대의 손

홍정미

수평선은 소멸이다. 하늘과 바다가 만나 현현(顯現)이 사라지는 지점이다. 또한 탄생이다. 빈틈없는 고요가 수면을 누른다. 어디선가 한 인간의 생애도 이운다. 가무러지던 파도가 플랫 라인으로, 모니터 화면을 긋고 지나던, 올여름 그날처럼.

바다에는 오른손이 있다. 지상에 붙박은 왼손은 오른손과 마주한다. 양 팔을 벌려 두 손을 모은다. 호미곶 등대가 품에 들어온다. 한 송이 천사의 나팔꽃 같다. 나팔 모양의 등탑은 땅을 향해 엎드려 무적을 뿜는 듯하다. 위로 날렵하게 뻗은 등탑 끝은 빛의 성채, 등롱이다. 눈길을 돌린다. 바다 위 손가락 끝에 앉은 괭이갈매기 한 마리가, 날개 잃은 아기 새처럼 휘청인다. 나는 비척거리는 발걸음에 힘을 준다.

엄마가 떠났다. 배롱꽃 선연한 올여름 한날, 동백꽃 지듯 가셨다.

대지는 이글거린다. 해면은 이지렁스럽게 여유롭다. 눈보다 희어 푸른빛을 머금은 등탑은 오라를 휘감고 도도하다. 문득 낯선 모습에 어찔하다.

바다 너머를 본다. 저 선을 넘으면 무엇이 있을까. 사라진 것들을 찾을 수 있을까. 땅과 바다가 맞닿는 곳에 서면 눈길을 붙박는다. 인간의 숙명을 목도하는 밤 등대 불빛처럼 태초의 그리움으로 향한다. 내남없이 본향에 온 듯 마음의 빗장을 연다.

코로나 후유증으로 쉬이 회복이 안 되던 엄마는 기신기신 몸이 말랐다. 아는 병이어서 감기 앓듯 조금만 고생하면 나으리라 믿었다. 다행히 입맛이 돌면서 서서히 회복됐다. 옷이며 신발도 샀다. 숫제 이참에 더 고와져서, 아버지 눈이 휘둥그레지도록 파마도 새로 해드리자며 자매들은 시설거렸다. 군에서 휴가 온 조카가 사 온 달팽이 크림도, 아끼지 말고 바르시라고 했다. 뭐든 좋은 것부터 쓰라고 했다. 자잘한 일로 웃고 울듯이, 그때까지도 평범한 하루라고 생각했다.

등대는 존재함으로써 이룬다. 누군가를 구원하기 위해 탄생했음을 자신은 모른다. 제 자리에서 묵묵히 타자를 향한다. 필요한 이가 스스로 구하기 때문에 남의 시선을 의식하지 않는다. 등대는 외지고 험한 곳을 찾아 앉는다. 등명기의 프레넬 렌즈에 반사된 빛이 방해받지 않는 공간, 불빛의 직진을 위해 더 높고 가파른 터를 택한다. 낮에는 외형으로, 밤에는 광파로, 떠도는 것을 위해 있다. 억새와 머위가 산발한 산봉우리, 동백숲 지난 산비탈 끝자락, 땅이 흐르다 뾰족하게 멈춰 선 곳, 등대는 초연히 풍경이 된다.

병원에서 응급 호출이 왔다. 엄마의 퇴원 예정일 사흘 전이었다. 영상에는 흰 점이 유영하고 있었다. 폐색전이라고 했다. 먼지잼 이는 순간의 지면처럼, 희뿌연 물체가 엄마를 위협하고 있었다. 느닷없이 출동한 난입

자는 몸속을 떠돌다가, 단숨에 숨을 삼킨다고 했다. 허약해진 엄마에게는 치명적인 독소였다. 늦이 안개처럼 어룽거렸다. 엄마가 위험하다고, 며칠 못 갈 수도 있다고, 인공호흡기를 달 수도 있다고, 또박또박 사실을 고하던 주치의의 말이 허공을 뱅글뱅글 돌았다.

만물은 원(圓)형을 꿈꾼다. 모서리는 시간의 끌로 끊임없이 다듬어진다. 완전성을 추구하는 원형은 등탑의 상징이라고 한다. 우리나라 등탑도 몇 개를 빼고 대부분 원형이다. 호미곶 등탑은 팔각이다. 이 또한 원형을 향하는 속성을 가졌다고 한다. 등명기를 품은 등롱의 원형성은 빛의 직진과 만나 완성된다. 등명기 렌즈에 반사된 불빛은 굴절을 거듭하며 직진한다. 등롱을 뚫고 칠흑의 난바다를 향해 뻗는 빛줄기. 완전체인 어머니에게서 세상으로 직진하는, 빛의 자식들이다. 태초의 생명을 낳은 바다의 역사와 같다. 빛처럼 나아간 자식이 다시 등대가 되어 바다 바라기를 한다. 어머니의 영원한 둥근 품이다.

어릴 적 어버이날이었다. 엄마는 그날도 일이 바빴지만 지나칠 수 없었다. 시골이라 꽃집도 없었다. 그때였다. 엄마가 꽃 무더기를 안고 왔다. 목단꽃이었다. 적당한 꽃을 찾아 마을을 돌며 구해온 것이다. 목단꽃은 엄마 손끝에서 근사한 카네이션 대용이 되었다. 엄마는 할아버지 가슴에 달아드렸다. 목단꽃을 종일 훈장처럼 달고 마을을 누비던, 할아버지의 미소가 아슴하다.

섬김은 엄마의 일상이었다. "인간이라고 다 인간이 아니다. 사람 도리를 해야 인간이제" "세상만사는 하늘이 알고 땅이 안다." 늘 되뇌는 엄마의 말이었다. 스스로 터득한 이치를 새기고 살았다. 삿됨이 없는 한 마리 학 같았다. 길가의 강아지도 엄마를 보면 졸졸 따랐다. 쌀독의 눈금을 재지 않고 이웃을 불러들였다. 이웃의 눈물을 나누며 음식으로 위로했다. 엄마가 있는 곳은 웃음소리가 들끓었고, 등대처럼 스스로 발화했다. 엄마는 거울이 되어 나를 비췄다. 따라 하진 못해도 마음눈은 있었다. 매욱하고 옹종한 나의 허물이 엄마를 보면 상쇄되는 느낌이 들었다. 세상은 그렇게 돌아가는 줄 알았다.

모든 생명은 바다에서 움텄다고 한다. 그래서 생물의 혈액 성분도 바닷물을 닮았다. "바다란 어머니이며, 바닷물은 어머니에게서 나온 기적의 우유"라는 바슐라르의 말이 스쳤다. 사람은 자기 운명을 예측하는 기운이 있는 걸까. 바닷가에 둥지 틀고 사는 막내딸을 보러, 엄마가 칠백여 리를 한걸음에 오셨다. 평소에는 바쁜 자식들에게 폐가 된다며 손사래를 치셨다. 엄마가 바다 앞에 섰다. 몸에 밴 정갈함과 공손함은 야윈 몸태에도 드러났다. 가지런히 모은 두 손, 반달 같은 미소는 엄마의 본태였다. 미물이 밟힐까 봐 발걸음도 구름 신을 신은 듯 사뿐거렸다. 엄마는 매사에 성스러운 의식을 치르듯 진지했다. 지팡이를 짚고 허리를 편다. 햇발이 눈부시다. 눈썹 언저리에 한 손을 올리고 손갓을 한다. 엄마가 걸어와서 바라보는 곳에 오른손이 있고 뒤편에는 왼손이 있다. 바다와 육지는 한 몸이다. 쪼갤 수 없는 경계를 둔 공존, '상생의 손'이다. 땅이 있어 바다가 존재하고 바다가 있어 땅이라고 명명한다. 끊임없이 생명의 교류가 이어지는 샘밑 앞에, 엄마는 서 있었다. 이심전심일까. 매끈하게 솟은 팔각등대는 뙤약볕을 받아, 설핏 파랑을 품은 하양처럼 평소보다 더 창백했다. 그 옆에 서서 "'참을 인' 자 하나, 새기고 살았어야."라며 호 요바람을 내쉬던, 물기에 반짝이는 엄마의 눈언저리를 기억한다. 수평선은 동요 없이 팽팽했다.

숨 있는 모든 것은 어머니를 둔다. 사는 게 한편의 꿈이 아니라면, 엄마가 끊임없이 쏘아 올린 불빛은 뭐였을까. 그 불빛 따라 무임 승차하듯 도착한 오늘 나를, 또 어떻게 설명할 수 있을까. 이 불가해함을 깨닫기 위해 혼곤한 울음으로 젖을 나날이 스친다. 이제, 캄캄한 배래에서 등대를 찾아 헤맬 때 포기하지 말라며 깜빡여줄 이 누구일까. 구하기 전부터 내게 빛을 쏘고 있던 등대, 당연하다 여기며 살았다. 컴컴한 호호 바다에서 스스로 생을 헤쳐 나가야 했던 존재들을 생각했다. 두려움과 가없는 그리움을 어찌 담고 살았을까. 그들은 이미 단장의 비애를 삭이며 제 몸으로 빛을 빚던 선각자였다. 하늘의 명을 안다는 때도 지난 지 오랜데, 늘 그 자리에 있는 등대의 양지에서, 천지를 모르던 애어른이, 바로 나였다.

친정집 담장 가에는 봉숭아가 탐스럽다. 붉디붉은 게, 지는 모양이 아깝다며, 엄마는 매년 여름이면 손톱에 봉숭아 꽃물을 들였다. 엄마가 하늘로 가시기 직전, 가족 한 명 한 명의 이별식이 이어졌다. 중환자실 모니터 선은 엔트로피를 향해 치닫고 있었다. 그때였다. 흐릿한 내 눈에 갑자기 들어온 것이 있었다. 엄마의 약지와 새끼손가락이었다. 봉숭아 꽃물이 손톱달처럼 웃고 있었다. 엄마의 생을 말해주는 상징처럼 보였다. 우룩우룩 뜨거운 것이 한 번 더 가슴을 쳤다. 남편을 다독이고 자식을 애만지며, 가족 친지를 섬기고 이웃과 음식을 나눴던 그 손이다. 누구에게나 먼저 내밀고, 궂은 일을 놓지 않았던 손이었다. 봉숭아 꽃물 한 방울은, 팔순 중반의 소녀가 팍팍한 세상을 견딜 힘이었을까. 엄마의 손톱 위 꽃물은, 비탄에 찬 우리를 달래고, 옴살처럼 대롱대롱 매달려 있었다.

엄마 없는 추석을 보냈다. 자연은 세상 이치를 먼저 알아서일까. 봉숭아도 이슬을 맺고 있었다. 친정집 담장 옆에 쪼그리고 앉았다. 딸과 함께 씨앗을 훑었다. 바닷가 우리 집 뜰에도 봉숭아가 필 것이다.

시원의 터, 바다에 섰다. 흰 등대와 양손이 있다. 내가 비추어야 할 바다가 앞에 있다.

겨울의 거울

김상은

    늘 부족하다고만 생각했던 제 작품이 상을 받아서 적잖이 놀랐습니다. 양극화에 대한 이 작품의 문제의식이 많은 분들의 공감을 얻었기 때문이라고 생각합니다. 제가 이 작품을 쓴 이유는 한국 사회의 양극화와 빈곤 문제의 심각성을 알리기 위해서였습니다. 전국민의 1~2%가 사회 전체 부의 과반을 독점하고 있는 현재 상황에서, 98%의 국민은 각자 다른 종류와 정도의 빈곤을 경험할 수밖에 없습니다. 이 작품에 묘사된 2019년 당시 저의 경험은 문제의 한 단면일 뿐입니다. 당시에 시간이 맞지 않아 노인에게 직접적인 도움을 드리진 못했지만, 이 작품으로 문제에 대한 사회적 인식을 높이는 것이 그분과 같은 상황에 놓인 사람들을 돕는 한 방법이라 믿습니다. 물질적 풍요의 달성이 인생의 목적으로 격상된 사회에서, 밀려난 진실을 비추는 신의 거울. 그것은 다름아닌 우리의 가슴 속에 있다는 것이 제 지론입니다. 제 심장을 찢고 깨어난 부엉이가 독자 여러분들의 마음에도 날아가 조용한 노래를 부르길 바랍니다.

겨울의 거울

김상은

먼 나라, 멕시코의 신화는 흑요석 거울 하나가 세상의 모든 현실을 비춘다고 말한다. 전능한 창조신 '테스카틀리포카'는 먼지의 뱃속까지 들여다볼 수 있으면서 굳이 자기 거울로 인간들의 모습을 비추어 본단다. 요상한 취미를 가진 이 신은 부엉이를 부리는 맹렬한 전사이며, 특별히 겨울을 좋아한다고 한다.

2019년 어느 겨울날 그 거울을 마주보지 못했다면, 이 신화의 의미를 나는 아직까지 몰랐을 것이다. 오로지 햇볕만이 따뜻했던 그 아침, 나는 수업 과제 때문에 국립중앙박물관을 찾아온 한 대학생에 지나지 않았다. 서울 하늘은, 볼 때마다 그렇듯, 숨막히는 모래먼지 허리띠를 둘렀지만 친구가 곁에 머물러 주었기에 나는 호흡할 수 있었다.

황송하게도 아침 한나절 히터 바람을 쐬며, 조상들이 물려 준 문화에 흠뻑 젖는 일은 즐거웠다. 점심때 추위와 허기를 날리러 간 국밥집은 빠알간 국물이 하도 시원해 김두한도 와서 먹고 갔다는 야사가 전하는 곳이었다. "발만 안 아팠으면 박물관에서 하룻밤 자고 왔을 텐데." 하는 나의 볼멘소리도 따뜻한 국물에서 피어오르는 훈김에 녹아내렸다.

"저녁은 내가 살게." 라고 말했을 때, 나는 상점들이 양 옆에 펼쳐진 끝

없는 빌딩 거리를 걸으며 고민하고 있었다. 저 많은 식당들 중에 어딜 들어가야 할까.

"식당에서 먹기엔 집에 가는 버스 시간이 빠듯하다. 네가 좋아하는 케익이나 먹자."

친구와 함께 찾아간 프랜차이즈 카페는 식당가 어느 대리석 건물 2층에 위치해 있었다. 목적지로 걸어가던 나는 문득 길가에서 한 노인을 보았다. 카페가 있는 건물 맞은편, 식당과 식당 사이 좁은 틈새에 놓인 음식물 쓰레기통을 노인은 맨손으로 뒤지고 있었다. 나도 모르는 새 그쪽으로 고개가 돌아갔다. 귀가 발갛게 뜨끈해졌다.

저 많은 식당들 중 어디도 노인이 갈 수 있는 곳이 아니란 사실이 내 피를 얼렸다. 식당들이 길 양쪽에, 끝모를 빌딩 거리에 가득했지만 그에겐 먹을 것을 선택할 자유가 없었다. 어느 곳으로 들어갈지, 무엇을 먹을지 고민할 기회가 그에게는 주어지지 않았다.

노인의 오른손이 일회용 플라스틱 컵과 음식물 쓰레기통 사이를 연신 오갔다. 부패하는 음식이 이쪽까지 악취를 풍겨 왔지만 노인은 당면이며 알 수 없는 건더기를 연신 건져냈다. 허기를 못 이겨서일까, 가끔 노인은 쓰레기통에 담갔던 손을 입으로 곧장 집어넣었다.

하지만 돈이 없는 사람이 인간답게 살 수도 없다는 현실은 어느샌가 상식이며 집단지성이 되었나 보다. 길에 행인은 많았지만 누구 하나 노인에게 따뜻한 음식은커녕 한 번의 관심조차도 건네지 않았다. 식당가 곳곳엔 그 해롭단 길고양이를 위해 밥과 물을 담아놓은 그릇들이 보였다. 하지만 노인을 위해서는 그 물 한 방울도 주어지지 않았다.

초록빛 뚜껑이 겨우 덮인 음식물 쓰레기통은 죽음보다 서느런 밤을 닮은 무채색이었다. 어쩌면 묵묵한 우주를 닮은. 노인의 검은색 바람막이 아래 보이는 상하의도 색이 바랠 대로 바래어 무채색에 가까워 가고 있었다. "발만 안 아팠으면 박물관에서 하룻밤 자고 왔을 텐데." 같은 행복한 볼멘소리는 노인에게 매달린 가난과 너무 멀었다. 박물관 입장료는 분명 무료였지만, 가난한 사람은 문화를 감상하며 배움의 즐거움을 놀라워할 여유도 없었다.

그때 흑요석 거울에 비친 현실이 내게 속삭였다.

"여기선 돈 없으면 사람 아냐."

거울이 비춰 준 현실은 놀랄 만큼 무거웠지만, 거울을 보니 육안(肉眼)만을 쓸 때보다 어쩐지 세상이 또렷이 보였다. 노인의 모습이 선명해졌다. 쓰레기통 앞에 서 있는 그 사람의 모습이 내 모습으로 변했다.

어쩌면 원래 나였을지도 모를 존재로부터, 눈을 떼지 못하고 멈칫거리는 내게 친구가 말했다. "신경쓰지 마."

잿빛 어두운 계단을 밟고 올라간 2층, 돈이 흐르는 곳엔 엷은 살굿빛 조명이 생명력 넘쳐 보이는 세상을 비추었다. 카페 손님들이 입은 코트, 니트와 스웨터의 색에는 채도가 있었다. 계산대 곁, 창문만큼 커다란 유리 진열장 너머에선 십여 가지 케이크가 손님들을 학수고대했다.

케이크를 주문하고 앉아 있는 동안 두개골 속 생각 기계는 먹통이었다. 돈으로 케이크를 살 수 있는 그 능력이 어떤 기준으로 정해지는지, 능력의 기준은 또 누가 정하는지, 하여 알아내지도 못했다. 나는 그저 햇빛 너머에 있는 태양을 알아차리질 못해, 끝 간 데 없는 어둠에 덮여 떠는 작은 부엉이였다.

내가 좋아하던 초콜릿 케이크는 그날 좀처럼 목으로 넘어가질 않았다. 노인은 여전히 쓰레기를 먹고 있을 터였다. 케이크를 우물대는 내 모습이 비친 유리 통창 바로 맞은편에서.

"왜 아무도 신경을 안 쓰는 거야?" 내 표정이 안 좋다며 걱정하던 친구에게 물었다.

친구는 바로 알아챘다. "노숙자 할아버지?"

"응. 길에서나 여기서나, 그 할아버지한텐 눈길 하나 안 주잖아. 길고 양이한테 밥 주는 그릇은 여기저기 있던데 말야. 무서워."

같은 메뉴를 먹다 말고, 친구는 허허 웃었다. "뭐가 무서워?"

"카페 안엔 커다란 유리창에 수십 가지 케이크가 있는데 바로 바깥에 선 노숙자 할아버지가 음식물 쓰레기통을 뒤지잖아? 두 세상을 가르는 벽은 겨우 유리창 하나인데 말이야."

"너무 마음 쓸 거 없어."

주문한 케이크를 꾸역꾸역 먹어 버리고 계단을 얼른 걸어 내려왔을 때, 친구와 나는 그 노인을 다시 만났다. 터벅터벅. 우리가 가는 방향 바로 맞은편에서. 걸어오는 노인의 얼굴에 비쳤다. 이미 산산이 깨져, 불안이란 표현조차 댈 수 없는 정신세계가.

노인이 든 일회용 플라스틱 컵엔, 작은 건더기들이 간간이 묻은 당면이 가득 차 있었다. 그 사람이 걸음을 떼 놓을 때마다, 컵 밖으로 비죽 나온 당면 줄기가 흔들흔들 장단을 맞췄다. 진열장처럼 투명한 컵 너머, 불그레한 당면 뭉텅이는 아까 음식물 쓰레기통에서 나오던 모습 그대로였다. 그 모습은 어쩐지 갓난아이 같았다.

썩은 당면이 하마터면 친구의 잠바를 스칠 뻔했지만 노인은 신경쓸 여력이 없어 보였다. 친구를 잡아당겨 녀석의 세탁비를 굳힌 뒤에, 나는 노인의 한 끼가 될 만한 삼각김밥 같은 걸 사러 마침 옆에 있던 편의점으로 들어가려 했다.

하지만 친구가 내 오른팔을 잡았다. "가자."

"그치만,"

"가자. 어차피 사 줘도 소용없고 우리만 차 시간 늦어."

머뭇머뭇하다가 뒤를 돌아보니 노인은 이미 내 시야를 벗어났다.

어쩐지 더 추웠던 저녁, 노인을 만났던 거리에 한두 톨 눈발이 날렸다. 흑요석 거울은 자리를 지켰다. 신의 거울, 그 속에서 나는 음식물 쓰레기를 들고 사라진 노인이었다. 노인은 그 자리에서 표표히 멀어져 가던 나였다. 우린 사람이니까. 인간 세상이 불평등과 가난의 겨울을 겪어내고 있는 이상, 나와 그의 처지는 다를 바가 전혀 없었다.

사실을 깨닫고 처음 느낀 감정은 부끄러움이었다. 그 겨울날 스스로를 돕지 못했던 내 속엔 나약한 지식인의 굳은 껍질이 들어앉아 있었다. 스무 해 넘게 책을 읽은 결과는 알고보니 그것밖에 안 되는 것이었다.

하지만 내 속엔 또다른 소리가 있었다. '부엉'. 나약한 지식인의 가죽 아래, 아주 깊은 곳에서 소리는 점점 커졌다. 어느 늦은 한밤중, 아마 신문 기사를 읽던 중에 그 소리를 나는 들었다. 우리가 가난한 이유는, 우리의 무능력이 아니라 사회의 문제였다고 지적하는 내용이었다. '부엉'.

생명의 애끓는 외침이 심실까지 닿았을 때서야 나는 신화의 의미를 알았다. 신이 부린다던 부엉이는 다름아닌 사람의 마음이었다. 부엉이가 신의 목소리를 듣는 순간은 흑요석 거울이 저만큼이나 명징하고 무거운 현실의 겨울을 비출 때다. 얼어죽기 싫으면 겨울이 사라질 때까지 맞서 싸워야 한다. 그 진실이 신의 목소리가 아니면 무엇이겠는가!

2019년 겨울 깨어난 내 가슴의 부엉이는 지금 나의 심장을 부수고 검은 옥구(玉鉤) 같은 부리를 내밀고 있다. 가난과 불평등을 낳는 사회의 체제에 맞서싸우기 위해, 어둠에 덮인 낡은 가죽은 이미 찢고 나왔다.

오늘 부엉이는 묵은 이상의 껍질마저 벗으려 내 가슴을 가른다. 그 겨울 맥없이 떨었던 겁쟁이 자아를 버려야만 또 다른 노인, 또 다른 나를 구할 수 있으니까. 매서운 삭풍 같은 탈피의 아픔이, 돌아날 어느 봄을 기다리는 씨앗의 마음처럼 기쁘다.

엄마는 1학년

김영인

올해로 동서식품 사보를 구독한 지 30년이 되었습니다. 사보를 받을 때마다 언젠가 저도 따뜻한 이야기로 세상을 밝히는 사람이 되고 싶다는 꿈을 꾸었습니다. 그 오랜 꿈이 드디어 이루어져 기쁘기 한량없습니다.

부족하고 모자란 저 때문에 오랜 기간 수정 작업만 하며 빛을 보지 못한 저의 글이 이제 세상을 향해 첫발을 딛습니다. 뒤늦게 빛을 보는 글에 미안하기 그지없지만 그 첫걸음에 힘찬 응원을 보냅니다. 난희와 같은 마음으로 지낼 누군가에게 큰 힘이 되어주고, 푸엉과 같은 꿈을 꾸는 누군가에게 희망이 되어주길 바라면서 말입니다.

그리고 요즘 부쩍 기억을 놓는 아버지, 아직 당신의 기억이 남아있을 때 부족한 딸이 밥만 짓지 않고 글도 짓는다는 걸 보여주게 되어 다행입니다. 엄마 몫까지 온전히 담아 키워주신 은혜를 반찬 삼아 남은 삶 동안 매일 따뜻한 글 밥상을 차려 드리겠습니다.

삶의 주인이신 하나님께 영광을 돌리며, 느리고 더딘 저에게 늘 격려와 응원을 보내준 선생님, 문우들, 가족들 모두 감사드립니다. 부족한 제 글에 큰 상으로 힘을 주신 심사위원분들께도 진심으로 감사드립니다.

　이 세상 모든 아이들의 마음을 온전히 전하는 좋은 글쟁이가 되겠습니다.

엄마는 1학년

김영인

할머니가 광주리를 마당에 휙 집어던졌다.

"학교를 간다고?"

단단히 화가 난 모양이다. 푸엉이 또 학교 이야기를 꺼냈나 보다.

"넌 눈이 없냐? 지금 이 시애미 허리 빠지게 고추 심는 거 안 보여? 느이 남편 허리도 못 펴고 논바닥에 있는 게 안 보이냐!"

푸엉이 고개를 푹 숙인 채 치맛자락만 만지작거렸다. 엄지발톱 끝에 빛바랜 봉숭아 물이 눈에 들어왔다. 나랑 눈이 마주친 푸엉이 슬리퍼 안쪽으로 발을 밀어 넣었다.

"오머니, 나 학교 가고 싶오요."

"사람이 하고 싶은 일 다 하고 어떻게 산다냐. 눈치를 봐가며 뭘 하든 말든 해야지. 지금 갓난아기 손이라도 빌려 써야 할 판에 무슨 학교는 댕긴다고 생떼냐. 나 참."

아빠가 헐레벌떡 뛰어와 푸엉을 말렸다. 아빠는 할머니랑 방으로 들어가 한동안 이야기했다. 문밖으로 할머니의 화난 목소리가 간혹 새어 나왔다.

해가 질 무렵 아빠가 밖으로 나왔다. 푸엉은 아빠 뒤만 졸졸 따라다

니며 눈치를 살폈다. 아빠가 푸엉 어깨를 두드리며 저녁을 준비하라고
했다.

만날 푸엉이 최고라며 자랑하던 할머니 입이 며칠째 자물쇠를 단 듯
열리지 않았다. 푸엉도 오리처럼 죽 내민 입이 며칠째 들어가지 않았다.

지난겨울 아빠가 베트남에서 새엄마를 데려왔다.

"안녕? 난니. 방탄 좋아해? 나 지민 좋아."

긴 생머리를 쓸어 올리며 인사를 하는 푸엉은 언니 같았다. 한국 드라
마를 보며 배웠다는 한국말도 잘했다. 성격이 부지런해 집안일도 척척
해냈다. 할머니를 도와 청소를 하고 밭일도 나갔다. 저녁이면 TV 앞에
앉아 할머니랑 드라마를 보며 수다까지 떨었다.

"난희야, 새엄마 좋지? 일도 잘하고 말도 잘하고. 요즘 같아서는 살맛
난다."

이부자리를 펴며 할머니가 말했다.

"요리는 못하잖아. 푸엉이 하는 밥, 맛없어."

요즘 만날 푸엉만 칭찬하는 할머니한테 서운해 퉁명스레 한마디를 하
고 등을 돌렸다. 할머니의 까칠한 손이 내 등을 쓸었다.

"그거야 할미가 가르치면 되지. 내일부터 우리 난희 좋아하는 반찬만
하라고 해야겠다. 장조림을 할까 멸치볶음을 할까?"

이랬던 할머니가 노발대발 화가 많이 났다. 빠끔히 방문을 열고 밖을
내다보았다. 머리에 썼던 수건까지 집어던지며 할머니가 화를 냈다. 꼭
호랑이 같았다.

"푸엉, 왜 학교에 가고 싶어? 공부가 뭐 재미있다고."

푸엉이 마루 끝에 앉아 고구마 순을 다듬었다. 손끝이 거무튀튀하게
물들었다.

"비엣남에서 푸엉 공부 잘했어. 책 읽는 거 좋아해. 커서 선생님 되고

싶었어. 그런데 우리 집 너무 가난해 학교 못 갔어. 한국 사장님 집에서 한글 배웠어. 나 한국 오면 공부도 할 수 있다고 했는데 학교 못 가. 푸엉 속상해."

"어른이 어떻게 학교에 가? 큰길 나포사 아줌마도, 아랫말 윈발루 아줌마도 학교 안 가는데. 푸엉은 한국말도 잘하고 글씨도 아니까 학교 안 가도 되잖아."

"나는……"

푸엉이 눈을 반짝이며 이야기하려는데 할머니가 들어왔다. 나는 푸엉의 옆구리를 쿡 찔렀다. 푸엉이 얼른 입을 다물고 마당으로 가 할머니 머리에서 바구니를 내렸다. 푸엉은 한동안 학교 이야기를 꺼내지 않았다.

아침부터 먹구름이 잔뜩 끼었다. 할머니가 밭일을 나가며 우산을 챙기라고 했다. 할머니 말대로 1교시 수업이 끝나니까 장대비가 쏟아졌다. 쏟아붓는 비에 살짝 겁이 났다.

교실을 나와 보니 우산이 보이지 않았다. 서두르느라 챙기는 걸 깜빡했다. 하늘에서 금세 한바탕 쏟아질 것 같았다. 빗줄기가 주춤한 사이 나는 얼른 버스정류장으로 달렸다.

버스에 올라타 자리를 잡았다. 버스에는 손님이 제법 많았다. 덜컹대던 버스가 읍내 중학교 앞에서 멈췄다. 중학생 언니 오빠들이 몰려 탔다. 교복을 입고 재잘대는 모습을 보다 푸엉 생각이 났다.

"잠깐만요."

누군가 달려와 버스를 세웠다. 비좁은 버스 안을 가르며 들어서는 사람을 향해 언니 오빠들이 짜증을 냈다.

"아이씨 동남아가 진짜. 옷 다 젖잖아."

"짜샤, 동남아가 뭐냐. 다문화! 몰라? 다무나 안 다무나."

"그러니까 다문화들은 입 다물고 조용히 살아야 해. 남의 나라에 얹혀사는 주제에."

오빠들이 킥킥댔다. 오빠들 틈에 끼어 생쥐 꼴로 서 있는 사람은 동남아 아줌마였다. 꽃무늬 티셔츠 아래 까만 팔뚝이 눈에 들어왔다. 나는 얼른 고개를 돌려 창밖을 봤다. 나도 모르게 가슴이 콩닥콩닥 뛰었다.

몇 정거장을 더 가는 동안에도 오빠들은 계속 비아냥거렸다. 읍내에 나가면 푸엉처럼 농촌으로 시집온 사람들은 놀림감이었다. 나는 창밖을 봤지만 귀는 자꾸 오빠들을 향했다. 옆에 있던 언니들이 오빠들에게 눈치를 줬다.

"내가 틀린 말 했어? 저 사람들 잘해줘 봤자 기분 나쁘면 도망이나 간다고."

나는 순간 얼굴이 화끈 달아올랐다. 여드름 범벅인 얼굴을 쏘아보았다. 아니라고, 우리 푸엉은 그런 사람이 아니라고 말하고 싶었다. 하지만 마음과 달리 입이 꼼짝도 하지 않았다.

오빠들은 학원이 밀집한 정류장에서 우르르 내렸다. 갑자기 버스 안이 조용해졌다. 버스에서 내리자 빗줄기가 제법 굵어졌다. 나는 신발주머니를 머리에 얹고 힘껏 집을 향해 뛰었다. 뜀박질에 고인 물이 사방으로 튀었다.

"아이고, 우산 챙겨가랬더니 정신을 어디다 두고 비를 쫄딱 맞았냐."

빗속을 달려오는 나를 보고 할머니가 수건을 들고 마중 나왔다.

"푸엉은? 푸엉 어딨어?"

"어디 있긴. 밥하지."

푸엉은 부엌에서 밥상을 차리느라 분주했다. '휴우'하고 한숨이 새어 나왔다.

저녁에 숙제를 하는데 너무 어려웠다. 아빠는 농민회 모임에 나가 늦게 온다고 했다. 혼자 연필만 굴리고 있는데 푸엉이 복숭아를 들고 들어왔다. 나는 슬쩍 책을 내밀었다.

"푸엉. 혹시 이거 풀 줄 알아? 내일 시험 본다는데 하나도 모르겠어. 빵점 맞으면 할머니한테 혼나는데."

한참을 들여다보는 푸엉을 보니 왠지 기운이 쭉 빠졌다.

"몰라? 그럴 줄 알았어. 됐어."

"이거 이렇게 풀면 되는 거 아니야? 4 나누기 2가 2니까 40은 4의 열 배니까……."

나는 슬그머니 푸엉 앞으로 수학책을 내밀었다. 어려운 나눗셈 문제들이 푸엉 손끝에서 술술 풀렸다. 푸엉은 밤늦도록 내 옆에 앉아 문제를 풀어주었다.

다음 날 학교가 끝나고 나는 시험지를 펄럭이며 논길을 뛰어왔다. 목이 터져라 소리를 질렀더니 할머니가 고개를 들고 나를 보았다.

"할머니, 이거 봐요. 나 백 점이야."

100점이라고 쓰인 내 시험지를 보고 할머니 눈이 휘둥그레졌다.

"아이고 우리 똥강아지가 백 점을 다 맞았네. 아이고, 잘했네. 잘했어."

할머니는 신이 나 내 엉덩이를 토닥였다. 나는 어깨를 으쓱했다.

"푸엉이 나 공부 가르쳐 줘서 그래. 나 이제 만날 푸엉이랑 공부할 거야. 알았지 할머니?"

"그, 그러던가. 푸엉이 피곤할 텐데. 큼큼."

할머니가 멋쩍은 듯 헛기침을 했다. 나는 얼른 푸엉의 팔에 팔짱을 끼었다. 푸엉도 빙그레 웃으며 내 손을 잡았다.

가을 추수가 끝나자 찬바람이 솔솔 불었다. 푸엉이 감기에 들었는지 며칠째 일어나지 못했다. 아빠는 푸엉을 데리고 병원을 다녀왔다. 핼쑥해진 얼굴로 들어서는 푸엉을 보고 할머니가 혀를 찼다. 할머니는 끼니 때마다 죽을 쒔다. 밤에는 생강차를 끓여 푸엉에게 먹였다. 푸엉은 열 밤을 자고서야 기운을 차렸다. 볼이 쑥 들어가 눈이 더 커다래졌다.

할머니는 한 달에 한 번 오는 만물 트럭 아저씨를 손꼽아 기다렸다. 아저씨가 할머니 성화에 베트남 음식 재료들을 구해왔다. 할머니는 플라스틱 부채 같은 라이스페이퍼를 사고 꼬릿한 냄새가 나는 피시 소스를 사왔다. 푸엉은 꼬린내가 진동하는 소스를 찍어 월남쌈을 맛있게 먹었다. 월남쌈을 싸 내게도 내밀었다. 나는 피시 소스 대신 땅콩 소스에 찍어 먹었다. 할머니에게도 피시 소스를 찍어 내밀었다. 우물우물 씹던 할머니 표정이 찡그려졌다.

"내 입맛에는 요놈이 제일루 맛나지."

할머니가 부엌에서 고추장 종지를 들고 왔다. 할머니를 보며 푸엉과 나는 까르르 웃었다.

저녁을 잔뜩 먹고 누웠더니 잠이 솔솔 왔다. 할머니 무릎을 베고 TV를 보며 깜빡깜빡 졸았다. 아빠가 서류 봉투를 푸엉에게 내밀었다.

"방송 통신 중학교가 있더라고. 평일에는 집에서 인터넷으로 공부하고 한 달에 두어 번만 학교 나가 공부하는 거래. 영어도 배우고 수학도 배워. 졸업하면 고등학교도 갈 수 있어."

푸엉이 서류 봉투를 열어보며 책자를 꼼꼼히 읽었다. 학교 사진을 들여다보는 푸엉 눈이 반짝였다.

"어머니도 허락하셨어. 농사일에 방해되는 것도 아니고 살림하면서 공부할 수 있는 거라고. 푸엉 소원이 난희 공부 직접 봐주는 거라며. 이제 난희 공부도 더 잘 봐줄 수 있을 거야."

나는 슬그머니 할머니를 올려다보았다. 할머니는 모른 척 드라마만 보았다. 푸엉이 그렁그렁한 눈으로 할머니를 보았다.

"아이쿠, 저러다 또 당하지. 정신 차려 이 양반아."

할머니가 겸연쩍은지 괜히 드라마를 보며 중얼거렸다.

"저 사람은 만날 저러다 당해요. 벌써 몇 번째인지 몰라."

어느새 훌쩍대던 푸엉이 코에 휴지를 말아 넣고 할머니와 맞장구를 쳤다. 아빠는 할머니와 푸엉을 번갈아 보며 빙그레 웃었다.

나는 얼른 일어나 책상 서랍에서 필통을 꺼내왔다.

"자, 이거 선물. 학교 갈 때 갖고 가. 가방도 사야겠다. 그렇지 아빠? 푸엉, 아니 엄마는 이제 1학년이고 나는 3학년이니까 내가 언니야. 알았지? 모르는 거 있으면 물어봐. 내가 알려줄게."

"네, 온니"

푸엉이 두 손을 배꼽에 대고 허리를 굽혔다. 푸엉 모습에 나는 배를 잡고 웃었다.

"한밤중에 정신 사납게 왜 요란들을 떨고 그런다냐. 심심하면 동치미에 고구마나 먹던가."

할머니가 쟁반에 동치미와 고구마를 내왔다. 김이 폴폴 나는 고구마를 반으로 갈랐다. 노란 속살이 먹음직스러웠다. 동치미 국물을 들이켠 푸엉이 '끄윽'하며 트림을 했다. 입을 틀어막은 푸엉 얼굴이 새빨개졌다. 아빠가 한국사람 다 됐다며 껄껄댔다. 오래간만에 우리 집에 웃음꽃이 활짝 피었다.

텔레비전 화면에 노란 유채꽃밭이 나왔다. 나풀거리며 나비 한 마리가 꽃밭을 날고 있었다. 우리 집에도 봄이 슬그머니 다가오는 것 같았다.

손가락 보험

허창열

　'나도 수상 소감 한 번 써 보았으면'하는 옴팡진 생각을 해 봤습니다. 수상집에 수상 소감 쓰는 사람들이 너무 부러웠거든요. 행운도 준비하는 사람에게 온다고 했습니다. 열심히 읽고, 보고, 들었습니다. 읽다 보면 새로운 게 떠오르고, 보다 보면 보이지 않는 것들이 보이기 시작했습니다. 사람들이 말을 할 때에는 귀를 쫑긋 세우고 들었습니다. 보석처럼 반짝이는 글감이 들리면 얼른 머릿속에 담아 두었습니다. 그리고 글을 썼습니다. 아침마다 하는 기도 속에 제 소원도 살짝 끼워 넣었습니다. 며칠 전 등록되지 않은 번호로 전화가 왔습니다.

　"삶의향기 동서문학상입니다. 축하드립니다……."

　심장이 펄떡펄떡 뛰었습니다. 무슨 말을 했는지도 모릅니다. 제게도 이런 행운이 찾아오다니요. 삶의향기 동서문학상에서 큰 선물을 주었습니다. 제 평생 처음으로 쓰는 수상 소감이 동서문학상이어서 기쁨은 배가 됩니다. 심사평을 읽으면서 눈물이 왈칵 솟았습니다. 제 마음 깊은 곳까지 들여다보아 주셔서요. 아직은 우둘투둘한 제 글을 따뜻한 손으로 잡아 주신 하청호, 이규희 심사위원님께 깊은 감사를 드립니다.

저는 태어난 지 채 일 년도 되지 않아 소아마비에 걸렸습니다. 다섯 살이 되어서야 겨우 걸을 수 있었다고 합니다. 엄마는 내가 처음으로 걷던 날을 잊지 못합니다.

"뜨락 난간에 박아 놓은 돌덩이들을 잡고 한 발자욱 떼어 놓고 하하하 웃고 또 한 발자욱 떼어 놓고 하하하 웃었단다."

그 아기는 그렇게 세상을 향해 걷기 시작한 것입니다. 바르지 않은 걸음걸이는 아픔이기도 했지만 선물이기도 했습니다. 때문에 가 아니라 덕분에 강해졌습니다.

5년 전 어느 날 아침 누군가 나를 탁 치는 것처럼 몸이 떨렸습니다. H 병원에서 정밀 검사를 받았습니다. 아무런 이상도 없었습니다. 친구들 만나 수다 실컷 떨고 여행 많이 다니면 낫는다고 했습니다. 그때부터 글로 수다를 떨고 머리로 글 여행을 다녔습니다. 신기하게도 글을 쓰는 순간에는 떨리지 않습니다. 제게 글은 치유입니다. 제 글이 또 다른 누군가에게도 치유가 되기를 소망합니다. 그러기 위해 우둘투둘한 글을 다듬고 또 다듬어 별처럼 반짝반짝 빛나도록 쓰겠습니다.

글길을 함께 걸어가는 내 지역 상주 문우님들께 감사를 드립니다. 한 번도 만난 적은 없지만 동시의 꽃밭에서 동시향기를 맡게 해 준 문우님들에게도 감사를 드립니다.

"야야, 힘들지?" 뵐 때마다 목이 메여, 못 다 한 말은 눈물 속에 담아 보여주시다 지난 오 월, 봄따라 하늘나라로 가신 어머님, 내가 읽고 싶

은 책 다 사 주며 내 별이 되어 주겠다는 딸, 유치원 아이 같은 질문을
해도 다 답해주고, 컴퓨터 작업 하다 버벅 거리면 도와주고, 바보 같아
걱정이라면서도 버팀목이 되어주는 남편 별표씨, 마당에 군데군데 핀 채
송화 다치지 않게 비켜 다니라는 엄마, 소중한 가족 모두에게도 고마운
마음 전합니다. 사랑합니다. 끝으로 보이지 않는 곳에서 저를 위해 기도
하고 응원해주는 모든 분들에게도 감사를 드립니다.

손가락 보험

허창열

볼 수 없는 사람 위해
손가락에 만들어 둔 눈

책도 읽고
엘리베이터도 탈 수 있어요

말 못하는 사람 위해
손가락에 만들어 둔 입

친구와 수다도 떨고
노래도 부를 수 있어요

따뜻함 전하라고
손가락에 만들어 둔 마음

넘어진 친구 손잡아 일으켜 세워주고
시험 치는 친구에게 검지 중지 쫙쫙

나와 *히에우도
손을 맞잡고 뛰어갔다

* 히에우 : 베트남 친구 이름

호구의 묘수

김은아

얼마 전 커다란 대추를 줍는 꿈을 꾸었습니다. 남편에게 말했더니 좋은 일이 있을 것 같다고 했습니다. 삶의향기 동서문학상 공모전 결과를 기다리고 있던 터라 내심 기대가 되었습니다. 수상 전화를 받았고 믿기지 않아 몇 번이고 되물었습니다. 2년 전 처음으로 습작해 놓은 작품을 동서문학상에 응모하여 맥심상이라는 귀한 상을 받았습니다. 문학에 문외한인 내가 잘 할 수 있을까? 확신이 없을 때 맥심상은 큰 용기를 주었습니다.

동화를 먼저 시작한 문우의 권유로 동화라는 새로운 세상을 알 게 되었습니다. 우리 집 아이들에게 좋은 책을 읽어 주고 싶은 마음에 시작하였습니다. 그러면서 글을 쓰는 재미를 알 게 되었습니다. 하지만 쓸수록 어렵고 힘들다는 것도 알았습니다. 포기하고 싶다는 생각이 불쑥불쑥 솟았습니다. 그럴 때 마다 함께 하는 문우들이 있었고 격려와 사랑으로 감싸주는 가족들 덕분에 여기까지 올 수 있었습니다.

부족한 글을 뽑아주신 '삶의향기 동서문학상' 심사위원님들께 감사드립니다. 동화와 삶은 이런 것이다 몸소 보여주시는 김재원 선생님께 감사의 인사를 전하고 싶습니다.

수정작을 몇 번이고 내밀어도 싫은 내색 없이 냉철하게 평가해 주는, 나의 첫 독자인 유란이와 은우 사랑해. 그리고 옆에서 묵묵히 지켜봐주고 버팀목이 되어주는 든든한 남편 고맙습니다.

어린이들의 마음을 헤아릴 수 있는 따뜻한 동화 작가가 되기 위해 더욱 정진하겠습니다.

호구의 묘수

김은아

탁!

나는 검은 돌을 바둑판에 놓았다. 상수가 흰 돌을 놓았다.

'하필 이 대회와 겹칠 게 뭐야?'

입이 바싹 타들어 갔다. 딴생각하다 정신을 차린 순간 길이 막혔다. 패배가 훤히 보였다. 차라리 잘됐다. 나는 미련 없이 돌을 던졌다. 대국이 끝나고 우리는 깍듯이 인사를 나눴다. 바둑돌을 정신없이 정리했다. 대회장을 뛰쳐나오다 탁자 위에서 번쩍이는 우승컵들을 보았다. 나와는 상관없는 것들이다.

"백은호, 어디가?"

등 뒤로 상수의 목소리가 따라왔다. 모르는 척하고 아파트 놀이터로 달렸다.

'다 끝나버렸으면 어떡하지?'

놀이터는 텅 비어 있었다. 힘이 빠져 의자에 털썩 주저앉았다. 오늘 처음으로 재민이와 한 팀이 되어 경기하는 날이었는데.

'바둑 때문에 다 망쳤어.'

놀이터에서 나와 운동화 앞 코로 바닥을 차면서 걸었다. 뿌연 먼지가 일었다.

"바닥에 동전이라도 떨어졌어?"

상수가 다가와 어깨동무를 했다. 동글동글한 얼굴에 처진 눈으로 웃고 있다.

"너 아까 일부러 포기한 거지?"

"아니야. 내가 진 경기였어."

우리는 유치원 때부터 같은 바둑교실을 다녔다. 그동안 상수와 바둑 두는 것이 제일 좋았다. 지금은 아니다. 재민이를 알고부터 바둑이 시시해졌다. 재민이와 같이 있으면 롤러코스터를 탈 때처럼 아찔한 기분이 든다. 상수는 상상도 못 할 거다.

띠리링! 나는 얼른 휴대 전화를 열었다. 바둑교실에서 온 문자였다. 가늘게 한숨이 새어 나왔다.

"오늘 과자 파티 한대. 너도 갈 거지?"

상수도 문자를 확인하고 물었다. 대회를 망쳐버려 가고 싶지 않았다. 그때 상수의 낡은 휴대 전화가 눈에 들어왔다. 오늘따라 더 꼬질꼬질해 보였다.

"상수야, 네 전화기 안 불편하냐? 게임도 못 하고."

"통화도 잘 되고 좋기만 한데."

'어휴, 그러니까 애들한테 할아버지라는 소리나 듣지.'

나는 고개를 절레절레 흔들었다.

"이따가 정문에서 보자."

상수는 해맑은 얼굴로 인사하고 뛰어갔다. 아, 가기 싫다고 하려던 참이었는데. 뭐야? 남의 속도 모르고. 멀어져 가는 상수 뒷모습을 보았다.

나는 상수와 약속한 시간보다 십 분 일찍 나왔다. 과자를 사기 위해 아파트 정문에 있는 편의점으로 갔다. 편의점 문을 여는데 발에 뭔가

밟혔다. 뭐지? 주워서 자세히 보니 온라인 게임에서 쓸 수 있는 선물 카드였다. 비닐포장지를 뜯지도 않은 새 상품이었다. 금액 만 원이 찍혀 있었다.

'우아! 이거면 게임 아이템을 세 개나 살 수 있겠는데. 누가 떨어뜨렸지?'

나는 주위를 휙 둘러봤다. 지나가는 사람이 없었다. 카드를 얼른 주머니에 넣었다. 심장이 쿵쿵 발길질을 했다. 편의점을 돌아서 집으로 달음질쳤다.

현관문 비밀번호를 누르는데 손이 떨렸다. 아무렇게 벗은 신발 한 짝이 거실까지 따라왔다. 내 방으로 들어가 방문을 잠갔다. 손등으로 이마의 땀을 훔치고 주머니에서 카드를 꺼냈다.

"한 달 용돈을 모아야 살 수 있는 건데. 이게 웬 행운이야?"

이 카드는 재민이 팀에 다시 들어갈 기회 같았다.

신재민은 우리 학교에 팬클럽이 있을 정도로 유명한 게이머다. 얼마 전 찍은 게임 영상의 조회 수는 십만이 넘었다. 내 휴대 전화에 카드 바코드를 입력한 다음 돈을 충전했다. 재민이가 자주 하는 온라인 게임 후〈WHO〉에 들어갔다. 멋진 옷과 무기까지 갖추고 나니 마치 내가 프로게이머 같았다. 나도 재민이처럼 인기가 많아졌으면. 생각만으로도 입이 헤벌쭉 벌어졌다.

나는 같은 아이템을 재민이에게 선물했다. 맞다, 기철이. 얄미운 녀석이지만 한 팀에서 뛰어야 하니까 기철이한테도 보냈다. 띠리링! 문자가 왔다.

"이거 최신형 아이템이잖아. 선물 고마워."

재민이가 나를 온라인 게임방으로 초대했다.

"이제 됐어. 우하하하!"

나는 침대 위에서 펄쩍펄쩍 뛰었다. 드디어 재민이 팀에 들어가다니. 눈물이 핑 돌았다.

'앗, 상수……. 기다리다가 갔겠지?'

다른 건 생각하고 싶지 않았다. 재빨리 재민이가 만든 게임방으로 들어갔다. 드디어 게임이 시작되었다. 이 게임은 총 10명 중 범인이 2명, 일반 시민이 8명이다. 시민들 속에 숨어 있는 범인을 추리해서 잡아내는 게임이다. 나는 처음부터 범인이 되었다.

"범인 되기 진짜 힘든데 계속 행운이 따르네. 이히힛."

나는 목을 이리저리 돌렸다. 두 손을 깍지 낀 다음 앞으로 쭉 뻗어 팔을 늘였다. 게임이 시작되었다. 모든 임무를 끝내고 내가 승리했다.

"와! 은호 대단한데."

대화 창에 재민이와 기철이가 칭찬 댓글을 보냈다. 재민이를 제치고 내가 일등을 하다니 믿기지 않았다. 나도 이제 재민이처럼 인기 게이머가 되는 건가? 웃음이 실실 나왔다.

다음 날 학교에 갔다. 교실에 들어가니 재민이가 아이들에게 둘러싸여 있었다. 재민이가 나를 보고 손을 흔들었다. 괜히 으쓱해지는 기분이 들었다. 내가 재민이에게 다가가려고 할 때 상수가 들어왔다.

"너 어제 왜 안 왔어? 계속 기다렸는데."

"어, 그게……."

전화라도 할 걸 그랬나? 후회됐다. 그때 재민이가 다가와 내 어깨에 손을 올리며 말했다.

"백은호, 어제 게임 실력 좋던데. 오늘도 같이 하자."

이마에서 땀이 삐질 흘러내렸다. 나는 억지웃음을 지으며 상수를 곁눈질로 보았다. 상수가 입을 일자로 꽉 다물었다. 얼굴에 웃음기가 사라졌다.

"저, 상수야."

설명하려는데 상수가 홱 돌아서 가 버렸다. 나는 그 자리에 얼어붙은 것처럼 서 있었다. 가슴이 돌덩이에 눌린 것처럼 무거웠다. 그런데도 수업 시간 내내 게임 생각만 났다. 오늘도 다들 내 실력을 보고 놀라겠지? 가슴이 콩닥거렸다.

집에 가자마자 온라인 게임방에 들어갔다. 재민이와 나는 오래전부터 한 팀이었던 것처럼 손발이 척척 맞았다. 다음 게임에서도 내가 승리하기 직전이었다.

그때 빼애앵! 소리가 났다. 범인을 보거나 의심이 갈 때 신고하는 소리다. 다 끝나 가는데 누구지? 마른침이 꼴깍 넘어갔다.

신고한 사람은 바로 재민이었다. 우리는 같은 팀인데 왜 그런 거지? 어리둥절해하는 사이 게임은 끝났다. 아쉬워서 방바닥에 발을 동동 굴렀다. 잠시 후 기철이에게 비밀 쪽지가 왔다.

"은호야, 다음 판에 재민이 영상 찍어서 올린대."

나도 잘 할 수 있는데. 또 기회가 오겠지 싶어서 재민이에게 맞추어 주었다. 그 뒤로도 재민이는 자기가 시키는 대로 하기를 원했다. 내가 조금이라도 잘하면 강제 퇴장되거나, 욕이 적힌 쪽지가 날아왔다. 점점 늪에 빠지는 기분이 들었다. 끈적한 풀이 손에 들러붙은 것처럼 찜찜했다.

재민이의 인기는 나날이 올라갔다. 나는 매일 재민이의 꽃받침 역할을 해야만 했다. 재민이는 화려한 꽃, 나는 받침이었다.

늦은 밤 재민이가 초대한 게임방으로 들어갔다.

"얘들아, 너희 안 보이는데?"

"아이템 지겨워서 바꿨어."

재민이와 기철이는 내가 선물한 아이템을 버리고 새 아이템을 하고 있었다. 내 손에 있던 휴대 전화가 툭 떨어졌다. 어떻게 그럴 수가 있지? 애들한테 난 아무것도 아닌 존재였나? 머릿속이 안개가 낀 것처럼 뿌예졌다.

다음 날 눈을 비비며 교문을 들어섰다. 바로 옆에 상수가 걸어가고 있었다. 나는 고개를 푹 숙이고 천천히 걸었다.

"아침부터 왜 이렇게 기운이 없어?"

어느새 상수가 가까이 와 있었다.

"밤에 잠을 좀 못 자서."

"요즘 바둑교실은 왜 안 나와?"

상수가 엄마처럼 잔소리했다.

"아잇! 그냥 좀 바빠서."

"너 재민이랑 밤낮으로 게임 한다며? 걔들 소문 안 좋던데."

"네가 게임에 대해 뭘 안다고 그래?"

꾹꾹 눌려져 있던 화가 폭발해 상수에게 쏘아붙였다. 상수가 흠칫 놀라며 걸음을 멈추었다. 아차, 하는 마음이 들었지만 무를 수 없는 바둑돌과 같았다. 상수가 잠시 생각하더니 입을 뗐다.

"은호야, 넌 힘들 때 오래 생각하더라도 항상 묘수를 찾아냈어. 이번에도 그럴 거라고 믿어."

아니, 아무리 생각해도 그 수를 모르겠어. 상수에게 다 털어놓고 싶었지만, 말이 입안에서 맴돌았다. 상수가 나를 앞질러 걸어갔다. 상수를 향해 손을 뻗으려다 말았다.

교실 문을 열고 들어가자 재민이가 먼저 알은체를 했다.

"어제 잘했어. 앞으로 그렇게만 하면 돼."

재민이가 내 어깨를 감쌌다. 오스스 소름이 돋았다. 재민이가 이제 더는 멋있어 보이지 않았다.

"야, 백은호, 오늘 방과 후에 온라인 게임대회 알지?"

기철이가 나를 툭 치며 지나갔다. 쓴 약을 삼킨 듯 속이 울렁거렸다.

수업 시간에 칠판이 흐릿하게 보였다. 선생님 말이 귓가에서 윙윙거리다가 멀어졌다.

"거기 졸고 있는 백은호, 일어나!"

"네! 네?"

나는 자리에서 벌떡 일어섰다. 아이들이 왁자지껄 웃어댔다. 얼굴이 화끈거렸다. 한숨이 절로 나왔다.

쉬는 시간에 세수하러 화장실에 갔다. 안쪽에서 소리가 들렸다.

"재민아, 은호 걔 진짜 웃기지 않냐? 게임 좀 한다고 잘난 척하기는."

"내버려 둬. 우리는 새로운 아이템이나 받으면 그만이야."

"역시 신재민. 킥킥킥."

'뭐야! 지금까지……나를 이용했던 거였어?'

주먹 쥔 두 손이 부르르 떨렸다. 거울 속에 비친 내 모습을 봤다. 호구가 한 명 있었다. 공부는 뒷전이고 엄마 눈치 보며 밤마다 게임을 했었다. 가장 친했던 상수와도 멀어졌다. 나 자신이 바보 같아서 눈물이 쏟아졌다.

'주운 선물 카드를 주인에게 돌려주었더라면…….'

후회가 되었다. 찬물을 뿌려 얼굴을 닦았다. 거울을 봤다. 거울 속 호구는 그대로였다.

나는 온라인 게임 경기장으로 들어갔다. 재민이와 기철이도 보였다. 기철이한테 쪽지가 왔다.

"오늘 실시간으로 재민이 방송 나가니까 잘해라. 마지막에 재민이가 우승할 수 있게."

기철이의 쪽지를 보자 휴대 전화에 힘이 들어갔다. 마음을 가다듬고 손목을 가볍게 흔들었다. 종소리와 함께 대회가 시작되었다. 실력 있는 게이머들이 다 모여서 그런지 결과가 쉽게 나지 않았다. 축축해진 손을 바지에 연신 닦았다.

게임 막바지가 되자 재민이와 나, 상대편 선수 셋이 남았다. 나만 시민이고 둘은 범인이었다. 내가 누구를 신고하느냐에 따라 우승자가 가려진다. 쿵쾅대는 심장 소리가 귀에까지 들리는 듯했다. 그때 재민이가 쪽지를 보냈다.

"빨리 상대편 선수 신고해!"

나는 신고하는 버튼에 손가락을 올렸다. 재민이가 우승하면 나는 이 팀에서 계속 게임을 할 수 있어. 그래, 내가 그렇게 들어오고 싶어 했던 팀이잖아.

상대편 선수를 신고하려는 순간 상수와 즐겁게 두었던 바둑 경기가 떠올랐다. 어떡하지? 상수와 재민이 생각이 머리에 뒤섞였다.

바둑 경기장의 초읽기 시계 소리가 들리는 듯 했다. 심장이 터질 듯 빠르게 뛰었다.

"오래 생각하더라도 묘수를 찾을 수 있을 거야."

눈을 감고 깊은숨을 들이마셨다. 생각하고, 또 생각했다. 드디어 묘수를 찾았다. 신고하는 버튼을 눌렀다. 게임은 끝났다. 재민이한테 쪽지가 왔다.

"야, 무슨 짓이야! 나를 신고하면 어떡해!"

"신재민, 이제 너와 함께 하는 게임은 하나도 즐겁지 않아!"

나는 답장을 보내고 게임 경기장에서 나왔다. 휴대 전화를 침대에 던졌다.

밖으로 나오니 시원한 바람이 가슴으로 혹 들어왔다. 선물 카드를 주웠던 편의점으로 갔다. 나는 새 선물 카드를 사서 가게 주인에게 맡겼다.

편의점에서 나와 바둑교실로 달렸다. 발걸음이 나풀나풀 가벼웠다. 상수가 혼자서 바둑을 두고 있었다.

"상, 상수야."

나는 머리를 긁적이며 상수 앞에 앉았다. 상수 눈이 휘둥그레졌다.

"너 온라인 게임 안 하고 왜 왔어?"

상수가 부루퉁하게 말했다. 내가 바보같이 굴었던 일이 생각났다. 가슴이 찌릿했다. 다시 용기를 냈다.

"지난번에 못 두었던 바둑 다시 두자."

상수는 말없이 바둑알만 만지작댔다. 대회 때보다 가슴이 더 두근거렸다.

"이제 안 봐줄 거야."

상수가 눈을 흘기며 말했다. 참았던 숨이 터지면서 코끝이 찡했다.

나는 검은 돌을 바둑판에 놓았다. 상수가 흰 돌을 놓았다. 탁! 탁! 검은 돌 흰 돌이 반복되었다.

잠

이연숙

　일월 말 차가운 겨울바람을 맞으며 어머니의 유골함을 임실 호국원 아버지 곁에 안치했다. 조금은 더 젊고 편안해 보였을 때의 영정사진 속에서 엄마는 잔잔하게 웃고 계셨다. 집으로 돌아온 나는 쓸쓸한 마음을 안고 들판으로 나갔다. 텅 빈 들판에 나가 허공에 대고 엄마를 불렀다. 조그마한 땅덩이를 일구고 가꾸며 아등바등 살았던 어머니. 부르고 불러도 대답이 없는 어머니는 누구도 깨우지 못하는 영면에 들어가셨다.

　그러나 몇 주 전 어머니를 만났다. 아주 작은 선물 상자를 받고 환하게 웃고 있는 어머니를 보고 나도 모처럼 신나게 웃었다. 꿈속으로 찾아온 어머니의 웃음이 나에게 주는 선물이었나 보다. 당선되었다는 전화를 받았다. 당선 소식을 듣고 꿈의 의미를 되새겼다. 기뻤다.

　30년이 넘게 아이들과 함께 살았는데 아직도 동심은 멀리 있나 보다. 동상으로 뽑아주신 것은 좀 더 정진하라는 격려라고 생각한다. 심사위원님과 삶의향기 동서문학상에 감사드린다. '문학은 버리지 않는 한 꽃을 피운다'라며 격려해주시고 지도해주시는 이성자 교수님께 감사함을 전하며 '솔샘' 글벗님들과 기쁨을 함께 나누고 싶다.

잠

이연숙

할머니는
세상이라는 커다란 고치 속에서
아등바등 살았어

봄이면 씨 뿌리고
가을엔 열매 따고
눈비도 흠뻑 맞고
웃기도 울기도 하면서

그렇게 구십 년
몸은 점점 작아져 땅으로 향하고
마음은 비워져 하늘을 향했어.

씨 뿌릴 일도 거둘 일도
이제는 필요 없어
눈비도 걱정 없는
또 다른 세상

아주 작은 항아리 속에서 잠이 들었어.

아무도 깨울 수 없는

깊고 깊은 잠

맨드라미

김수정

산골 마을에서 살다가 갑자기 도시로 이사 온 아이가 있어요. 이사 온 지 얼마 되지도 않아 학교에 가게 되었어요. 생일이 빠르다고 7살에 말이죠. 한 학년이 10반까지 있고 한 교실엔 70명이 넘는 아이들이 있었어요.

키도 작고 나무젓가락처럼 빼빼 마른 아이는 매일 학교에 가기 싫다고 울었어요. 자전거에 태워 학교에 데려다 놓고 돌아가시는 아버지보다 먼저 집으로 도망가 있곤 했죠.

그렇게 1학년을 지내고 어느 날부터 오기가 생겼어요. 키는 작아도 긴 뜀틀을 훌쩍 뛰어넘고요, 딱지치기 구슬치기에도 지지 않았어요. 커다란 칠판에 나가 풀어야 하는 문제에 주눅 들지 않으려고 공부도 열심히 했어요. 처음 맡는 일도 겁내지 않았어요.

그런데 나이가 많아져도 여전히 처음 겪는 일들이 많네요. 하지만 어른이 된 아이는 두렵지 않아요. 쌈닭 기질을 버리지 않았거든요. 거센 바람도 높은 파도도 싸워서 이겨낼 거예요.

뙤약볕 속의 아이, 〈맨드라미〉에게 단비를 주신 심사위원님들께 감사드립니다. 더 열심히 쓰겠습니다. 평생토록 이 쌈닭의 투정을 다 받아주시고 오늘도 전화기 너머로 "공주님~"이라고 불러주시는 어머니와 사랑하는 사람들에게 고마움을 전합니다.

맨드라미

김수정

나는야 쌈닭!

빨간 투구를 쓴
한여름의 전사

아무하고나 싸우진 않지.

시원한 소낙비
한 사발 들이켜고

뙤약볕과 한 판 붙어볼 테야!

허수어미

윤혜정

　저는 춤꾼은 아니지만 글쓰기가 마치 춤추기와 비슷하다고 생각한 적이 있습니다. 초고가 막춤이라면 글을 다듬어 나갈 때는 보다 완성된 춤을 만들기 위해 동작 하나하나를 낱낱이 연습하고 고쳐나가는 과정과 같지 않을까 싶었습니다. 막춤을 출 때는 그저 몸이 움직이는 대로 느껴지는 대로 막 추니 신나고 자유롭습니다. 내 안에서 나오는 대로 쓰는 초고도 그렇습니다. 한바탕 신나게 논 것처럼 그렇게 개운하고 즐거울 수 없습니다. 글과 내가 하나가 되어 한 문장, 한 단어, 한 조사가 전체와 어우러지게 글을 다듬어 나갈 때는 초고와는 다른 기분이지만 역시 저의 온 마음을 사로잡으며 희열을 줍니다. 그것은 수많은 공모전의 높은 벽 앞에서 좌절하고 자존감이 낮아짐에도 불구하고 제가 글쓰기를 계속하는 이유이기도 합니다.

　〈허수어미〉도 초고를 수도 없이 고친 글입니다. 제목이 허수어미가 된 과정도 복잡합니다. 허수어미와 아기참새 노을이가 헤어지는 장면은 글을 대할 때마다 저를 눈물짓게 했습니다. 동화가 이토록 슬퍼서 어쩌나 걱정이 되어 어떻게 할까 고민도 많이 했습니다. 결국 주인 할아버지의 창고에서 푹 쉬다가 내년에 또 나오자라는 말로 이들이 다시 만날 수 있을 것이라는 희망을 만드니 그렇게 슬퍼지지 않았습니다. 여간 다행한 일이 아닙니다. 그리고 고친 글 덕분에 제가 행복하고 즐거워졌습니다.

글쓰기란 잠시 현실에서 벗어나 어떤 날은 마냥 신나게, 어떤 날은 예상치 못한 재미난 것을 발견하여 그것으로 시간 가는 줄 모르고 노는 저의 놀이터와 같습니다. 그 즐거움을 인생에서 경험했다는 것은 설명할 수 없는 저만의 보물입니다.

허수어미

윤혜정

"훠이— 훠어이."

나는 오늘도 넓고 넓은 들판에 서서 참새들을 쫓고 있습니다. 하얀 블라우스 자락이 바람에 멋있게 날립니다.

"푸드덕— 푸드덕."

참새들이 나를 보자 도망갑니다.

나는 신이 나서 눈을 더욱 부라렸습니다.

"내가 참새를 잘 쫓게 생겼나 봐."

그래서인지는 몰라도 언제부터인가 참새들은 한 마리도 안 옵니다. 멀리서 오다가 급히 되돌아가는 참새가 가끔 있을 뿐입니다.

주인 할아버지가 나에게 최고 허수어미라고 하시며 껄껄 웃으시던 모습이 떠올랐습니다. 괜히 기분이 우쭐해지고 즐거운 웃음이 납니다.

참새들이 오지 않아 심심하기도 하지만 이것쯤은 견딜 수 있습니다.

그러던 어느 날 어디선가 사람들의 목소리가 들려왔습니다. 나는 목을 쭈욱 빼고 누구인가 살펴보았습니다.

"와아! 여자 허수아비네! 우리 사진 한 장 찍고 가자."

지나가는 여행객인가 봅니다. 초등학생 여자아이와 그 가족이었습니다.

아이가 가까이 와서 내 앞에 섰습니다. 손거울을 꺼내어 앞머리를 다듬더니 갑자기 소리를 꽥 지르는 것이었습니다. 나는 깜짝 놀라 어리둥절해졌습니다.

그런데 아이의 엄마와 아빠도 나를 유심히 보더니 얼굴을 찌푸리는 게 아닙니까.

나는 몹시 기분이 상했습니다.

"쳇. 내 얼굴에 뭐라도 묻었나?"

참 예의가 없는 사람들인가 봅니다. 내 기분은 생각지도 않고 어떻게 저럴 수 있나 싶었습니다. 점점 멀어져 가는 그들의 뒷모습을 보며 씁쓸한 기분만 들었습니다.

그때 발아래에서 뭔가가 반짝거렸습니다. 그것은 아이가 떨어뜨리고 간 손거울이었습니다.

거울 속에는 파란 하늘이 보이고 하얀 구름 떼들도 지나갔습니다. 그 아래로 산도 보이고 들판도 보였습니다.

들판 옆으로 내 보릿대 모자도 보이기 시작했습니다. 곧 내 얼굴이 보일 거라고 생각하니 마음이 설렜습니다.

"아, 나는 어떻게 생겼을까?"

내가 어떤 얼굴일지 몹시 궁금했습니다. 불행히도 결국 거울 속의 얼굴을 보고야 말았습니다.

부리부리한 눈에 금방이라도 튀어나올 것 같은 빨간 실핏줄 눈알,

도마뱀처럼 길고 반쯤 잘려 너덜거리는 혓바닥,

화가 난 것 같이 떡 벌어진 콧구멍,

쭉 찢어진 입가에 흐르다 만 붉은 핏자국,

칠흑같이 검고 긴 머리카락.

"이럴 수가! 이게… 내 얼굴이라니."

보고 또 보아도 믿기지가 않았습니다. 눈을 깜박이자 거울 속의 무서운 눈도 깜박였습니다. 분명 내 얼굴이 맞습니다.

"저 눈으로 아름다운 들판을 바라보고 저 입으로 구름에게 인사했단 말인가.

아, 별님들이 달님 뒤로 왜 자꾸만 숨나 했더니."

참새들이 안 오는 진짜 이유도 이제야 알 것 같았습니다.

다음날 해님이 뜨자 나는 고개부터 숙였습니다. 해님이 내 얼굴을 볼까 봐 나도 모르게 저절로 그렇게 되었습니다.

"벼이삭들은 익어서 고개를 숙이는데 난 이게 뭐야."

그날 밤 보름달님이 떴습니다. 나는 차마 보름달님도 쳐다볼 수 없어 고개를 숙였습니다.

그런데 왠지 달님은 다른 날보다 더 오랫동안 나를 비춰주는 것 같았습니다.

용기를 내어 살며시 고개를 들었는데 달님은 변함없이 밝았습니다. 내 착각인지는 몰라도 오히려 끔찍한 내 얼굴을 어루만져주는 것 같았습니다.

"달님! 제발 저의 얼굴을 고쳐주세요."

나는 눈을 감고 달님에게 말했습니다.

"제일 먼저 이 얼굴부터 깨끗이 지워주세요. 눈썹은 밤하늘의 초승달을 닮게 해 주시고 눈은 아기처럼 동그랗고 까만 게 좋아요. 콧방울은 사랑스럽고 귀엽게 만들어주시고요. 입술은 앵두색으로 조그맣고 도톰한 게 좋겠어요.

제 얼굴이 예쁘게 바뀌면 저는 온 세상을 향해 야호! 소리를 맘껏 지를 거예요. 달님!"

"허수어미님, 허수어미님……."

그때 누군가가 낮은 목소리로 나를 불렀습니다.

"으응, 누 누구야?"

눈을 떠보니 참새 한 마리가 내 어깨에 앉아 있었습니다. 가슴에 알을 하나 품고 있는 어미 참새였습니다.

"아니, 넌 참새 아니니? 날 찾아오는 참새가 있다니 믿을 수가 없구나."

"알아요. 허수어미님을 모르는 참새는 없지요. 다들 이토록 무섭게 생긴 허수아비 아니 허수어미를 본 적이 없다고 말하니까요."

그 말에 나는 힘없이 고개를 떨구었습니다.

"그래, 나도 알고 있어. 그런데 이렇게 늦은 밤에 왜 나를 찾아왔니?"

"허수어미님. 저는 허수어미님의 마음까지 나쁘다고 생각하지 않아요.… 사실은 부탁이 있어요."

"부탁? 움직이지도 못하는 내가 뭘 할 수 있다고."

"아니에요. 허수어미님만 할 수 있는 일이에요……. 저어… 제 알을 좀 보살펴 주세요."

"알? 네 알을 왜 나에게 부탁하는 거지?"

"제 알은 둥지에서 떨어진 적이 있어요. 이상하게도 깨지지 않았죠. 같은 날 태어 난 다른 알들은 이미 깨어나서 잘 자라고 있어요. 하지만 제 알은 도무지 깨어나질 않는 거예요. 다른 참새들이 저주가 썬 알이라고 갖다 버리라고 해요. 흑흑. 하지만 저는 제 알이 언젠가는 깨어날 거라 믿어요. 허수어미님, 제 알이 깨어날 때까지만 좀 보살펴 주세요. 아무래도 여기가 제일 안전할 것 같아서 찾아왔어요. 미안해요. 흑흑."

어미 참새는 빠르게 말을 마치더니 나의 블라우스 주머니에 알을 넣고 어둠 속으로 급히 사라졌습니다.

"아 아니, 차 참 참새……."

느닷없이 일어난 일에 나는 한참이나 어리둥절하게 있었습니다. 블라우스 왼쪽 주머니가 점점 따뜻해져 왔습니다.

나는 뜬눈으로 밤을 새우고 아침을 맞이했습니다.

날이 밝자 주머니에 들어있는 알을 내려다보았습니다. 옅은 갈색의 조그만 알.

알은 마치 새근새근 잠을 자고 있는 것 같았습니다.

"넌 눈도 없고 코도 없는데도 참 귀엽구나. 아가야."

나도 모르게 알에게 아가야라고 했습니다.

"꼭 깨어나서 하늘 끝 노을까지 훨훨 날아오르렴. 노을아."

며칠을 고심하다 노을이라는 예쁜 이름도 지어주었습니다.

나는 매일 노을이에게 얘기하고 노래도 불러주었습니다.

해가 너무 내리쬐는 날에는 보릿대 모자로 그늘을 만들어 주었습니다.

"노을아, 오늘은 햇살이 좀 따갑구나."

바람이 좀 세게 분다 싶으면 블라우스 주머니가 흔들리지 않도록 살며시 잡아주었습니다.

"괜찮아. 노을아. 바람이 부는 거야. 무섭지 않아."

어쩌다 비가 오는 날에는 노을이가 젖지 않도록 품에 꼭 안았습니다.

"비가 온단다. 빗소리가 얼마나 좋은지 들어봐."

노을이와 같이 있는 시간은 행복하기만 했습니다.

그러던 어느 날 저녁 무렵 바람이 불지도 않는데 블라우스 주머니가 움직였습니다. 주머니를 내려다보니 노을이가 움찔하고 움직이는 게 아닙니까. 나의 가슴이 두근거리기 시작했습니다.

바로 알이 깨어나려는 순간이 온 것이었습니다.

노을이는 움직이다가 한 바퀴 뒹굴기도 했습니다. 점점 표면에 잔잔한 금이 가더니 조금씩 벌어져 틈도 생겼습니다. 틈 사이로 뭔가가 움직이는 것 같기도 했습니다.

나의 심장은 말할 수 없이 더 빨리 뛰었습니다.

틈은 더 벌어져 발가락 같기도 하고 부리 같기도 한 것이 갑자기 삐죽 튀어나왔습니다.

나는 깜짝 놀라 하마터면 앗! 하고 소리를 지를 뻔했습니다.

드디어 노을이의 머리가 나오고 알 껍질이 떨어져 나갔습니다. 유난히 두꺼운 껍질이었습니다.

곧 몸이 나오고 다리도 나왔습니다. 털도 없고 눈도 못 뜨는 분홍색 노을이는 꼬물거리기만 했습니다.

그야말로 감격의 순간이었습니다.

하지만 기쁨도 잠시뿐 노을이가 배가 고픈지 입을 옴짝거리자 곧 걱정에 휩싸였습니다.

"아, 나는 먹이를 구해 올 수도 없어. 어찌해야 할까?"

그때 푸드덕하고 내 어깨에 누군가가 앉았습니다.

노을이를 데려다 놓고 간 어미 참새였습니다.

어미 참새는 먹이를 물고 있었습니다.

"허수어미님! 이제부터 밤마다 먹이를 물고 올게요. 낮에 찾아오다 다른 참새들이 알게 되면 큰일 나니까요."

"어미 참새야! 어디선가 계속 보고 있었구나. 정말 다행이야. 먹이만 물어다 준다면 노을이는 내가 잘 보살필게."

그 이후로 어미 참새는 밤마다 먹이를 물어다 날랐습니다.

노을이는 이틀이 지나자 눈을 떴습니다.

블라우스 주머니 안에서 까만 눈동자가 나를 올려다보았습니다.

"어 엄—마 아—."

노을이가 처음으로 한 말이었습니다.

내 가슴에 행복이 가득 차올랐습니다.

노을이가 어리다 보니 가끔 위험한 일도 일어났습니다.

삐에— 삐에—

들어보지 못한 특이한 새소리입니다.

왠지 모를 섬뜩한 기분에 주변을 살펴보니 황조롱이였습니다. 날다가 노을이를 본 모양이었습니다. 녀석은 배가 고픈지 우리 주변을 빙빙 돌더니 끝내 가까이 오고야 말았습니다.

나는 황조롱이를 무섭게 노려보았습니다. 녀석은 나와 눈이 마주치자 벌벌 떨며 바닥에 곤두박질을 쳤습니다.

"이 못된 황조롱이야. 또 나타나면 가만히 안 둘 거야!"

황조롱이는 비틀거리며 일어나더니 겨우 날아갔습니다.

"노을아! 이 엄마가 무슨 일이 있어도 널 지켜줄 거야."

아무것도 모르고 잠을 자는 노을이는 사랑스럽기만 합니다.

시간이 갈수록 노을이는 몸집도 커지고 복슬복슬하게 털도 많이 자라났습니다.

이제 날 때가 되었는지 블라우스 주머니 밖으로 나오려고 애를 쓰기도 했습니다.

어미 참새는 올 때마다 노을이에게 날기 연습을 시켰습니다.

노을이는 논바닥으로 툭 떨어지기도 했지만 울지도 않고 다시 일어나 날기를 했습니다. 지켜보는 내 마음이 조마조마했습니다.

일주일이 지나자 이젠 제법 잘 날게 되었습니다. 들판으로 날아다니며 메뚜기도 잘 잡아먹었습니다.

노을이는 여느 참새보다도 더 튼튼하고 건강하게 자라났습니다.

어느 날 밤 어미 참새가 급히 날아오더니 흥분된 목소리로 말했습니다.

"허수어미님! 어제 우두머리 참새에게 노을이 얘길 했어요. 다행히 무리 속으로 들어와도 된다는 허락을 받았어요."

"그래. 잘 됐네. 이젠 노을이도 친구들이 많이 생기겠는 걸."

참 기쁜 소식이었습니다. 그러나 이상하게도 나의 가슴에는 커다란 구멍이 뚫리면서 바람이 숭숭 들어오는 것 같았습니다.

"허수엄마도 같이 갈 거지? 응?"

노을이가 나를 올려다보며 말했습니다. 나는 목이 메는 걸 겨우 참으며 말했습니다.

"난 못 가. 날지도 못하는 걸."

"싫어. 그럼 나도 안 갈래."

노을이의 눈에서 굵은 눈물방울이 툭 떨어졌습니다.

"안 돼. 곧 겨울이 올 텐데 넌 다른 참새들과 같이 살아야지. 내 걱정은 말고 가서 잘 살아."

나는 애써 태연한 척 말했습니다.

참고 있던 노을이는 결국 울음을 터뜨리고 말았습니다. 어찌나 크게 울던지 아무리 달래도 그칠 줄 모르고 한참을 울었습니다. 곁에서 지켜보던 어미 참새도 눈물을 지었습니다.

그날 밤 울다 지친 노을이는 나의 블라우스 주머니 안에서 마지막 잠을 잤습니다.

다음 날 아침이 밝았습니다.

일어나자마자 노을이는 그 보드라운 머리를 나의 얼굴에 마구 비벼댔습니다.

"허수엄마, 정말 정말 보고 싶을 거야."

"나도 많이 보고 싶을 거야. 노을아, 건강하게 잘 크려무나."

우리는 서로를 안고 오랫동안 마주 보았습니다.

"얘야, 이제 출발하자. 다른 참새들이 기다리고 있단다."

어미 참새가 다가와서 조용히 말했습니다.

"그래, 이제 가야지. 자, 어서 가."

나는 일부러 담담하게 말했습니다.

어미 참새가 앞장서서 날자 한참을 망설이던 노을이도 뒤따라 날기 시작했습니다.

"노을아! 위험해! 뒤돌아보지 말고 앞을 보고 날아야지."

나의 말에 노을이가 나를 한참 바라보더니 크게 원을 그리고 나서 다시 날아가기 시작했습니다.

나는 그들이 날아간 하늘녘을 바라보고 또 바라보았습니다.

"잘 가……. 내 아가 노을아."

"우리 최고 허수어미야, 잘 있었나?"

저녁 무렵 오랜만에 할아버지가 들판으로 나오셨습니다. 벼 이삭을 살피시며 흐뭇하게 미소를 지으셨습니다.

"논 지키느라 고생 많았구나. 올해는 네 덕분에 참새가 많이 안 와서 벼도 잘 여물었다. 이제 창고에서 푹 쉬었다가 내년에 또 나오자꾸나. 허허허."

오늘따라 노을빛 저녁 햇살이 내 얼굴을 환히 비추어 주는 것 같습니다.

제 1 6 회 삶 의 향 기 동 서 문 학 상

수상자
명단

소설

수상명	부문	수상자	작품명
대상	소설	김은혜	두 번째 엄마
은상	소설	이선연	사리수집가
은상	소설	조경선	실
동상	소설	유희섭	영원한 아내
동상	소설	양윤선	꿈속의 꿈
동상	소설	윤정임	두엔
가작	소설	윤현지	등대놀이
가작	소설	김묘진	또 다른 문
가작	소설	박혜원	피하는 방법
가작	소설	이홍이	프루스트 효과
가작	소설	이미애	CRT벽이 보내는 비애
입선	소설	신수영	숲속, 빈 둥지 그리고 나
입선	소설	이지연	사마귀
입선	소설	김수미	애기 하나 먹고
입선	소설	오금숙	막대사탕
입선	소설	정수아	포옹
입선	소설	임향자	우물 속으로
입선	소설	문주원	살풀이
입선	소설	정경진	아무도 모르게
입선	소설	김은혜	금붕어
입선	소설	김기영	종이의 뒷면

수상명	부문	수상자	작품명
맥심상	소설	강양숙	노트북
맥심상	소설	강은정	기억 카페
맥심상	소설	권기혜	여름밤, 우리는 그렇게 만났다.
맥심상	소설	권성희	렛잇비(Let it be)
맥심상	소설	권은미	불화 초급반
맥심상	소설	김가현	보라
맥심상	소설	김민영	다시, 찾아야 했다
맥심상	소설	김민주	몽중인 夢中人
맥심상	소설	김세순	설화
맥심상	소설	김소연	Theo
맥심상	소설	김수인	복잡하게 나쁜
맥심상	소설	김아름	썰물처럼
맥심상	소설	김영화	찹쌀떡
맥심상	소설	김예지	37주 2일 18:14
맥심상	소설	김인혜	외로운 어른
맥심상	소설	김정완	쿠폰오리기
맥심상	소설	김준희	비타민D의 시간
맥심상	소설	김지경	재클린의 눈물
맥심상	소설	김지예	젊은 여자가 산다
맥심상	소설	김하진	비닐, 하우스
맥심상	소설	김현아	얼굴.

소설

수상명	부문	수상자	작품명
맥심상	소설	김혜경	삼각형
맥심상	소설	김혜영	절이 꿈꾸네
맥심상	소설	김효영	친절한 이웃들의 레벨
맥심상	소설	나윤정	당신의 이름값
맥심상	소설	남선정	저승에서 온 소식
맥심상	소설	노금화	체험학습
맥심상	소설	류혜진	너럭바위 '고인돌'의 고요
맥심상	소설	문소정	바질을 넣은 생강차는 맛없다
맥심상	소설	민경덕	마을주민 김 용해 씨
맥심상	소설	박경태	청소하던 김말년씨
맥심상	소설	박경화	돌부리
맥심상	소설	박누리	돌아갈 시간
맥심상	소설	박도은	시력 교정을 하다
맥심상	소설	박동자	그리운 날 길 위에서
맥심상	소설	박미선	유기
맥심상	소설	박미자	울
맥심상	소설	박시은	너와 나의 거리
맥심상	소설	박여랑	아빠는 나무
맥심상	소설	박일미	하울링
맥심상	소설	박정민	여름감기
맥심상	소설	박정순	비자나무 노래

수상명	부문	수상자	작품명
맥심상	소설	박정혜	만낭금
맥심상	소설	배소림	여파
맥심상	소설	서보라	산(傘)
맥심상	소설	성기옥	밤은, 아직,
맥심상	소설	손덕화	철새를 미워하지 않아
맥심상	소설	손민지	무화정 증발사건
맥심상	소설	손은혜	내가 갖고 싶은 다정
맥심상	소설	송미옥	같이 여행 갈래요?
맥심상	소설	송진영	서로의 장소
맥심상	소설	송현희	떠나는 이야, 말갛게 웃으소서
맥심상	소설	송혜경	자기만의 숲
맥심상	소설	신지현	오로라를 찾아서
맥심상	소설	안소연	팬텀
맥심상	소설	안현경	엄마의 여자친구
맥심상	소설	양유라	그, 여름
맥심상	소설	양이숙	감곡가는 길
맥심상	소설	여지선	양말 이야기
맥심상	소설	오미향	황금 모자
맥심상	소설	유재화	욕 권하는 세상
맥심상	소설	윤여경	꿈 속의 화양연화
맥심상	소설	윤정희	진심 어린

소설

수상명	부문	수상자	작품명
맥심상	소설	이경화	바람의 끝
맥심상	소설	이란주	능소화
맥심상	소설	이선양	오전 놀이터
맥심상	소설	이성아	그녀의 비밀
맥심상	소설	이성원	붉은 문
맥심상	소설	이성희	부녀(父女)
맥심상	소설	이수연	빈 집에서
맥심상	소설	이순임	모나리자의 미소
맥심상	소설	이영미	태형
맥심상	소설	이영현	파도와 액자
맥심상	소설	이은서	스타킹
맥심상	소설	이정화	노란 맛
맥심상	소설	이지민	돌아오지 않는 도시
맥심상	소설	이지연	붉은 사막
맥심상	소설	이지영	김녕선셋
맥심상	소설	이지헌	울산행
맥심상	소설	이행림	개 같은 가족
맥심상	소설	인선민	비밀의 방
맥심상	소설	임민영	콕콕
맥심상	소설	전지은	밤의 목소리
맥심상	소설	정경용	길녀 씨

수상명	부문	수상자	작품명
맥심상	소설	정문숙	머랭치기
맥심상	소설	정서희	미망인
맥심상	소설	정아름	쉐도우
맥심상	소설	정영란	두 다리
맥심상	소설	정원경	염소
맥심상	소설	조명신	거식벌레
맥심상	소설	조선옥	가족의 재구성
맥심상	소설	조연아	하얀 목소리
맥심상	소설	주선미	스러진 새벽
맥심상	소설	차미란	新, 만복사저포기
맥심상	소설	최미영	수미의 편지
맥심상	소설	최은경	유체이탈
맥심상	소설	최정희	블루스타킹
맥심상	소설	최한윤	샌프란시스코 세신사
맥심상	소설	홍경화	당신의 광야

시

수상명	부문	수상자	작품명
금상	시	채연우	복제인간 로이
은상	시	이세미	유품정리사
은상	시	송은정	육포
동상	시	구기순	싸락눈
동상	시	김귀순	불온한 사막
동상	시	정현순	빈혈
가작	시	여진숙	못은 비밀을 무는 버릇이 있고
가작	시	임수율	마네킹
가작	시	박진희	활착活着 −너에게 뿌리 내린 날
가작	시	최희명	프라우다 가는 길
가작	시	박민교	우레
입선	시	구민경	맹금의 눈빛
입선	시	이명선	머위를 삶다
입선	시	조정희	모시나비
입선	시	나혜선	모母와 도道 사이
입선	시	김은숙	봄도 야근을 한다
입선	시	김순애	창
입선	시	이희숙	조끼
입선	시	방미경	숲, 재봉틀
입선	시	윤빛나	바늘
입선	시	신복순	춤

수상명	부문	수상자	작품명
맥심상	시	강신자	김장김치
맥심상	시	강은미	틀니
맥심상	시	구민해	멜론만한 사과
맥심상	시	권경자	꽃, 댕강
맥심상	시	권담희	장미 미용실
맥심상	시	권영을	그 어부의 바다
맥심상	시	금동현	쇄빙선
맥심상	시	김경란	총각김치를 담그며
맥심상	시	김경숙	묵은 것들
맥심상	시	김경희	잠을 수리하다
맥심상	시	김나라	사과의 안내
맥심상	시	김동연	가을의 코발트블루
맥심상	시	김명신	퀴버나무 옆에 설 수 있다면
맥심상	시	김미옥	신문
맥심상	시	김미정	변신
맥심상	시	김서현	목련이 환해서 맥주 생각이 났다
맥심상	시	김선옥	색의 단상
맥심상	시	김소영	그녀는 지금도 벽화壁畵를 지운다
맥심상	시	김순기	아버지와 참나무
맥심상	시	김영애	장작의 집
맥심상	시	김예강	가로등이 자라는 시간

시

수상명	부문	수상자	작품명
맥심상	시	김예진	달, 팽이
맥심상	시	김은순	주름살은 공해진다
맥심상	시	김인숙	애피타이저
맥심상	시	김재숙	칠게의 동네 (취준생을 위하여)
맥심상	시	김재순	꼬리표
맥심상	시	김정선	내시경
맥심상	시	김현주	도마뱀
맥심상	시	김현진	오래된 식구
맥심상	시	김혜경	뱃가죽이 늘어진 K군의 보행장애 2
맥심상	시	남현주	연탄 장수
맥심상	시	노수연	별점은 다섯 개
맥심상	시	노은주	귀퉁이부터 잡아당겨서 봄을 열어요.
맥심상	시	노재순	마지막 이사
맥심상	시	류연미	생활 요가
맥심상	시	명소연	고목
맥심상	시	문은경	서정(抒情)에 기대어
맥심상	시	문지성	냉장고에 노란 포스트잇
맥심상	시	박경옥	양철지붕
맥심상	시	박규미	두 개의 바퀴
맥심상	시	박선희	애구지 언덕에 바람을 세우다
맥심상	시	박세은	향연香緣

수상명	부문	수상자	작품명
맥심상	시	박인숙	굴토끼
맥심상	시	박진	방
맥심상	시	박혜리	금고 사용 설명서
맥심상	시	박혜정	앞서가는 그림자
맥심상	시	방점례	낮도둑 들다
맥심상	시	송지혜	갈변
맥심상	시	신영순	울어라, 나의 재봉틀
맥심상	시	신화정	난 알고 있답니다
맥심상	시	심수연	뗏목
맥심상	시	심현서	장미꽃 두루마리 휴지
맥심상	시	안선유	나를 위한 오 분
맥심상	시	안지호	몽돌 할매들
맥심상	시	엄주하	가장자리의 기억
맥심상	시	오금희	취업의 방
맥심상	시	오지현	벚꽃차
맥심상	시	오형선	터널
맥심상	시	우수진	시를 쓴다는 것은
맥심상	시	위난희	시도 아니다
맥심상	시	유원희	아버지의 상장
맥심상	시	유은아	금목서의 편지
맥심상	시	윤정	그림 같은 집

시

수상명	부문	수상자	작품명
맥심상	시	이미경	11월
맥심상	시	이미영	생선을 피하는 이유
맥심상	시	이민연	오마이갓
맥심상	시	이선	당신의 내셔널 지오그래픽
맥심상	시	이소희	서리
맥심상	시	이수진	망각통
맥심상	시	이순영	언니는 물고기를 파는 사람
맥심상	시	이승연	덕금이 낮잠 잔다
맥심상	시	이안정	내 어머니의 낡은 신발
맥심상	시	이주연	유성우
맥심상	시	이현숙	봄날 퇴근길
맥심상	시	이형옥	라떼의 역습
맥심상	시	임선숙	감감무소식
맥심상	시	임지혜	이름을 지어주지 못한 잡초에게
맥심상	시	장윤희	곡선의 슬픔
맥심상	시	장은영	점심 메뉴
맥심상	시	장주은	책의 모서리
맥심상	시	전계숙	옥수수
맥심상	시	전세라	아날로그
맥심상	시	정선민	거뜬히 용서할 식사는 언제입니까
맥심상	시	정유하	산호백화

수상명	부문	수상자	작품명
맥심상	시	정호순	왕벚나무 세탁기
맥심상	시	조현미	오동꽃을 듣다
맥심상	시	최선자	거긴 봄날인가요
맥심상	시	최현숙	와인 한 병 마시기
맥심상	시	하태희	저녁의 식물
맥심상	시	한승희	사과나무 아버지
맥심상	시	허문화	춘분
맥심상	시	허지영	수다의 기술
맥심상	시	황경화	바늘 터무니는 여전하다
맥심상	시	황용녀	선인장
맥심상	시	황현자	풍치
맥심상	시	yun kyung hee	가을

수필

수상명	부문	수상자	작품명
금상	수필	윤국희	차가는 달이 보름달이 될 때
은상	수필	박태양	겸허
은상	수필	윤태봉	늙은 펭귄의 날갯짓
동상	수필	임경희	민달팽이, 집을 꿈꾸다
동상	수필	홍정미	등대의 손
동상	수필	김상은	겨울의 거울
가작	수필	김남숙	뜨개질
가작	수필	나금숙	국수
가작	수필	김송은	연필을 깎는 밤
가작	수필	이풍경	팥죽(粥) 땀
가작	수필	배두순	쟁기
입선	수필	박동숙	물결에 관하여
입선	수필	어진봉	주차의 기쁨
입선	수필	김정옥	염낭거미
입선	수필	배태선	물돌이 인연
입선	수필	이영미	민트 보이
입선	수필	박선우	국화와 신발
입선	수필	손은정	손 씨의 손
입선	수필	윤미나	쓰는 존재
입선	수필	이희숙	다시, 사랑을 이야기할 때
입선	수필	강미숙	어머니의 손

제16회 삶의향기 동서문학상 수상자 명단

수상명	부문	수상자	작품명
맥심상	수필	강미희	'석양증후군'
맥심상	수필	강민주	글이 나에게 던지는 작은 질문들
맥심상	수필	강윤용	소리가 음악이 되는 공간
맥심상	수필	구선경	심장에 모래알이 박혔다
맥심상	수필	권정은	꽃들에게 안락사를
맥심상	수필	권해진	부표
맥심상	수필	길영숙	초점
맥심상	수필	김경자	어머니의 고구마
맥심상	수필	김경희	간장종지
맥심상	수필	김미자	터주 항아리
맥심상	수필	김보경	고백 – 어느 치매 여인의
맥심상	수필	김복애	동백의 기억
맥심상	수필	김선녀	누드바위, 어머니
맥심상	수필	김소원	차 우리기
맥심상	수필	김수영	상추밭의 방울토마토
맥심상	수필	김영옥	노각(老角)의 오후
맥심상	수필	김영욱	플라타너스를 위한 변명
맥심상	수필	김예성	너를 향한 마음
맥심상	수필	김은정	이젠 잊어야 해요
맥심상	수필	김은희	나의 해방일지
맥심상	수필	김정랑	풍경소리

수필

수상명	부문	수상자	작품명
맥심상	수필	김정숙	노래 부자
맥심상	수필	김정화	상그릴라로 가는 짐꾼
맥심상	수필	김주원	광장의 모서리
맥심상	수필	김지연	설화
맥심상	수필	김태선	홍시
맥심상	수필	김현미	고명 품은 국수
맥심상	수필	김희정	글을 쓴다는 것
맥심상	수필	문선경	풍등을 날리며
맥심상	수필	박담희	대추 한 알
맥심상	수필	박순우	가난을 선택한 삶
맥심상	수필	박자영	여전히 살아계셔
맥심상	수필	박정란	차탁이 하는 말
맥심상	수필	박정수	나의 커피역사
맥심상	수필	박현신	철을 안다는 것
맥심상	수필	박현주	유감 많은 나의 손(手)
맥심상	수필	변남미	가을속으로
맥심상	수필	서경아	엄마의 봄엔 무엇이 심겼나요?
맥심상	수필	서경연	벽화마을에서
맥심상	수필	서미자	팥죽의 시간
맥심상	수필	서선효	특별한 목요일
맥심상	수필	서정인	일기보다 편지

수상명	부문	수상자	작품명
맥심상	수필	서혜린	더디게 피는 꽃
맥심상	수필	설은영	영화 같은 결혼식
맥심상	수필	성영주	엄마의 밥상
맥심상	수필	송인지	엄마
맥심상	수필	신수정	놓아야했던 것들
맥심상	수필	신영지	K-장녀는 편강을 만든다
맥심상	수필	안순분	암흑의 터널을 지나온 꽃
맥심상	수필	안안미	초록의 위안
맥심상	수필	안은성	이방인의 이름
맥심상	수필	안은화	넋두리 둘 (어땠을까)
맥심상	수필	유수진	주렁주렁한 팔월의 태양들은 어디로 갔을까
맥심상	수필	유연숙	오래된 어부바
맥심상	수필	윤여정	낯선 골목
맥심상	수필	윤영순	둥근 세상
맥심상	수필	윤윤례	마당
맥심상	수필	이경화	귀 서(歸 棲)
맥심상	수필	이설희	너의 사계절
맥심상	수필	이연옥	어머니의 깐부
맥심상	수필	이원자	발 구름판
맥심상	수필	이은주	편백나무 사이로
맥심상	수필	이은주	빼앗긴 엄마의 봄은 오는가

수필

수상명	부문	수상자	작품명
맥심상	수필	이은주	딸, 언제 와?
맥심상	수필	이인옥	아침마다 길떠나는 여행자
맥심상	수필	이정금	피터팬의 증후군
맥심상	수필	이지영	위로(慰勞)
맥심상	수필	이진숙	아가미
맥심상	수필	이현숙	손에 대한 단상(斷想)
맥심상	수필	이홍진	어미 쥐
맥심상	수필	임경희	달팽이
맥심상	수필	임수양	엄마의 덧버선
맥심상	수필	임숙희	등에 업힌 사과
맥심상	수필	임영희	바다
맥심상	수필	임정숙	너는 아니
맥심상	수필	임정희	채혈기
맥심상	수필	임정희	나를 만나러 가는 길
맥심상	수필	장수현	애벌레와 번데기와 나비
맥심상	수필	장영랑	편자
맥심상	수필	전현숙	아빠의 공구상자
맥심상	수필	정선희	카르페 디엠
맥심상	수필	정수연	얼렁뚱땅 태어났더니 이렇게 되어버렸습니다.
맥심상	수필	정유정	잔상
맥심상	수필	정희정	서운함과 상처사이

수상명	부문	수상자	작품명
맥심상	수필	조금미	강에게 묻다
맥심상	수필	조미희	무꽃
맥심상	수필	조영주	필담(筆談)
맥심상	수필	조은성	나의 독립 기념일
맥심상	수필	조현빈	빚, 빛
맥심상	수필	최명숙	손님
맥심상	수필	최민영	분홍과 검정
맥심상	수필	최유진	겨순 자르기
맥심상	수필	최현실	오래된 집
맥심상	수필	최현정	우정, 36.5˚C
맥심상	수필	최희정	썼다 지우고, 썼다 지우고
맥심상	수필	하승미	꿈틀대는 애벌레
맥심상	수필	허은진	별빛 닿은 그곳엔
맥심상	수필	허현자	아홉 장의 마음 다리기
맥심상	수필	황성옥	숨바꼭질

아동문학

수상명	부문	수상자	작품명
금상	아동문학	김영인	엄마는 1학년
은상	아동문학	허창열	손가락 보험
은상	아동문학	김은아	호구의 묘수
동상	아동문학	이연숙	잠
동상	아동문학	김수정	맨드라미
동상	아동문학	윤혜정	허수어미
가작	아동문학	유재연	소나기 전화
가작	아동문학	이선행	오이꽃 기차
가작	아동문학	유지인	고민을 해결해주는 이상한 서점
가작	아동문학	고훈실	나를 지워 줘
가작	아동문학	이유신	토요일의 약속
입선	아동문학	안연희	야단법석
입선	아동문학	오진경	시골 우체통
입선	아동문학	김경해	보물매미
입선	아동문학	김령희	뛰어
입선	아동문학	이순희	동구 밖 할배팽나무
입선	아동문학	권영두	낚시
입선	아동문학	최정아	나무와 새
입선	아동문학	이윤경	원수를 사랑해야 한다
입선	아동문학	이정민	엄마 머리 위에 새싹
입선	아동문학	황양순(포공영)	산책하는 개

수상명	부문	수상자	작품명
맥심상	아동문학	강난희	점점점점 크게 크게
맥심상	아동문학	강병숙	강낭콩
맥심상	아동문학	강성애	비 보다 밥
맥심상	아동문학	강언영	사춘기
맥심상	아동문학	강정아	스티커
맥심상	아동문학	강지혜	까망이
맥심상	아동문학	고유진	잘했어
맥심상	아동문학	권상연	콩새
맥심상	아동문학	권지영	나도 사랑받고 싶어
맥심상	아동문학	권희선	사르르, 솜사탕
맥심상	아동문학	길정남	번쩍이와 쾅쾅이
맥심상	아동문학	김다이	너의 우산이 되어줄게
맥심상	아동문학	김란영	산골학교 가을 운동장
맥심상	아동문학	김미옥	빗방울
맥심상	아동문학	김미희	번개맨 우리 아빠
맥심상	아동문학	김서수린	서랍
맥심상	아동문학	김선순	너를 보면
맥심상	아동문학	김선아	여름이 그린 그림
맥심상	아동문학	김성신	학교 가는 길
맥심상	아동문학	김성희	의자매 선서
맥심상	아동문학	김수현	킹콩, 쿵!

아동문학

수상명	부문	수상자	작품명
맥심상	아동문학	김연진	배추
맥심상	아동문학	김유경	콩이, 둥지 틀다
맥심상	아동문학	김은혜	짝
맥심상	아동문학	김정순	지렁이가족의 피난
맥심상	아동문학	김정윤	희망
맥심상	아동문학	김지은	형광별
맥심상	아동문학	김진수	흥할매와 요조숙녀
맥심상	아동문학	김태은	지각
맥심상	아동문학	김현정	나도 벌레?
맥심상	아동문학	김혜경	해를 삼킨 바다
맥심상	아동문학	김혜영	밤낚시
맥심상	아동문학	문애란	내 손을 잡아
맥심상	아동문학	박경숙	코로나보다 무서운 것
맥심상	아동문학	박근와	인형의 꿈
맥심상	아동문학	박빛나	말자국
맥심상	아동문학	박상미	내 길을 갈 거야
맥심상	아동문학	박옥자	이사 온 집
맥심상	아동문학	박은화	풀의 집
맥심상	아동문학	손명진	접히는 집
맥심상	아동문학	송명숙	다시 만나요, 엔젤
맥심상	아동문학	송서은	은혜 갚은 꺼비

수상명	부문	수상자	작품명
맥심상	아동문학	송은주	마음 편한 날
맥심상	아동문학	송지현	낙엽 쿠키
맥심상	아동문학	송춘화	언어통역사
맥심상	아동문학	신수진	고래들의 외출
맥심상	아동문학	신연정	할머니의 풀꽃 왕관
맥심상	아동문학	신영숙	길고양이 만나는 날
맥심상	아동문학	안미숙	우리 반 철규 형
맥심상	아동문학	안재이	개털과 미운털
맥심상	아동문학	엄영란	내 친구 축구할아버지
맥심상	아동문학	연서림	저도 알아요
맥심상	아동문학	오슬기	동생이 생기면
맥심상	아동문학	오지민	에어컨이 좋아요 -펭귄-
맥심상	아동문학	우승경	아래층
맥심상	아동문학	원경란	검둥이가 된 백구
맥심상	아동문학	원민희	진짜 가족체험학습
맥심상	아동문학	유덕순	멋진! 고무장갑
맥심상	아동문학	유한나	나무 교실
맥심상	아동문학	유효정	비 예보
맥심상	아동문학	이경희	우체통
맥심상	아동문학	이고은	낙서
맥심상	아동문학	이미영	봄비 소리

아동문학

수상명	부문	수상자	작품명
맥심상	아동문학	이성숙	비눗방울 탱크
맥심상	아동문학	이슬기	여름비 우산 대여소
맥심상	아동문학	이슬민	소라게의 기적
맥심상	아동문학	이승애	감자
맥심상	아동문학	이영아	국어 공부
맥심상	아동문학	이은영	꽃게 수영
맥심상	아동문학	이은영	빨래
맥심상	아동문학	이정화	꼬마 주전자
맥심상	아동문학	이정희	알아요
맥심상	아동문학	이현숙	미술시간
맥심상	아동문학	이현희	겨울 마음
맥심상	아동문학	이혜미	두근두근 박 반장과 냄새 탐정단
맥심상	아동문학	이혜순	귀뚜라미 독서
맥심상	아동문학	임숙자	기다림
맥심상	아동문학	임정원	우산
맥심상	아동문학	임진이	팥빙수
맥심상	아동문학	장명숙	콰이 랑과 고구마
맥심상	아동문학	장서영	생일
맥심상	아동문학	장현주	부러우면 지는 거야
맥심상	아동문학	전서진	내 친구 킥보드 부루
맥심상	아동문학	전윤희	내 영혼의 단짝

수상명	부문	수상자	작품명
맥심상	아동문학	전은선	내 동생은 매미
맥심상	아동문학	전종옥	잃어버린 볼펜
맥심상	아동문학	정은지	볼빵빵 금붕어 빵빵이
맥심상	아동문학	정주혜	5살의 사랑
맥심상	아동문학	정지우	아주 특별한 머리카락
맥심상	아동문학	정현위	토끼야, 달려!
맥심상	아동문학	조수현	그 아이의 마니또
맥심상	아동문학	천원희	신발 이름표
맥심상	아동문학	최기화	꼬부랑 할머니의 콩밭
맥심상	아동문학	최상미	걱정 마요, 스케치북
맥심상	아동문학	최승연	네가 싫은 30가지 이유
맥심상	아동문학	최연희	음소거
맥심상	아동문학	최유미	메추라기야 안녕
맥심상	아동문학	한문희	청개구리 잠
맥심상	아동문학	한정민	내일 일기
맥심상	아동문학	황혜진	기분 좋은 실수

동서문학상
연혁

동서문학상 연혁

수상	수상자	작품명	부문
1973년 주부에세이 공모			
대상	김근숙	커피와 행복	수필
1989년 제1회 동서커피문학상 제정 (시·수필 2개 부문 공모)			
대상	유춘희	찻집에서	시
금상	김순남	滿船을 기다리며	시
금상	이준봉	직녀와 베틀과 커피	수필
1994년 제2회 (시·수필·콩트 3개 부문 공모)			
대상	박종운	커피의 내력	시
금상	진순효	사랑	시
금상	윤태희	사색하는 약	수필
금상	허은진	새벽연가	콩트
1996년 제3회 (시·산문 2개 부문 공모)			
대상	조윤희	풀 내음이 있는 커피 한잔	시
금상	한소운	차를 끓이며	시
금상	신영미	충청도 커피	산문

수상	수상자	작품명	부문

1998년 제4회 (시·산문 2개 부문 공모)

수상	수상자	작품명	부문
대상	노현희	미장원에서	산문
금상	문정운	어느 가을날 부르는 희망의 노래	시
금상	안윤주	나무의 視線	산문

2000년 제5회 (시·소설·수필 3개 부문 공모)

수상	수상자	작품명	부문
금상	이영옥	우편함 속의 새	시
금상	유헬레나	솜저고리	수필
금상	최옥정	원의 중심	소설

2002년 제6회 (시·소설·수필 3개 부문 공모)

수상	수상자	작품명	부문
대상	이미경	청수동이의 꿈	소설
금상	이선남	풍선	시
금상	전계숙	엄마의 저금통장	수필
금상	박영미	호랑나비 한 마리가 꽃밭에 앉았는데	소설

2004년 제7회 (시·소설·수필 3개 부문 공모) 대상과 금상, 등단 및 〈월간문학〉 게재 특전

수상	수상자	작품명	부문
대상	이은희	검댕이	수필
금상	조혜경	바느질	시
금상	김정혜	아랑이 내게 남긴 건	소설

동서문학상 연혁

수상	수상자	작품명	부문

2006년 제8회 (시·소설·수필 3개 부문 공모)
대상과 금상, 등단 및 〈월간문학〉 게재 특전

수상	수상자	작품명	부문
대상	황춘자	산수유 그늘 아래	소설
금상	정명옥	주전리 바다	시

2008년 제9회 (시·소설·수필·아동문학 4개 부문 공모)
대상과 금상, 등단 및 〈월간문학〉 게재 특전

수상	수상자	작품명	부문
대상	박인숙	침엽의 생존방식	시
금상	구자인혜	어머니의 정원	소설
금상	구본석	연경 침선장	아동문학

2010년 제10회 (시·소설·수필·아동문학 4개 부문 공모)
대상과 금상, 등단 및 〈월간문학〉 게재 특전

수상	수상자	작품명	부문
대상	김경희	코피 루왁을 마시는 시간	소설
금상	허이영	바지랑대	수필
금상	오희옥	택배를 출항시키다	시
금상	김현경	하나새가 준 선물	아동문학

수상	수상자	작품명	부문
2012년 제11회 (시·소설·수필·아동문학 4개 부문 공모) **대상과 금상, 등단 및 〈월간문학〉 게재 특전**			
대상	전성옥	늙은 뱀 이야기	소설
금상	임미형	모시옷 한 벌	시
금상	김경희	스타킹	수필
금상	이영아	하늘에 닿은 종이비행기	아동문학
2014년 제12회 (시·소설·수필·아동문학 4개 부문 공모) **대상과 금상, 등단 및 〈월간문학〉 게재 특전**			
대상	최분임	매조도梅鳥圖를 두근거리다	시
금상	이소현	백야(白夜)	소설
금상	최선자	몽당연필	수필
금상	박미정	프레셔스, 넌 하이에나가 아니야	아동문학
2016년 제13회 (시·소설·수필·아동문학 4개 부문 공모) **대상과 금상, 등단 및 〈월간문학〉 게재 특전**			
대상	추영희	달을 건너는 성전	시
금상	임정은	손	소설
금상	김진순	단아한 슬픔	수필
금상	김원선	"마이 네임 이즈 상우 킴"	아동문학

동서문학상 연혁

수상	수상자	작품명	부문

2018년 제14회 (시·소설·수필·아동문학 4개 부문 공모)
대상과 금상, 등단 및 〈월간문학〉 게재 특전

수상	수상자	작품명	부문
대상	이은정	개들이 짖는 동안	소설
금상	원기자	점자 익히기	시
금상	고옥란	저기 자궁들이 있다	수필
금상	오성순	외할머니 냉장고	아동문학

2020년 제15회 (시·소설·수필·아동문학 4개 부문 공모)
대상과 금상, 등단 및 〈월간문학〉 게재 특전

수상	수상자	작품명	부문
대상	김혜영	자염煮鹽	소설
금상	최경심	얼룩말 나비와 아버지	시
금상	조현숙	항아리의 힘	수필
금상	주미선	또또	아동문학

2022년 제16회 (시·소설·수필·아동문학 4개 부문 공모)
대상과 금상, 등단 및 〈월간문학〉 게재 특전

수상	수상자	작품명	부문
대상	김은혜	두 번째 엄마	소설
금상	채연우	복제인간 로이	시
금상	윤국희	차가는 달이 보름달이 될 때	수필
금상	김영인	엄마는 1학년	아동문학

삶의 향기가—
문학이 됩니다

제16회 삶의 향기 동서문학상

초판 1쇄 2022년 11월 29일

지은이 김은혜 外
발행인 김재홍
디자인 현유주

발행처 도서출판지식공감
브랜드 문학공감
등록번호 제2019-000164호
주소 서울특별시 영등포구 경인로82길 3-4 센터플러스 1117호 (문래동1가)
전화 02-3141-2700
팩스 02-322-3089
홈페이지 www.bookdaum.com
이메일 jisikwon@naver.com

가격 5,000원
ISBN 979-11-5622-756-4 03810

문학공감은 도서출판지식공감의 인문교양 단행본 브랜드입니다.